Brita Rose-Billert

Sheloquins Vermächtnis

In Erinnerung an meinen lieben Mann
und besten Freund, Andreas Billert.
Danke für die wunderbare gemeinsame Zeit.
Bevor du gehen musstest, musste ich dir versprechen,
weiter zu schreiben.
Das tue ich.
Für dich, für unsere indianischen Freunde
und für alle Leserinnen und Leser.
Danke, dass es euch gibt.

Inhalt

An iys ti temixw we chet nexws kwayatsut ti nchu7mut.

In the beauty of our landscapes we are made whole in Spirit.

In der Schönheit unseres Landes lebten wir in unserer ganzen
Spiritualität.

Squamish Nation

Prolog

Die Sprache der Stämme der Nordwestküste Kanadas ist kaum in Buchstaben festgehalten. Wie so oft unterlag auch sie fortwährend der mündlichen Überlieferung. Für uns Europäer ist es fast unmöglich, diese Worte auszusprechen. Ich habe Menschen in dieser Sprache sprechen hören und war tief beeindruckt. Obwohl ich kein Wort verstanden habe, war ich gefangen in einer anderen Welt.

Deshalb komme ich nicht umhin, dieses Vorwort zu schreiben. Denn nicht nur das wundervolle Land British Columbia, die Heimat meiner neuen Freunde, und deren Sprache hat mich tief berührt, auch ihre Kultur, die alle Vorstellungen vom Bild des typischen »Indianers«, das in Europa so flächendeckend kursiert, und die mehr als 500 Nationen der Ureinwohner ganz Nordamerikas oft nur auf die Plainsindianer beschränkt.
Die Kultur der Nordweststämme Kanadas, der Tlingit, Haida und Küstensalish, zu denen auch die Sqamish gehören, war einzigartig. Totempfähle, geschnitzte Holzmasken für Tänze und Zeremonien und die mit Schnitzereien verzierten Hauseingänge, den Schutzpatronen der Bewohner, prägten ihre Kultur und dieses Bild.
Die Natur und das raue Land, die steilen, bewaldeten Küstenberge und der Pazifik hatten die Menschen, die dort lebten, geprägt. Und die Menschen spiegelten das alles in ihrer Kunst und Kultur wider.

Weiter im Inneren des Landes und in den Rocky Mountains gab es ursprünglich keine Totempfähle. Diese gehörten nicht zu den Stämmen und Kulturen, die dort lebten: Skwahla, Cree, Kootaney, Nakota, um nur einige zu nennen.
Dennoch vermischten sich die Kulturen der Aborigines, der Ureinwohner Kanadas, z. B. durch Hochzeiten, bereits vor vielen Jahrhunderten. Somit verbreitete sich die Kunst der Pfahlschnitzer im ganzen Land. Uralte Pfähle und andere Schnitzereien der Nordweststämme haben auch dort durchaus ihre Berechtigung.
Diese Vermischung der Kulturen hat sich bis in die heutigen Tage fortgesetzt.

Viele der einstigen Stämme sind durch Seuchen und Epidemien der weißen Europäer zugrunde gegangen. Die ursprüngliche Lebensweise der Überlebenden wurde zerstört. Von den etwa 500 verschiedenen Stämmen gibt es heute nur noch einen Bruchteil. Das Wort »Minderheit« ist somit eine traurige Tatsache.

Die Zahl der in British Columbia lebenden Aborigines macht nur noch weniger als ein Prozent der Bevölkerung aus! Die noch am stärksten vertretenen Ureinwohner, die Cree, sind allerdings in ganz Nordamerika beheimatet. Dafür sei hier vergleichsweise erwähnt, dass in Vancouver 80 % Asiaten leben, deren Vorfahren in der Zeit des Goldrausches in das Land einwanderten.

Die Reservationen sind klein und unscheinbar. Ein Schild am Straßenrand weist darauf hin. Die Häuser stehen abseits der Straße, oft versteckt hinter den Bäumen. Sie pflegen ihre Kultur und Spiritualität und leben ihr Leben in der Gemeinschaft, in der sie das sein dürfen, was sie sind. Ein befreundeter Uramerikaner sagte mir vor Antritt meiner Reise, ich solle ihnen fern bleiben. Sein Volk wolle nichts mit Weißen zu tun haben, auch nicht mit europäischen Touristen. Die Enttäuschungen der letzten fünfhundert Jahre seien zu groß gewesen. Dieser durchaus moderne Mensch hatte seinem Volk erzählt, dass sie ihre Spirits verlieren, wenn sie sich mit uns »einlassen«. Und dennoch bin ich sehr offenen, gastfreundlichen und neugierigen Ureinwohnern begegnet, die gern von sich und ihrer Kultur erzählten. Sie wollen sie vor dem Vergessen schützen und dass auch wir Europäer etwas davon in unsere Welt mitnehmen.

Am stärksten prallen die Welten in der Metropole Vancouver aufeinander. Eine Reservation, ein Stadtviertel in Armut unter einer modernen Highwaybrücke, verschlug mir tatsächlich die Sprache. Die Söhne und Töchter der Erde und des Pazifiks leben hier auf dem Asphalt, eingezäunt von einem zweieinhalb Meter hohen Maschendrahtzaun. Sie wollen damit ihr eigenes Territorium schützen. Kein Fremder ist hier willkommen. Ich kann sie verstehen, und es tut wahrhaftig im Herzen weh. So möchte niemand leben. Dennoch ist es ihr Zuhause, von Anbeginn. Die Stadt wurde um sie herum gebaut. Niemand hat sie gefragt, und bis heute gibt es keine Landabtretungsverträge zwischen den Aboriginies und British Columbia. Sie protestieren. Sie kämpfen einen ungleichen Kampf. Aber aufgeben werden sie nie.

Der Verkauf von unberührtem Land der Aborigines hat tatsächlich vor einigen Jahren in Vorbereitung der Olympischen Winterspiele, die im Februar 2010 stattfanden, am Whistler Mountain für Furore gesorgt und zu weitgreifender Uneinigkeit unter der Bevölkerung der Squamish geführt.

Der Landraub ist den Ureinwohnern immer gegenwärtig, auch heute noch.

Sheloquin gab es übrigens tatsächlich. Er lebte mit seinem Bruder auf eigenem Land. Es gab Weiße, die das Land unbedingt haben wollten, und da es die Brüder nicht hergaben, begann man, sie zu schikanieren. Das kostete einen Bruder das Leben. Der andere blieb hartnäckig.

Das war die Idee, der folgende Geschichte zugrunde liegt.

Herzlichen Dank für die freundlichen und offenen Begegnungen
und die schöne Zeit in eurem wundervollen Land,
in British Columbia.

ChiChi aus Hope,

Shayla aus Boston Bar

Edgar Allan Rosetti, Vancouver

Haihai ist Cree und heißt Danke

Sheloquin

Es war Abend. Kühle Luft breitete sich aus. Mit der untergehenden Sonne zogen blaue Nebelschwaden in die Täler. In den Bergen lag noch Schnee, auch wenn der Frühlingsmonat Mai gerade Einzug gehalten hatte. Ein alter Mann stand auf der Veranda seines Holzblockhauses, das sich auf einer Lichtung mitten im Wald befand. Die krummen Beine des Mannes steckten in Jeans und Lederstiefeln. Fast reglos verharrte er, an die Hauswand gelehnt, und blickte über das Land. Es war sein Zuhause, mitten in der Wildnis der Rocky Mountains, oben am Isollilock Peak, südwestlich der kleinen Stadt Hope. Der Atem verflüchtigte sich mit zartem Rauch vor Mund und Nase. Es roch noch immer nach Schnee. Langsam löste er sich von der Hauswand und trat drei Schritte nach vorn. Es schien ihm schwer zu fallen. Der Alte zog das rechte Bein nach, als wollte es ihm nicht mehr gehorchen. Die rotkarierte Steppjacke hatte er geschlossen und den Fellkragen hochgeschlagen. Ganz in typischer Holzfällermanier war er gekleidet. Nur seinen Kopf hatte er nicht bedeckt, sodass sich sein eisgraues Haar kaum merklich im Wind bewegte. Der alte Mann verschränkte seine Arme und lehnte sich auf das Geländer seiner Veranda. Er musterte die Berge, den Wald und den klaren Bergsee direkt vor seinem Haus aufmerksam, obwohl er seit Jahrzehnten kaum etwas anderes gesehen hatte. Er kannte jeden Baum, jedes Tier und jeden Wassertropfen im See. Der schimmerte blaugrün und spiegelte seine Umgebung wider.

Still war es.

Der alte Mann schien nachzudenken.

Stolze dreiundachtzig Jahre zählte er. Sheloquin nannten sie ihn. Sheloquin war sein Name, seit er denken konnte. Dass er mit Vornamen Edward hieß, wusste nur er selbst. Er hatte es in all den Jahren nicht vergessen. Aber er hatte es niemandem je erzählt. Sheloquins Land erstreckte sich so weit sein Blick reichte. Er selbst bezeichnete sich als Hüter dieses Landes, und nichts anderes hatte er all die Jahre getan. Die Leute, unten in Hope, kannten und respektierten ihn, auch wenn sie ihn hin und wieder als alten, seltsamen Kauz bezeichneten. Aber selbst das taten sie mit einem freundlichen Augenzwinkern. Sheloquins Frau, eine Skwahla Indianerin, war vor zehn Jahren an einer Lungenentzündung gestorben. Er atmete tief durch und blinzelte.

Ja, es war ein schöner Tag zum Sterben.

Der alte Mann hatte alles vorbereitet. Das Land, das seit Urzeiten den Indianern gehörte, sollte ihnen niemand wegnehmen. Mehrmals hatten die Leute vom Landmanagement versucht, es ihm abzuschwatzen. Sie hatten ihm sogar Geld geboten. Sehr viel Geld! Doch Sheloquin hatte nur darüber gelacht. Die Männer, die immer wieder bei ihm aufgetaucht waren, blieben hartnäckig. Nun hatten sie ihm gedroht. Doch der alte Mann hatte sie ignoriert. Das machte sie wütend. Sheloquin hatte weiß Gott nichts zu verlieren, gar nichts. Er war sogar bereit zu sterben und heute war ein schöner Tag, um zu seiner Frau zu gehen. Das Land, das auf seinen Namen eingetragen war, galt es zu schützen. Es war heiliges Land.

Der Alte lächelte müde.

Der Geruch des Zedernholzes lag in der feuchten Luft. Ein paar Wildgänse flatterten schreiend vom Ufer des Sees auf und flogen in westlicher Richtung davon. Die Dämmerung zog aus den Tälern hinauf in die Berge und mit ihnen die blauen Nebelschwaden. Sheloquins Herz schlug schneller, als er das verräterische Knacken von Zweigen hörte. Sie waren also da. Langsam wandte er sich um, als im selben Augenblick drei Männer auftauchten.

»Guten Abend«, grüßte der Erste.

»Wo ist die Besitzurkunde?«, fragte der Zweite.

Sheloquin musterte die Kerle und schwieg. Ihm war bewusst, in welcher Absicht sie gekommen waren. Und es war ihm nicht entgangen, dass sie bewaffnet waren.

»Die Besitzurkunde, alter Mann, und dir passiert nichts«, sprach nun der dritte Mann, dessen frostige Stimme einen eisigen Schauer über Sheloquins Rücken kriechen ließ. Unwillkürlich begann er zu zittern. Er spürte die Angst, die nach ihm griff. Aber er antwortete mit fester Stimme.

»Niemals!«

Der zuletzt gesprochen hatte, gab den anderen beiden Männern ein Zeichen. Die betraten das Holzblockhaus. Sie schienen zu suchen. Sheloquin hörte das dumpfe Knallen von Türen. Glas zerbrach. Er hörte Schubkästen zu Boden fallen und Flüche. Der Mann, der mit Sheloquin draußen auf der Veranda geblieben war, war einen ganzen Kopf größer als er. In aller Ruhe zündete der sich eine Zigarette an. Sheloquin kannte den Mann, der ihm schon mehrmals gedroht hatte. Er hieß Harris Shore und behauptete, aus Vancouver zu stammen. Er hatte auch behauptet, für den Coquihalla Canyon Provinzialpark

Hope zu arbeiten. Aber das stimmte nicht. Sheloquin kannte die Leute. Shore hatte gelogen! Der alte Mann verzog die Mundwinkel.

Nach etwa einer halben Stunde meldeten sich die beiden Männer, dass sie nichts gefunden hätten. Nicht mal einen Pass oder eine Geburtsurkunde. Keinerlei Papiere, die zu verwerten wären, und keine Landbesitzurkunde. Wütend griffen sie den alten Mann bei den Armen und zerrten ihn in sein Haus. Dort hatten diese Männer innerhalb kürzester Zeit ein Chaos angerichtet, dass kaum ein Möbelstück heil geblieben war. Selbst die Vorhänge an den Fenstern waren ihrer Wut nicht entkommen. Nun richtete sich diese Wut gegen den Alten. Shore hob einen Stuhl auf und befahl Sheloquin, sich zu setzen. Der hatte keine andere Wahl, wurde er doch von einem der Männer mit aller Kraft darauf gedrückt. Sheloquin wurde heiß. Er spürte die kräftigen Pranken an seiner Schulter, die ihn am Aufstehen hinderten. Schmerzhaft bohrten sie sich in sein Fleisch, dass er hätte aufschreien können. Shore hielt ihm ein Foto hin, von dem ein junges Paar lächelte. »Deine Erben?«, fragte Shore.
Er blickte wie ein Fuchs, der seine Beute im Fang hatte, auf den Alten herab.
Sheloquin schoss das Blut heiß durch die Adern. Er war wütend auf sich selbst. Er hätte das Foto vernichten sollen, solange noch Zeit dafür gewesen war. »Nein«, brummte er.
Shore lächelte. »So? Wer dann?«
Stille.
»Sie scheinen dir sehr viel zu bedeuten. Richtig?«
Sheloquin schwieg.
»Keine Sorge, Sheloquin. Ich werde die beiden finden. Die kleine Squaw ist übrigens verdammt hübsch. Es wird mir nicht schwer fallen, ihr meinen Gewehrlauf zwischen die Beine zu schieben«, grinste Shore.
»Sie wird dir die Augen auskratzten und deine stinkenden Eier an die Geier verfüttern«, krächzte Sheloquin.
»Wo hast du die Besitzurkunde versteckt?«, fragte Harris Shore in einem gefährlich ruhigem Ton.
Sheloquin antwortete nicht.
»Gut. Wie du willst, alter Mann«, zischte Shore und verschränkte die Arme.
Seine hellgrauen Augen funkelten Sheloquin drohend an. Lässig lehnte sich Shore gegen die Überreste eines Schrankes und nickte

seinen beiden Begleitern zu. Der eine griff nach der Hand des alten Mannes und brach ihm, mit einem hörbaren Knacken, zunächst den kleinen Finger. Sheloquin schrie auf. Ihm wurde speiübel.

»Was meinst du, wie oft ich meine Frage wiederholen kann, Sheloquin?«, fragte Shore kühl.

Sheloquin rang nach Luft. »Ihr Geier werdet dieses Land niemals besitzen. Sag das deinem Auftraggeber, Shore«, stöhnte der alte Mann.

Der Angesprochene schüttelte verärgert den Kopf. Dann nickte er ein zweites Mal. Wieder knackte ein Fingerknochen unter dem Schrei des alten Mannes.

»Ist es das wert?«, fragte Shore schließlich.

»Du verfluchter Bastard!«, schrie Sheloquin heiser. Er zitterte vor Erregung. Die Angst, die nach ihm gegriffen hatte, nahm ihn nun vollkommen in Besitz. Eine Angst, die er so noch nie gespürt hatte. Unweigerlich hatten sich seine Augen mit Wasser gefüllt. Sheloquin sah alles nur noch verschwommen. Er schniefte. Die Schmerzen waren kaum mehr zu ertragen. Er betete um Erlösung. Er wusste, dass er sterben würde.

»Wo - ist - die - Urkunde?«, fragte Shore, jedes Wort einzeln betonend.

Sheloquin spuckte auf den Boden, in die Richtung, aus der die Stimme kam. Shore verzog das Gesicht zu einer furchtbaren Fratze. Dann stieß er sich von dem Schrank ab. Ohne ein weiteres Wort zog er seine Pistole und zerschoss dem alten Mann, der auf dem Stuhl saß, die Knie. Sheloquin hörte seine eigenen heiseren Schreie. Er konnte es nicht verhindern. Schweißperlen sammelten sich auf seiner Stirn. Die Schmerzen überwältigten ihn. Sheloquin drohte vom Stuhl zu kippen. Die Pranken, die sich in seiner Schulter festgebohrt hatten, hinderten ihn daran. Das Blut lief zu Boden. Sie marterten ihn. Sie verstümmelten ihn. Sie verbrannten ihn, gemeinsam mit seinem Haus. Aber sie fanden nicht, was sie suchten.

Die Nacht hatte längst Einzug gehalten, und das Feuer musste kilometerweit zu sehen sein. Der Geruch des Rauches lag über dem Land und der Wind trieb ihn langsam südostwärts. Doch im Umkreis von fünfzig Kilometern wohnte hier niemand.

Der anbrechende Morgen offenbarte die verkohlten Reste von Holzbalken und Asche. Niemand würde den alten Mann so schnell vermissen, bis auch die letzten Spuren der Nacht verwischt waren.

Hope

Hope stand auf dem Ortsschild der kleinen Stadt. Hope am Fraser River. Wer auch immer diesen Ort so genannt hatte, musste Hoffnung gehabt haben. Eingebettet lag Hope, idyllisch umgeben von bewaldeten Bergen, im Tal, durch das sich der Fraser River schlängelte. Dort, wo die Rocky Mountains mit den Coast Mountains zusammentrafen. Lange bevor ein Mann Namens Fraser dem Fluss seinen Namen gab, nannten ihn die Skwahla Indianer den Stolo, den Fluss der Lachse. Er war ihr Bruder. Sie sprachen mit ihm. Er gab ihnen, was sie zum Leben benötigten, und »Die Leute vom Fluss«, wie sich das Volk der Stolo Nation selbst nannte, achteten ihn und dankten dem Fluss. Er und das Leben darin waren ihnen heilig. Besonders der Lachs, der für sie das bedeutete, was der Büffel für die Plainsstämme war. Viele der Leute vom Fluss waren gegangen und andere Menschen waren aus einer anderen Welt gekommen. Der Fluss war geblieben. Die weißen Menschen hatten Häuser und Straßen an seinem Ufer gebaut und sie hatten Hoffnung.

Hope war relativ klein geblieben. Die meisten Menschen hatte der Goldrausch nach British Columbia gelockt. Sie waren weiter in den Norden gezogen. Nach einem langen, harten Winter hielt nun endlich der Frühling Einzug in Hope. Die Sonne schien vom fast wolkenlosen Himmel und zauberte ein Lächeln in die Gesichter der Menschen. Der Ort wurde wieder lebendiger, erwachte zu neuem Leben, wie es schien, so wie jedes Jahr um diese Zeit. Doch in diesen Tagen war etwas anders. Die Leute sprachen von dem schrecklichen Vorfall in den Bergen, zwischen dem Isolillock und dem Silver Peak. Sie raunten sich furchtbare Schauergeschichten zu, redeten hinter vorgehaltener Hand über Mord und trauerten um den alten Mann, den sie seit einem halben Jahr nicht mehr im Ort gesehen hatten. Es hieß, Cody White Crow hätte die verkohlten Überreste Sheloquins gefunden, als er mit Jägern in den Bergen unterwegs gewesen war. Die White Crows wohnten drüben bei Mission, in der Reservation. Um so mehr heizte der blaue Silverado, der schon seit Stunden vor dem Upper Fraser Valley Regional Departement der Royal Canadion Mounted Police in Old Hope parkte, die Gemüter und Gerüchte an. Jeder hier im Ort wusste, dass dieser Pickup mit dem Wolfshund auf der Ladefläche Cody White Crow gehörte. Erst vor zwei Tagen hatte der genau an derselben Stelle gestanden. Stundenlang.

><>·<><

Der junge Indianer saß im Büro der RCMP, der Mounted Police in Hope. Seine rabenschwarzen Augen funkelten den Staff Sergeant namens Ben Clifford aufmerksam an, während dieser die Aufnahme des Falles Sheloquin erläuterte. Die Luft hier drin war etwas modrig und verstaubt, so wie das ganze alte Mobiliar. An der Wand, direkt hinter dem Bürostuhl des Sergeant, klebte eine Landkarte. Sie zeigte das gesamte Gebiet um Hope: Sein Distrikt begann direkt östlich von Abbortsfond, einem Vorort Vancouvers und erstreckte sich der Grenze entlang bis zum östlichen Mount Kelly und im Norden bis nördlich über Boston Bar hinaus. Das Hope Canadian Police Office war Teil mehrerer Außenstellen im Bezirk. Cliffords Zuständigkeitsbereich war auf der Landkarte markiert und erstreckte sich also weit über den kleinen Ort Hope und die Berge hinaus. Das lag daran, dass es ringsum nur Wildnis gab, die so dünn besiedelt war, dass jeder Einwohner in Hope seinen eigenen Nationalpark eröffnen könnte.

»Tja, leider gibt es da oben keine Spuren mehr«, schloss Clifford seinen Bericht. »Alles, was wir wissen, ist, dass die Gerichtsmedizin Sheloquins Überreste eindeutig identifiziert hat und dass es keine weiteren«, der Staff Sergeant räusperte sich, bevor er weitersprach, »keine weiteren Leichen gegeben hat. Der alte Mann war allein. Vielleicht ist er mit seiner Zigarette im Bett eingeschlafen.«

Cody White Crow schüttelte entschieden den Kopf. »Sheloquin ist getötet worden. Das habe ich dir schon mal gesagt, Ben Clifford. Von zwei, vielleicht auch drei Männern. Um die 1,80 und etwa achtzig bis neunzig Kilo schwer. Sie trugen Rangerstiefel. An einem Stück Holz klebte Blut«, sagte er.

Clifford hob den Kopf samt Augenbrauen. »Du warst noch mal da oben?«, fragte er erstaunt.

»Nein. Ich habe mir das sofort angesehen, bevor alle Spuren vernichtet worden sind. Vorgestern.«

Cliffords Augen wurden noch größer. Winzige Schweißperlen erschienen auf seiner Stirn. Der junge Indianer, der ihm gegenüber saß, war erst fünfundzwanzig! Der Staff Sergeant war mehr als doppelt so alt. Achtundfünfzig, um genau zu sein. Er war groß, kräftig gebaut und im Laufe seiner Schreibtischkarriere hatte er hier und da etwas Speck angesetzt. Auf seinem Kopf standen die Haare, senkrecht und sehr kurz geschoren. Sie waren braun mit einem rötlichen Schimmer.

Clifford zog sein Taschentuch aus der Hosentasche und wischte sich über die Stirn. »Wir hatten noch nie einen Mordfall hier. Nicht, solange ich hier der Staff Sergeant bin, Cody. Hope ist ein friedlicher Ort. Wahrscheinlich der friedlichste, den es in ganz British Columbia gibt.«

Cody musste schmunzeln. »Da passt so etwas nicht, nicht vor deiner Pensionierung«, bemerkte er.

Clifford blickte auf den jungen, schlanken Mann und schwieg. Dieser hockte angespannt auf der Stuhlkante, bereit zum plötzlichen Aufspringen. Clifford kannte Cody genau. Das meinte er wenigstens. Der Indianer, der in Bluejeans und blau kariertem Hemd steckte, war anders als alle Vorstellungen, die Clifford je von einem Indianer gehabt hatte. Cody White Crows Haar war kurz und gepflegt, als wäre er gerade vom Friseur gekommen. Und er trug einen braunen Cowboyhut. Der lag im Augenblick allerdings auf dem Schreibtisch des Staff Sergeants.

Clifford spürte den herausfordernden Blick des jungen Indianers unangenehm auf sich gerichtet. Das tat kein anderer Indianer, mit dem der Staff Sergeant jemals zu tun gehabt hatte.

»Es wird in den Zeitungen stehen«, brummte Clifford schließlich missmutig.

Cody nickte. »Und es kam in den Spätnachrichten.«

»Die Leute reden.«

»Natürlich tun sie das.«

»Verflixt noch mal«, zischte Clifford. »Ich muss herausfinden, was dort oben passiert ist. Vielleicht war es Mord, vielleicht auch nicht.«

Cody lehnte sich auf dem Stuhl zurück und verschränkte die Arme.

»Mindestens einer der Männer besitzt eine Polizeiwaffe. Ich habe eine Patrone gefunden. Sie war nicht abgeschossen worden, sondern nur zu Boden gefallen«, sagte er ernst.

»Weshalb hast du mir das nicht gleich gesagt!«, fuhr Clifford auf.

»Das habe ich. Du musst mir nur mal zuhören. Aber ich bin nur ein Jagdführer, ein Fremdenführer, ein Lachsfänger und manchmal schnitze ich. Ich bin nur ein Ureinwohner, aber kein Polizist. Sheloquin musste sterben«, antwortete Cody ruhig.

»Ja. Er war dreiundachtzig«, meinte Clifford mit einem zynischen Unterton.

»Und irgendjemandem dauerte es zu lange, bis Sheloquin gehen würde.«

Der Staff Sergeant presste die Lippen aufeinander und schnaufte.
»Du lehnst dich weit aus dem Fenster, White Crow.«
Cody legte den Kopf schräg und kniff seine Augen zu kleinen Schlitzen zusammen. Er beobachtete den Clifford, wie der Berglöwe seine Beute. Holz knackte in die Stille.
»Ich will dir nur helfen, den Mörder des alten Mannes zu finden, auch wenn du mich nicht darum gebeten hast.«
»Was weißt du?«, fragte Clifford vorsichtig.
»Dass das Land da oben, Sheloquins Land, den Ureinwohnern gehört. Und nur ein Mann unseres Volkes, nur ein Skwahla, wird der Hüter dieses Landes sein.«
Clifford verzog das Gesicht, als hätte er puren Zitronensaft geschluckt.
Cody grinste kurz. Dann nahm er seinen Hut und stand auf.
»Was hast du vor?«, fragte der Staff Sergeant.
»Ich tue meinen Job. Mach du den deinen.«

Clifford brummte wie ein alter Grizzlybär über diese Respektlosigkeit. Aber er konnte dem jungen Indianer nicht böse sein. Cody war nicht unbedingt sein Freund, aber er war ihm von großem Nutzen. Das hatte der Staff Sergeant schon lange erkannt. Cody war ein wichtiger Informant. Er war zwar eigenwillig, aber zuverlässig und er belog ihn nicht. Das wusste Clifford sehr zu schätzen. Insgeheim erhoffte er sich Hilfe von dem jungen Indianer, vielleicht auch im Fall Sheloquin. Aber Cody White Crow half nur, wenn er das selbst auch wollte, wenn es seinen Interessen entsprach. Diesmal hatte er ein sehr großes Interesse daran, dass der Fall aufgeklärt wurde. Ansonsten hielt er sich aus allen Dingen heraus, die ihn nichts angingen. Mehrmals hatte der Staff Sergeant ihn deshalb als Sturkopf bezeichnet.
»Weißt du schon, wer Sheloquins Erbe antritt?«, fragte Clifford.
Cody grinste. Dann setzte er seinen Hut auf den Kopf und wandte sich zum Gehen. Der Staff Sergeant hob an, etwas zu sagen. Er öffnete seinen Mund und schloss ihn wieder, ohne dass ein Wort seine Lippen verließ. Ratlos schüttelte er den Kopf. Cody schloss die Tür hinter sich.
Draußen schien die Sonne. Der Wolfshund, der auf der Ladefläche des Pick-up gedöst hatte, hob den Kopf und winselte leise. Cody öffnete die Wagentür und wartete einen Augenblick. »Na, komm schon!« Er lachte.

20

Der Hund sprang von der Ladefläche, begrüßte seinen Herrn und war mit einem Satz im Wagen verschwunden. Cody stieg ein und startete. Er hatte die neugierigen Blicke der Menschen bemerkt. Langsam fuhr er an ihnen vorbei und grüßte freundlich, hob den Arm zur herabgelassenen Seitenscheibe heraus. Auf der anderen Seite lugte der Kopf des Hundes zum Fenster hinaus. Der Fahrtwind fuhr in sein Fell. Er kniff die Augen zusammen und genoss es.

Auch in Vancouver hatte die Sonne die Menschen aus ihren Häusern gelockt. Downtown erwachte zum Leben und wurde von den ersten Touristen des Jahres besucht. Zartes und üppiges Grün eroberte die Geschäftsviertel zurück. Der Beton schien zurückzuweichen. Parkanlagen und Villen belebten das eigenwillige Stadtbild. Vor den steil aufragenden Coast Mountains lag Vancouver, die Hauptstadt British Columbias, direkt am Pazifik. Im Osten prägten die rauen Rocky Mountains und schier unendliche Wildnis das Land. Der Wind trug den Geruch von Salzwasser mit sich in die Stadt. Unzählige Inseln lagen vor der Küste, die nur mit der Fähre oder dem Flugzeug zu erreichen waren. Manche waren bewohnt und manche nicht. In einigen einsamen Buchten tummelten sich Wale verschiedener Arten. Auf aus dem Meer aufragenden Felsen genossen Seelöwen die ersten warmen Sonnenstrahlen. Möwen und eine Vielfalt von Meeresvögeln teilten sich den Himmel mit den Weißkopfseeadlern.

Wie in jeder Großstadt trafen auch in Vancouver Reichtum und Armut knallhart aufeinander. Während in einigen Stadtvierteln unvorstellbar teure Villen standen, wohnten die Ärmsten in einfachen Siedlungen unter Brücken oder waren obdachlos. Auch die Handvoll Reservationen der Küsten-Salish, denen einst das gesamte Küstengebiet bis Squamish im Norden und in die Hochebenen des Gebirges im Osten gehört hatte, lebten mitten in der Stadt auf verhältnismäßig winzigem Territorium. Manche ihrer Siedlungen schützten sie selbst mit Zäunen.

Eine silberfarbene Mercedes-Limousine rollte durch ein offenstehendes, schmiedeeisernes Tor.

Gulcher Club – Hotel Cooperation stand auf einem Messingschild am steinernen Torpfosten. Im Schritttempo bewegte sich die Limousine die Auffahrt hinauf. Zwischen den Bäumen des parkähnlichen Gartens tauchte das Haus schließlich auf. Die weiße Villa selbst glich einem Hotel. Sie wirkte wie ein Überbleibsel aus alten Kolonialzeiten der Südstaaten der USA. Ihr Baustil, hier völlig fremd, aber keinesfalls fehl am Platz, bewies eben Stil. Harris Shore parkte den Mercedes zwischen anderen Limousinen, die bereits vor dem Eingang standen. Shore holte tief Luft und stieg aus. Dann räusperte er sich, spuckte vor seine eigenen Stiefel, bevor er die Tür zuwarf. Er fühlte sich nicht wohl in seinem Anzug. Der passte nicht zu ihm. Seine Gesichtszüge wirkten versteinert. Den Endvierziger konnte so schnell nichts aus der Bahn werfen. Auch nicht ein misslungener Auftrag. Shore hatte früh gelernt, mit Niederlagen fertig zu werden. Er hatte gelernt, Haltung zu bewahren, und sein Selbstbewusstsein war daran gewachsen. So war er hart geworden. Hart zu sich selbst und allen anderen. Diese Härte stand gerade jetzt wieder in seinem Gesicht geschrieben. Sie war sein Schutzschild. Niemand und nichts würde ihn ernsthaft verletzen können. Shore richtete sich auf, streckte seine hünenhafte Gestalt, die Respekt einflößend wirkte. Mit ausgreifenden Schritten ging er auf die Eingangstür zu.

Shore war ein Cowboy. Er arbeitete hier und da, dort, wo es gerade einen lukrativen Job gab. Er war ein Mann, der aus dem Nichts auftauchte, um schließlich auch dort wieder zu verschwinden, ohne Spuren zu hinterlassen.

Gulcher Club – Hotel Cooperation
Canada & USA – Philip Barn

stand in großen Buchstaben auf dem Eingangsschild, *Willkommen im Paradies* eine Zeile darunter. Über Shores Gesicht huschte tatsächlich ein Lächeln. Für diese Gesellschaft arbeitete er gerade. Sie hatten ihn angeheuert. Harris Shore klingelte.

Die Haustür wurde sofort geöffnet. Er wurde erwartet. Der Mann, der ihm öffnete, nickte zum Gruß. Shore würdigte ihn kaum eines Blickes. Unaufhaltsam schritt er durch die Empfangshalle. Jeder Schritt hallte wider. Die Türflügel zum Konferenzraum standen offen. Philip Barn wandte sich aus der Gruppe dem Ankömmling zu.

»Oh, Shore«, grüßte er.

Shore vermochte nicht einmal jetzt, in Gegenwart der Geschäftsleute, seine versteinerte Miene zu lösen. Aber er nickte, als er sagte: »Guten Abend.«

Jemand bot ihm einen Drink an.

Shore nahm sich ein Glas vom Tablett, trank es in einem Zug leer und stellte es sofort zurück.

»Reden wir«, sagte Barn. »Kommen Sie mit in mein Arbeitszimmer.« Er wies mit seiner Hand zu einer Tür. Dann ging der Mann, der wesentlich kleiner war als Shore, voran. Barn trug einen hellen Anzug. Shore konnte den feinen Duft seines Parfüms riechen.

»Setzen Sie sich doch, bitte«, forderte Barn ihn auf.

Während Shore sich setzte, öffnete Barn einen alten Sekretär und holte eine Schachtel heraus. Wortlos bot er Shore eine seiner Zigarren an. Shore nahm sich eine, bedankte sich knapp und steckte sie in die Innentasche seines Anzugs. Barn blickte ihn fragend an.

»Für schlechte Zeiten«, meinte Shore.

Philip Barn lächelte Shore aus seinen graublauen Augen an. Die wenigen Haare, die auf seinem Kopf geblieben waren, bildeten einen Halbkreis und waren kurzgeschnitten. Dafür trug er einen Schnauzer.

»Wie Sie wollen«, entgegnete Barn.

Er setzte sich Shore gegenüber in einen mit Samt bezogenen Sessel. Dann zündete er sich in aller Ruhe seine Zigarre an und blies den Rauch kunstvoll in die Luft. Es wirkte geradezu wie ein Ritual. Shore wartete geduldig.

»Ich billige es nicht, wenn ein Plan nicht funktioniert«, begann Barn, der etwa zehn Jahre älter als Shore sein mochte. »Ich will mir die Saison nicht entgehen lassen. Es geht um Geld. Sehr viel Geld.«

Shore schwieg.

Deshalb redete Barn weiter. »Ich kenne einflussreiche Anwälte. Die Besitzurkunde ist mit dem Tod des alten Sheloquin sowieso hinfällig. Was wir brauchen, ist ein Kaufvertrag mit seinem Erben.«

Shore nickte.

»Finden Sie ihn, und überzeugen Sie ihn, an uns zu verkaufen, egal wie«, verlangte Barn.

Shore nickte noch einmal.

Philip Barn lächelte zufrieden. »Ich möchte über alles sofort unterrichtet werden«, fügte er hinzu.

»Der Staff Sergeant aus Hope hat Ermittlungen im Fall Sheloquin eingeleitet«, berichtete Shore.

Barn horchte auf, verzog das Gesicht und zog an der Zigarre. Er schien zu überlegen. Dann blies er den Rauch zur Zimmerdecke.

»Um den Staff Sergeant kümmere ich mich«, sagte er schließlich.

»Gehört das Land da oben jetzt nicht dem ganzen Stamm?«

»Nein. Sheloquin war der einzige eingetragene Eigentümer, auch wenn er Indianer war. Die Familienoberhäupter der Squamish hatten durchaus immer Besitztümer, die weitervererbt wurden.«

»Er war Salish-Kootaney«, gab Shore zu bedenken.

Barn nickte. »Korrekt. Die Squamish gehören zu den Küstensalish. Sheloquins Frau brachte das Land mit in die Ehe. Sie war hingegen eine reinblütige Skwahla aus einer wohlhabenden Familie.«

Shores harte Gesichtszüge verloren sich in einem hintergründigen Lächeln.

»Eine gute Partie. Vielleicht sollte ich mich dort nach einer Frau umsehen«, meinte er spitzfindig.

Philip Barn lachte leise.

Dann nahm er einen tiefen, genussvollen Zug an seiner Zigarre und streifte vorsichtig die Asche am Rand des Kristall-Aschenbechers ab. Sie glitt hinein und schickte eine dünne Rauchsäule empor.

»Ich verlasse mich auf Sie, Shore. Vier Wochen – und keinen Tag länger!«, betonte Barn.

»In Ordnung«, bestätigte Shore.

Barn drückte die Zigarre endgültig aus und erhob sich. Shore stand ebenfalls auf und folgte Barn zur Tür.

»Ich würde Sie gern zum Dinner einladen«, sagte Barn, während er die Tür öffnete. Er schien es offensichtlich nicht ernsthaft zu meinen.

»Danke, Sir. Aber ich habe noch zu arbeiten«, entgegnete Shore. »Auf Wiedersehen.«

»Viel Erfolg«, wünschte Barn und wandte sich wieder seiner Gesellschaft zu.

Shore verließ das Haus.

Sanft rauschte das Wasser des Fraser River. Hier und da plätscherte es leise über Steine, als wollte es den Menschen, die an seinen verzweigten Seitenarmen River lebten, etwas zuflüstern. Sie waren die Leute vom Fluss, seit Anbeginn. Stolo nannten sie den Fraser River.

Der Fluss gehörte zu ihnen. Er war ihr Leben, gab ihnen Nahrung und Frieden. Sie waren Teil des Flusses. Aus dem Fluss waren sie geboren worden. Mit dem Fluss waren sie gestorben. Mit dem Fluss waren sie wieder auferstanden und mit dem Fluss waren sie in eine neue Zeit gegangen. Wind wiegte das Ufergras, und das Licht der Abendsonne flirrte durch die Blätter der Bäume. Er trug den Geruch der Zedern und der Bergwiesen in das Tal. Ein paar Häuser standen im Schatten der Bäume zwischen dem Trans Canadian Highway 1 und dem Wasser. Häuser in der typischen Bauweise, wie sie in jeder Reservation zu finden waren, und unisoliert auch hier im hohen Norden. Nur ein wesentlich größeres Holzhaus stand, im Gegensatz zur ortstypischen Bauweise, in ihrer Mitte, im Herzen des Dorfes. Das traditionelle Rundhaus galt als Bote vergangener Zeiten und fügte sich harmonisch in das Bild zwischen Gestern und Heute. Mehrere alte Autos standen zwischen den Häusern. Ein relativ neuer Van stand am Straßenrand. Der Platz schien auf den ersten Blick verlassen. Einige Kinder saßen auf dem Boden unter einem der Bäume und spielten im Sand. Drei Hunde sprangen herum. Eine zarte Rauchsäule stieg schräg zum Himmel hinauf. Sie verbreitete den Geruch nach frisch geräuchertem Fisch. Die Fische, die der Fluss den Skwahla brachte, waren heilig. Sie waren neben Hamburger, Chips und Diät-Pepsi die Hauptnahrungsquelle des Volkes der Fischfänger, hauptsächlich Lachsfänger und Jäger. Auch Schnitzereien hatten in der neuen Zeit wieder an Bedeutung gewonnen. Während die Kultur der Holzpfähle in der Geschichte der Skwahla keine Rolle gespielt hatte, die wiederum zu anderen Stämmen der Nordwestküste, der Salish, Haida und Tlingit gehörte, hatten sich die unterschiedlichen Kulturen mit der Zeit vermischt. So war nach Hochzeiten zwischen verschiedenen Stämmen ein Totempfahl durchaus auch in anderen Gebieten British Columbias zu finden. Nun wandten sich die Aborigines dieser Schnitzkultur wieder bewusster zu. Infolge der boomenden Tourismusbranche waren die Pfähle sehr gefragt und eine begehrte Einkommensquelle der Völker des Nordwestens geworden. Manchmal gab es sogar Aufträge aus aller Welt, hauptsächlich von Museen und Hotels. Nicht jeder Indianer konnte das. Nicht jeder durfte es.

Ein unfertiger Pfahl stand nur ein paar Meter vom Eingang entfernt. Der Bär und ein Lachs waren bereits zu erkennen. Alles andere verlor sich noch in der Fantasie des Betrachters. Holzspäne in verschiedenen Größenordnungen lagen ringsum auf dem Boden. Niemand arbeitete im Augenblick daran. Vor dem Eingang des Rundhauses saß ein alter Mann. Er schien das unfertige Kunstwerk zu betrachten. Vielleicht träumte er auch, denn er war allein. Wie lange er dort bereits saß, wusste er selbst nicht mehr. Sein graues Haar lag wellig über den Schultern. Den vorderen Schopf hatte er zurückgebunden, damit ihm die Haare nicht über die Augen fielen. Er trug eine schwarze Weste zu seiner schwarzen Hose und ein weißes Baumwollhemd. Nein, es war kein Sonntag. Es war Donnerstag, und die Sonne neigte sich bereits westwärts über die Bergkämme bis zu den Wellen des Pazifiks. Erst als er den sich nahenden Pickup-Truck hörte, regte sich der alte Mann aus seiner Starre. Er sah auf und beobachtete den blauen Silverado, bis der vor einem der Häuser parkte. Drei weitere Wagen standen bereits dort. Als der Fahrer die Tür öffnete, sprang ein großer Hund heraus. Er sah einem Wolf sehr ähnlich. Cody White Crow stieg aus und drückte seinen Hut auf den Kopf. Er hatte seinen Pflegevater, Kyce White Crow, längst gesehen. Ein Lächeln erschien auf Codys Gesicht. Er ging zu dem alten Mann. Vor ihm blieb er stehen. Der Hund kauerte inzwischen in einer Kuhle neben der Treppe des Holzhauses, vor dem der Truck parkte. Er beobachtete die beiden ganz genau.

»Guten Abend, Vater«, grüßte Cody.
Kyce sah zu dem jungen Mann auf und nickte ihm zu. »Hallo, Cody. Schön, dass du gekommen bist.«
Cody setzte sich neben ihn auf die Bank. Er lehnte sich mit den Rücken gegen die Holzplanken, wobei ihm der Hut über das Gesicht rutschte. Ein Lächeln umspielte seine Lippen. Da der Hut nicht herunterfiel, blieb er da, wo er hing.
»Auch eine Möglichkeit, sich zu verstecken«, meinte Kyce amüsiert.
Schmunzelnd zog Cody den Hut vom Gesicht. Sein Blick fiel genau auf das unfertige Schnitzwerk.
»Ich verstecke mich nicht, Vater«, antwortete er. »Ich versuche nur, einen Augenblick an nichts zu denken.«
Kyce nickte. »Clifford glaubt dir nicht«, stellte er fest. Auch er blickte wieder zu dem Holzpfahl, der auf seine Vollendung wartete.
»Hm. Ich glaube schon. Aber das ist nicht das Problem. Er hat Angst, etwas zu tun, denke ich. Er ist es, der sich verstecken möchte«, antwortete Cody.
Kyce schwieg.

Zwei weitere Männer gesellten sich zu ihnen. Stehend warteten sie vor dem Eingang. Sie unterhielten sich leise. Mit der Zeit fuhren immer mehr Wagen vor, und die Leute versammelten sich. Irgendwann gingen sie in das Rundhaus hinein. Cody wandte sich Kyce zu. Seine Augen blinzelten vorwitzig, als er seinen Pflegevater ansah.

»Was hältst du von einer Schlange?«, fragte Cody unvermittelt.

»Hm«, brummte Kyce unschlüssig.

Cody schmunzelte.

»Mal sehen, was heute Abend herauskommt. Der alte Fuchs beschäftigt ein ganzes Volk mit seinem Vermächtnis.«

Kyce lachte.

Dann stützte er seine Hände auf die Bank und erhob sich. Cody stand ebenfalls auf und folgte Kyce in das Haus. Der braune Cowboyhut blieb verlassen auf der Holzbank zurück. Der Wolfshund schlich sich heran, schnappte ihn und trug ihn vorsichtig zu seinem Platz, der Kuhle. Dort legte er sich schützend auf den Hut.

Gelbes Dämmerlicht und leise Stimmen erfüllten den Raum. Cody und sein Pflegevater suchten sich einen Platz und setzten sich. Irgendwann verstummte das Gemurmel vollkommen. Die Versammlung wurde eröffnet. Der Anführer, der Siem, hatte sich erhoben und sprach zu den Versammelten. Der Grund der Zusammenkunft war der Mord am alten Sheloquin. Niemand hier glaubte an etwas anderes, als dass der alte Mann ermordet worden war. Die Gerüchte gingen seltsame Wege, nicht nur in Hope, sondern auch in Chilukwayuk, dem Gebiet der Skwahla. Einige vertraten inzwischen die Meinung, dass es besser wäre, das Land zu verkaufen, da das Geld dringend gebraucht wurde und allen zugute kam. Aber einige waren strikt dagegen, heiliges Land zu verkaufen, das seit Urzeiten den Skwahla gehörte. Sie plädierten dafür, das Land vor der Abholzung und der infrastrukturellen Erschließung zu beschützen. So hatten sie es immer gehalten, und so war es Sheloquins Wille gewesen. Die einzelnen Sprecher vertraten klar ihren Standpunkt und versuchten, alle anderen von ihrer Meinung zu überzeugen. Das erhitzte die Gemüter im Verlauf der Versammlung immer mehr. Es wurde heiß im Raum.

Cody White Crow erhob sich von seinem Platz und bat darum, etwas sagen zu dürfen.

»Vielleicht sollten wir den fragen, den der alte Sheloquin als den rechtmäßigen Erben seines Landes eingesetzt hat«, sagte er schließlich laut und deutlich vor den Versammelten.

Einige nickten bereits zustimmend. Andere verharrten in schweigender Zurückhaltung. Ein junger Mann, etwa in Codys Alter, der neben dem Anführer saß und ebenfalls ein angesehenes Mitglied des Rates war, sprang von seinem Platz auf und meldete sich zu Wort, bevor es ein anderer tat. Seine schwarzen Augen blitzten in der Dämmerbeleuchtung des großen Raumes auf. »So? Dann sage uns, wer das ist!«, verlangte er mit scharfer Stimme.

Cody atmete tief durch. Im Raum herrschte Stille. Jedermanns Augen waren auf die beiden jungen Männer gerichtet. Die Blicke wechselten von einem zum anderen. Was würde Cody White Crow seinem Stiefbruder antworten? »Kyce White Crow«, sagte Cody mit fester Stimme.

Ein leises Raunen durchflutete den Raum. Wieder folgte Stille. Der gefragt hatte, legte den Kopf schräg. Ein Lächeln umspielte seine Lippen, und sein Blick schien Cody durchbohren zu wollen.

»Das Büro für Landmanagement behauptet, es gibt keine Besitzurkunde und keinen Erben und damit keine privaten Ansprüche. Es gibt kein Testament! Somit geht das Land an den Clan zurück, da der alte Mann keine Verwandten und keine Familie mehr hatte. Niemand hat Papiere von ihm gefunden«, sagte er schließlich.

Cody nickte nur.

»Du?«

Cody nickte nochmals. »Ich habe das Testament und ich habe die Besitzurkunde des Landes, um das wir uns streiten. Niemand wird das Land verkaufen. Auch du nicht. Der alte Mann hat es sein Leben lang behütet. Er hat dafür gekämpft, und er musste dafür sterben. Deshalb hat er alles in diesem Sinne geregelt, bevor die Mörder kamen.«

Stille lag im Raum wie die schwere Luft vor einem Gewitter. Codys Gegenüber verzog das Gesicht.

»Wie kommst du dazu, und woher willst du wissen, dass die Papiere die echten sind?«

»Du, David White Crow, müsstest es besser wissen«, zischte Cody seinen Stiefbruder an.

Kyce erhob sich und fasste nach dem Handgelenk seines Adoptivsohnes, der neben ihm stand. Er spürte den schnellen Puls der Erregung. Cody senkte den Blick, und seine Gesichtszüge wirkten wie versteinert.

»Cody hat recht«, sagte Kyce leise, aber für alle deutlich hörbar. »Doch ich werde das Erbe nicht antreten können. Ich bin zu alt, um allein oben in den Bergen leben zu können.«

Wieder drang ein Raunen durch die heiße Luft. Cody hob den Blick und richtete ihn zu seinem Adoptivvater. Die Enttäuschung darin zu sehen, tat Kyce White Crow im Herzen weh.

»Die Killer werden wiederkommen, Cody. Und sie werden nicht vor mir Halt machen. Ich habe keine Angst zu sterben. Aber es würde auch niemandem etwas nützen. Ihr alle würdet dann wieder hier sitzen und beraten, genau an derselben Stelle wie jetzt, und niemand wüsste, was zu tun ist, da ihr euch selbst nicht einig seid.«

Das Raunen unter den versammelten Männern und Frauen wurde lauter. Der Siem erhob sich. »Wir müssen eine Lösung finden, die im Interesse aller ist. Ich frage euch: Ist es das Land wert, dass noch ein Mann sein Leben dafür gibt, bevor wir zur Vernunft kommen?«

»Welche Vernunft meinst du?«, fragte Cody trotzig.

»Hüte deine Zunge, du …«, fuhr David seinen Stiefbruder an.

Er schluckte die Beleidigung, die ihm auf der Zunge lag, noch in letzter Sekunde. Doch Cody wusste genau, was David ihm sagen wollte.

Cody wusste, dass er nicht zur Familie gehörte. Er wusste, dass er adoptiert war und seit seinem zweiten Lebensjahr White Crow hieß. Nach dem Tod seiner Mutter hatte Kyce White Crow den Jungen zu sich genommen, adoptiert und behandelt wie seinen eigenen Sohn. Cody ignorierte die Worte seines älteren Stiefbruders und hüllte sich in Schweigen.

Ein anderer Mann trat in Erscheinung und meldete sich zu Wort. Er sprach sich dafür aus, dass das Land und Sheloquins Vermächtnis es wert sei, dafür zu kämpfen. Doch er wog auch die Worte des Siems genau ab. Nein. Es sei es nicht wert, noch weitere Leben zu opfern, meinte er unmissverständlich. Die Diskussionen entbrannten erneut und dauerten bis weit nach Mitternacht. Irgendwann ergriff Kyce White Crow noch einmal das Wort. »Ich habe euch etwas zu sagen«, begann er und zog damit die volle Aufmerksamkeit auf seine Person. »Ich bin dagegen, dass dieses Land verkauft wird. Das wisst ihr alle. Wenn wir das jetzt tun, dann haben die Mörder ihr Ziel erreicht. Ich bin zu alt, um es allein zu verteidigen. Ich werde diese Aufgabe einem Jüngeren aus unserer Familie überlassen.«

David White Crow sah seinem Vater erwartungsvoll in die Augen. Doch dieser wich seinem Blick aus und wandte sich Cody zu.

»Cody White Crow!«, sagte er schließlich mit ernster Stimme, die seinem Entschluss Nachdruck verlieh.

Cody atmete tief ein und hielt die Luft an, während sich David langsam erhob. »Er ist nicht aus unserer Blutlinie, Vater«, empörte er sich.

Kyce schwieg.

Dann erschien ein vielsagendes Lächeln auf seinem Gesicht. »Cody ist mein Sohn«, entgegnete er ruhig.

Natürlich. Das wusste jeder hier im Raum. Cody war von Kyce adoptiert worden und trug seinen Namen. Niemand verlor ein Wort, einen Gedanken darüber. Auch ein Adoptivsohn war ein vollwertiges Familienmitglied. Nichts Ungewöhnliches. Keine Seltenheit. David öffnete den Mund und schloss ihn wieder, ohne ein Wort gesagt zu haben. Sein feindseliger Blick traf Cody. David sah ein, dass es keinen Sinn hatte, diese Sache mit seinem Vater vor der Versammlung auszutragen. Er riskierte damit, sich lächerlich zu machen, vielleicht sogar, sein Gesicht zu verlieren. Also schwieg er. Demütig nickte er und ließ sich auf seinen Platz zurückgleiten. Die anwesenden Männer und Frauen akzeptierten diese Entscheidung. So fand die Beratung in den frühen Morgenstunden ein Ende. Einige gingen schweigend, andere flüsternd zu ihren Häusern.

Cody wartete an der Tür.

Als David White Crow schließlich an seinem Bruder vorbei trat, würdigte der ihn keines Blickes. Cody folgte David und hielt ihn am Arm zurück. David fuhr unwirsch herum. Seine Augen funkelten gefährlich.

»Wir sollten reden«, begann Cody.

»Weshalb? Es ist alles gesagt«, zischte David und war im Begriff weiterzugehen.

Wieder hielt Cody ihn zurück. Wieder fuhr David aufgebracht herum. Doch er beherrschte sich. Die beiden Brüder wurden beobachtet.

»Du willst das Land verkaufen. Ich nicht. Aber ich will dir auch sagen, weshalb, damit du es begreifst. Ich will dich nicht in die Ecke drängen. Ich will meinen und den Willen des alten Mannes durchsetzen, ohne dich bloßzustellen, ohne dich auf ewig zum Feind zu haben und nicht ohne versucht zu haben …«

Schallendes Gelächter schlug Cody mitten im Satz entgegen. David verhöhnte Cody.

Einige Dorfbewohner wandten sich zu den beiden Männern um und verschwanden schnell hinter ihren Türen. Nur eine dunkle Gestalt verharrte reglos auf der Bank vor der Eingangstür des Holzhauses.

Als David sich beruhigt hatte, sagte er leise: »Okay. Und wie stellst du dir das vor, Kleiner?«

»Wir gehen dorthin, wo das Haus des alten Mannes stand. Wir beide. Allein. Ich will dir etwas zeigen«, antwortete Cody.

David starrte seinen Stiefbruder einen Augenblick an. Nichts in seinem Gesicht regte sich. Er schien zu überlegen. Dann nickte er langsam. »Du bist verrückt, aber ich komme mit. Dann wirst du auch hören, was ich dir zu sagen habe.«

»Wenn wir geschlafen haben, brechen wir auf«, beschloss Cody.

Ohne ein weiteres Wort zu wechseln, wandte sich David ab und ging. Cody sah ihm nach und ging ebenfalls. Der Hund winselte leise, als er seinen Zweibeiner erkannte. Cody lächelte müde. Dann ging er in die Hocke, streichelte ihn kurz über den Kopf und nahm seinen Hut. »Danke, mein Freund.«

Cody stand auf, betrachtete das Hutinnere und setzte ihn schließlich auf. »Komm, Mellow. Gehen wir schlafen. In ein paar Stunden haben wir einen weiten Weg vor uns.«

Der Hund sprang auf und folgte seinem Zweibeiner in das Haus, das Kyce White Crow gehörte. Wenige Minuten später kam der Wolfshund mit einer Rippe wieder heraus, legte sich direkt vor die Eingangstür und machte sich über seinen Leckerbissen her. Der Mann, der reglos auf der Bank am Holzhaus saß, erhob sich und verschwand unbemerkt in seinem Haus.

Die Sonne stand über den Bergkämmen, als David White Crow zu seinem Bruder in den Silverado stieg. Seine junge Frau, Tessa, stand an der Haustür und winkte ihm nach. Vier Jahre waren sie verheiratet, und noch immer hatten sie kein Kind bekommen. Sie litten beide darunter. Nichts wünschten sie sich sehnlicher. David war kein Abenteurer. Er war ein Schnitzer mit Visionen, handwerklich geschickt und künstlerisch begabt. David pflegte die Traditionen seines Volkes und vertrat die Menschen hier, in der Mission Reservation am Fraser River als wichtiges Mitglied im Stammesrat, und er galt weithin als Friedensstifter. Das brachte ihm nicht nur große Verehrung ein. Manche Leute seines Volkes trauten ihm nicht. Sie behaupteten, David würde sich noch selbst verkaufen, um nirgendwo anzustoßen. Ja, er wäre zu feige, um zu kämpfen. David wusste davon. Doch er wollte sein Volk und seine Familie beschützen. Er wollte Sheloquins Land verkaufen, damit niemand mit seinem Blut dafür bezahlen musste. Er wusste, wozu solche Leute fähig waren. Sie waren mächtig wie böse Geister. Sie besaßen Geld, das ihnen diese Macht verlieh. Und sie würden niemals Ruhe geben. Deshalb stieg David zu Cody in den Truck. Er wollte ihn davon überzeugen, dass ihr Leben und das ihrer Kinder wertvoller war. Wertvoller als dieses Stück Wildnis. Der große Wolfshund saß längst auf der Ladefläche des Pickup, als der anfuhr. David hatte die Seitenscheibe herabgelassen und hob die Hand zum Gruß. Er blickte in die traurigen Augen seiner Frau. David sah sie noch immer, als der Truck sein Zuhause längst verlassen hatte. Er schwieg. Im Radio lief leise Countrymusik.

Cody hatte seinen Hut fest auf den Kopf gedrückt und die Sonnenbrille auf der Nase. Den Blick geradeaus gerichtet, steuerte er seinen Truck geradewegs nach Hope. Dort verließ er die asphaltierte Straße, den Canadian Highway 1, und bog nach rechts auf die Hope Forest Service Road ab. Ein Schotterweg, der als Holzfällerstraße ausgezeichnet war, führte direkt in den Wald und wand sich in gut ausgebauten Kurven stetig bergauf. Eine Staubwolke hatte sich hinter dem Truck gebildet und folgte ihm. Mitten in der Wildnis zweigte sich der Weg auf. Ein paar Kilometer weiter geradeaus lag der Silver Lake, der bei den hiesigen Anglern sehr beliebt war. Cody hielt sich rechts. Er wusste genau, wohin er fuhr. Es war sein Zuhause. Irgendwann wurde der Weg schmaler. Hirsche knabberten ungestört an den ersten frischen Grashalmen des Frühjahrs. Ein See tauchte direkt neben dem Weg auf. Er spiegelte das Grün der Tannen wider. In dem smaragdgrünen Wasser lagen umgestürzte Bäume, deren Stämme sich ineinander verkeilt hatten. Biberburgen erschienen vor den Augen der Betrachter und verschwanden wieder. David schwieg noch immer. Schließlich wurde der Weg wieder etwas breiter, und der Urwald rechts und links davon lichtete sich. Zwischen die einzelnen Bäume drang das Sonnenlicht bis zum Waldboden. Licht und Regen hatten grüne Pflanzen und Gras dorthin gezaubert. Einige Pferde knabberten daran. Ein großes Steinhaus mit Holzdach tauchte auf. Es schien geradezu mit dem Felsmassiv, das direkt dahinter aufragte, verwachsen zu sein. Große Zedern und einige Ahornbäume spendeten Schatten. Stacheldrahtzäune führten irgendwo seitwärts ins Gesträuch. Dieser Ort wirkte verlassen. Nicht mal ein Auto parkte hier. Nur zwei halb verrostete Pferdetrailer standen abseits unter den Bäumen.

Cody stoppte den Truck und stellte den Motor ab. Die beiden Männer hatten während der ganzen Fahrt kein Wort gewechselt.

»Mein Freund scheint unterwegs zu sein«, sagte Cody leise.

Der Hund war längst von der Ladefläche gesprungen und checkte das Anwesen. David stieg aus und streckte sich. Er wusste, dass Cody von hier aus mit seinen Kunden in die Berge zur Jagd ging. Hier endeten die Straße und die Zivilisation. Die endlose Wildnis der bewaldeten Berge begann. Hier begann Sheloquins Land.

Es war still. Nur ein Vogel zwitscherte. Dann wieherte ein Pferd. Es hatte Codys Truck erkannt. Cody schlug die Wagentür zu, lehnte sich rücklings dagegen und zündete sich eine Zigarette an. David ging um den Truck herum und lehnte sich neben Cody. Wortlos hielt Cody seinem Bruder die Schachtel hin. Der zögerte einen Augenblick, bevor er zugriff und sich die Zigarette ansteckte. Über Codys Gesicht huschte ein Lächeln.

»Ich bin nicht dein Feind, Cody«, sagte David leise.

»Ich weiß. Aber auch nicht mein Freund. Du bist mein Bruder, auch wenn dich dein Vater nicht gefragt hat«, antwortete Cody ebenso leise. »Aber für dich wäre es einfacher gewesen, wenn Kyce dir die Entscheidungen überlassen hätte. Du bist sein leiblicher Sohn. Deshalb verstehe ich deine Beweggründe.«

David atmete tief durch und hüllte sich wieder in Schweigen. So rauchten sie gemeinsam ihre Zigaretten zu Ende.

»Was machen wir, wenn dein Freund heute nicht mehr hier auftaucht?«, zweifelte David.

»Wir stehlen ihm die Pferde«, antwortete Cody prompt. Dann lachte er.

David schnaufte.

»Hey! Wo ist deine indianische Geduld geblieben? Wo dein Sinn für Humor?«, stichelte Cody.

»Wahrscheinlich im letzten Jahrhundert hängen geblieben«, knurrte David.

Cody schmunzelte und schüttelte den Kopf. »Drei der Pferde gehören mir«, sagte er schließlich. »Außerdem kennt Jean meinen Truck genau. Wir werden satteln und nehmen ein Packpferd mit hinauf.

Vielleicht kommt er nach Hause, bevor wir aufbrechen, vielleicht auch nicht.« Mit diesen Worten löste sich Cody von seinem Truck und kramte die Wanderreithalfter heraus.

Nach etwa einer Stunde, als die beiden Männer gerade aufbrechen wollten, rollte ein alter, blauer Ford auf dem Schotterweg heran. Mellow kam mit großen Sprüngen herbei und bellte. Der Kies knirschte unter den Reifen des Pickup-Trucks. Jean Sun Road, der Herr des Grundstücks, hatte die Gäste erkannt und grüßte schon von Weitem. Direkt vor den beiden Männern parkte er seinen Wagen. Jean stieg aus. Er freute sich offensichtlich über die Besucher. Der Hund sprang Jean an und begrüßte ihn wie einen alten Freund. Jean lachte und kraulte ihm ausgiebig das Fell. Der Wolfshund genoss es. Jean hatte dunkelbraunes, dichtes Haar, sonnenverbrannte Haut und unzählige Fältchen in seinem Gesicht. Seine helle Jeans zeigte Spuren harter Arbeit, und sein Holzfällerhemd stand offen. Er begrüßte die beiden Männer herzlich. »Schön, euch zwei mal gemeinsam hier zu sehen«, sagte er spitzfindig. »Und ganz ohne Blessuren.«
»Aus dem Alter, als wir uns um deine Töchter geprügelt haben, sind wir heraus«, konterte Cody und schmunzelte.
Jean lachte herzlich. »Ihr wollt in die Berge?«, fragte er dann.
»Ja«, antworteten die beiden gleichzeitig.
Jean nickte. Er war ein Squamish Kootaney, ein Teil Cree, und irgendein Großvater war ein Weißer gewesen. Daher hatte er wahrscheinlich das Braun in den Haaren und die braunen Augen geerbt. Der Siebenundvierzigjährige hatte seine Frau vor einem Jahr an den Krebs verloren. Drei erwachsene Töchter waren ihm geblieben. Die ältesten zwei waren inzwischen verheiratet. Chichi lebte mit ihrer Familie in Hope und hatte ein kleines Geschäft eröffnet, in dem sie Kunsthandwerk der Aborigines kaufte und verkaufte. Die andere lebte mit ihrer Familie in der Nähe von Kamloops auf einer Ranch. Montaya, die jüngste Sun Road, studierte Völkerkunde in Vancouver. Sie wohnte die Woche über im Internat in der großen Stadt und kam an manchen Wochenenden und in den Ferien nach Hause zu ihrem Vater. Jean war stolz auf seine Töchter. So wohnte er allein mit seinen Pferden hier draußen und freute sich über jeden Besuch.

»Aber etwas Zeit für ein Lunch habt ihr doch noch. Ich war gerade einkaufen. Meine Kleine kommt am Wochenende nach Hause«, lächelte Jean und rechnete nicht mit einer Ablehnung.
Cody und David nahmen die Einladung gerne an. Auch Mellow hatte keine Einwände und folgte den Männern in das Haus.

><><><><

»Auf bald«, verabschiedete sich der Herr des Hauses zwei Stunden später von seinen Besuchern. Cody und David White Crow stiegen auf die Pferde. Sie trugen die üblichen karierten Wattejacken und Cowboyhüte.
»Auf bald«, erwiderte David.
Cody nickte Jean freundlich zu.
»Seid vorsichtig«, sagte Jean ernst. »Man kann nie wissen, wer jetzt alles da oben herumschnüffelt.«
»Der Staff Sergeant und seine blinden Gehilfen«, grinste Cody.
»Wenn sie euch für Bären halten, werden sie auf euch schießen«, grinste Jean.
»Vielleicht. Oder sie werden sich vor Angst in die Hosen machen«, meinte Cody. »Vielleicht verlaufen sie sich auch dort oben und finden nie mehr zurück. Einen Mörder jedenfalls wird Ben Clifford nicht finden. Weder in den Bergen noch an seinem Schreibtisch.«
Mit diesen Worten ließ Cody sein Pferd antreten. Das Signal zum Aufbruch für Mellow. Sofort sprang der Hund herbei und lief den Weg ein Stück voraus. Er kannte sich hier aus. Der Hund hatte Cody immer begleitet. Da, wo Cody war, war auch der Hund. Da, wo der Hund war, war auch Cody nicht weit.
»Danke!«, rief Cody Jean zu.
Der hob noch einmal die Hand zum Gruß. Sein Blick folgte den Reitern, bis der Wald sie verschluckte.

Montaya Sun Road

Es war Freitagnachmittag. Ein Mann saß auf der kleinen weißen Mauer am Eingang zum MOA, dem Museum of Anthropology, in Vancouver. Er saß allein dort, und es schien, als würde er auf jemanden warten. Die Leute, die ein und aus gingen, beachteten ihn nicht. Der Fremde trug Jeans, kurze Stiefel und eine braune Steppjacke über dem karierten Hemd. Die Jacke war offen. Obwohl die Sonne schien, war es im Halbschatten noch relativ kühl. Nichts an dem Mann war ungewöhnlich, nichts auffällig. In seiner Sonnenbrille spiegelten sich Licht und Schatten. In den Händen hielt er ein Foto. Doch er betrachtete es nicht. Er spielte damit, wendete es fortwährend zwischen zwei Fingern, als wäre es eine Pokerkarte. Worauf sein Blick wirklich gerichtet war, war nicht zu erkennen.

Ein Besuch des Museums für Völkerkunde war immer ein lohnender Höhepunkt für Touristen. Eine der schönsten Sammlungen aus dem Kulturkreis der Ureinwohner der Nordwestküste befand sich darin. Ein Teil der Kunststücke der Nordwestküstenindianer wurde natürlich auch im Vancouver-Museum ausgestellt, das sich auf die Geschichte der Stadt, die Besiedelung der Provinz, aber auch Kunst spezialisiert hatte.

Einzelne Sonnenstrahlen hatten an diesem Nachmittag zwischen wandernden Wolkenhaufen den Weg zur Erde gefunden. Zaghaft ließen sie ein Gefühl von Frühling aufkommen. Doch der auffrischende Wind war kalt und ließ die Flaggen vor dem Museum flattern. Reglos hingegen verharrte der geschnitzte Holzmann auf einem Podest, der einen Raben in seinen Armen hielt. Er schien eine Art Wächter zu sein. In einem künstlerisch gestalteten Wasserlauf befanden sich zwei große bunte Lachse aus Metall. Das Wasser plätscherte kaum hörbar. Der Mann, der auf der kleinen Mauer saß, stand langsam auf und schob das Foto in seine Hosentasche. Eine junge Frau, die quer über den Vorplatz eilte, erregte seine Aufmerksamkeit. Die Turnschuhe unter ihrer Bluejeans tanzten über die Pflastersteine. Das lange Haar wehte wie die Fahnen im Wind. Sie kam direkt auf den Eingang zu. Der Mann ging zwei Schritte auf sie zu und sprach sie an. »Guten Tag. Mein Name ist Shore, und man hat mir im Museum gesagt, dass Sie mir helfen können.«

Die junge Frau hielt inne und betrachtete den Mann, dem sie gerade bis zur Schulter reichte.

»Inwiefern?«, fragte sie erstaunt.

»Ich habe Aussicht auf einen guten Job in einem Provincialpark. Der setzt aber voraus, dass ich mich mit den Gepflogenheiten der Ureinwohner auskenne. Nur … ich habe leider keinen blassen Schimmer«, bedauerte er und nahm seine Sonnenbrille ab.

»Was für einen Job?«

Shore lächelte charmant. »Fremdenführer.«

Die junge Frau kicherte amüsiert.

»Lachen Sie mich etwa aus, Miss …«, fragte Shore enttäuscht.

»Könnte sein, ja. Aber weshalb ich? Ich studiere noch.«

»Sie sind Ureinwohnerin!«

Die junge Frau kniff die Augen ein wenig zusammen. Sie antwortete nicht. Der Fremde war zwar etwas aufdringlich, aber er wirkte tatsächlich unbeholfen und ein wenig charmant. Schlagfertig genug war sie, um mit solchen Typen umzugehen, aber unhöflich wollte sie nicht sein. Auf ihrem braunen Gesicht erschien ein versöhnliches Lächeln, das sanfte Grübchen auf ihre Wangen zauberte.

»Also gut, Mr. Shore. Kommen Sie mit«, sagte sie schließlich.

»Harris Shore, Madam. Sie können Harris zu mir sagen, wenn Ihnen das recht ist.«

»Montaya Sun Road. Freut mich, Sie kennenzulernen«, entgegnete die junge Frau und ging die Stufen zum Eingang des Museums hinab. Unter dem Vordach, im Schatten vor den Glastüren, blieb sie stehen. Sie wies auf das Mosaik am Boden.

Shore nickte und blickte fragend auf das bunte Wirrwarr, das ihn nicht im Geringsten interessierte. Er glaubte, dass ihn Augen daraus anstarren würden und verzog die Mundwinkel.

»Xay temixw. Unser Territorium – groß, weit und überwältigend«, sagte Montaya stolz. Dann wandte sie sich einer der drei Eingangstüren zu.

Shore sprang eilig an ihr vorbei, um ihr die Tür zu öffnen. »Sie haben einen wunderschönen Namen. Montaya Sun Road … habe ich noch nie gehört.«

Montaya Sun Road schüttelte amüsiert den Kopf und ging voran.

Nachdem sich die Anthropologiestudentin bei der Leitung angemeldet hatte, kam sie zurück zum Eingangsbereich und holte den Mann namens Harris Shore von der Kasse ab.

»Ich habe um zwei Uhr eine Gruppe zur Führung. Es wäre schön, wenn Sie sich anschließen würden.«

Shore blickte zur Wanduhr und schien ein wenig enttäuscht. Es blieben nur noch fünf Minuten. Er willigte ein. Geduldig folgte er der Touristengruppe durch das Museum, das er heute das erste Mal in seinem Leben betreten hatte. Er zeigte außerordentliches Interesse und stellte sogar hin und wieder Fragen. Das brachte ihm das Wohlwollen der indigenen Anthropologiestudentin ein. Shore zeigte sich außerordentlich charmant. Diese Führung schien geradezu perfekt zu sein, um seinen Wissensdurst zu stillen. Als jemand aus der Gruppe fragte, was es mit den Marterpfählen auf sich hatte, machte sich Gelächter breit.

Montaya erklärte geduldig. »Das sind keine Marterpfähle, Madam. Die gibt es nur in alten Wildwestfilmen. Das sind Totempfähle. Eine Art Familienwappen, wie Sie dazu sagen würden. Die kunstvoll geschnitzten Tiere sind die Ahnen und Hüter der jeweiligen Clanfamilien. Hier zum Beispiel der Clan des Raben. Dazu kamen die Schutzgeister, die den jeweiligen Clanmitgliedern als Visionen erschienen, sowie die Geistermasken, die das Gute verkörpern und das Böse vertreiben sollen. Solche Masken fanden sich als Tanzmasken für Rituale und an den Hauseingängen der Clanfamilien wieder.«

»Aber sie sehen so furchterregend aus, Miss«, entgegnete die Besucherin zweifelnd.

Montaya lächelte verständnisvoll. Viele der Fragen hatte sie schon oft gestellt bekommen. Immer wieder beantwortete sie diese geduldig und ausführlich. Die Menschen, die in das Museum kamen, zeigten immer ehrliches Interesse und hatten Respekt verdient. Und schließlich konnte Montaya auf diese Weise ihrem Volk eine Stimme verleihen, die gehört und in die Welt getragen wurde.

»Das stimmt«, antwortete sie.

»Das sollten sie auch, für ungebetene Gäste und Feinde, zur Abschreckung. Kein Clanmitglied hatte etwas zu befürchten, denn es war zu ihrem Schutz.«

»Aha«, nickte die Dame.

»Ich hätte auch gern solch eine wundervolle Schnitzerei vor meinem Haus stehen«, bemerkte ein Mann, der zwischen Shore und Montaya stand.

»Unter unseren Leuten gibt es noch einige begabte Pfahlschnitzer. Während unsere Museumsstücke aus der alten Zeit stammen und oft mehrere hundert Jahre alt sind, entstehen auch heute immer wieder neue Pfähle. Die Tradition lebt damit weiter, und wir sind stolz darauf. Die Holzpfähle, die man auf öffentlichen Plätzen, in Museen, im Stanley Park und vor vielen Hotels in der Gegend, ja sogar am Flughafen, vorfindet, stammen von verschiedenen Stämmen der Nordwestküste. Diese sind neuzeitlich und werden im Auftrag angefertigt. Sie können sich gern beim Ausgang an der Museumsinformation melden.«

»Danke«, sagte der Mann erfreut.

Montaya führte die Gruppe weiter zu der Geschichte und Bedeutung der Lachse im Volk der Skwahla am Fraser River, den sie Stolo nannten. Sie erzählte, dass die Lachse heilig waren und Leben bedeuteten. Ihnen zu Ehren wurden Feste abgehalten, Rituale und Opfergaben. Sie berichtete auch, welche bösen Folgen die Fischindustrie und der Export der Lachse hatten.

»Die Lachse waren fast ausgestorben, und der Fluss strafte uns wegen unseres Tuns. Die europäischen Einwanderer vernichteten uns nicht mit Gewehren, sondern mit ihrer wachsenden Fischindustrie. Mit den Lachsen schwanden unsere Kultur, unsere Sprache und unser altes Leben. Die Ureinwohner leben heute in vielen kleinen Reservaten ringsum, auch mitten in den großen Städten wie Vancouver und Victoria, und versuchen, die zu bleiben, die sie sind. Aber leider sieht die Realität dort traurig aus und die Armut ist entsprechend deprimierend«, schloss Montaya.

»Nicht ganz«, wandte Shore ein. »Sie sind eine begabte Anthropologiestudentin, modern gekleidet und weiß Gott nicht auf den Mund gefallen. Und trotzdem eine Indianerin.«

»Squamish«, bestätigte Montaya, nicht ohne Stolz in ihrer Stimme. Dann wandte sie sich um und ging weiter. Die Gruppe der Menschen folgte ihr. Nach etwas mehr als einer Stunde war die Führung beendet. Die Besucher verabschiedeten sich. Einige hatten noch Fragen. Auch Shore hatte Fragen. Geduldig wartete er, bis der letzte der Touristen gegangen war.

»Das war eine sehr beeindruckende Führung, Miss Sun Road. Äußerst interessant«, lobte er schließlich. »Tun Sie das jeden Tag?«

»Nein. Nur donnerstags und freitags. Nachmittags, nach den Vorlesungen. Ich finanziere damit meine Bücher, und schließlich macht es mir auch sehr viel Spaß.«

»Wohnen Sie auch in der großen Stadt?«

Montaya lächelte nur und blieb die Antwort schuldig.

»Darf ich Sie heute Abend zum Essen einladen, Miss Sun Road?«

»Nein«, antwortete sie prompt.

Shore zeigte sich enttäuscht.

»Und ich habe noch so viele Fragen.«

»Okay.« Montaya verschränkte die Arme.

»Fragen Sie!«

Shore setzte sich auf eine der Holzbänke, die im Eingangsbereich neben den Glastüren standen. Er atmete tief ein und aus, sah sich ein wenig verstohlen um, suchte möglicherweise nach den passenden Fragen.

Montaya wartete geduldig.

Da Shore sie nicht ansah, musterte Montaya ihn. Der Mann hätte ihr Vater sein können. Er hatte genau solche sonnenverbrannte Haut, die Männer hatten, die den ganzen Tag draußen waren. Die Fältchen in seinem Gesicht und der Dreitagebart passten zu seinem ganzen Erscheinungsbild. Shore wirkte irgendwie eigenartig. Seine hellgrauen Augen sagten etwas anderes als seine schmeichelnden Worte. Was wollte der Fremde wirklich?

»Was hatte das mit den Familienclans auf sich? Leben die Indianer auch heute noch in Clans?«, fragte Shore schließlich.

Montaya blieb stehen. Sie wollte sich nicht neben den fremden Mann auf die Bank setzen, der daraus womöglich falsche Schlüsse ziehen konnte. Sie lehnte sich an die Wand und verschränkte ihre Arme. Dann sagte sie ihm alles, was sie gewöhnlicherweise den Touristen darüber erzählte.

»Familienbesitz gab und gibt es also auch? Es gehört nicht grundsätzlich alles allen?«, fragte Shore ziemlich direkt.

»Gab es, ja. Aber die Reservatsbewohner der vielen umliegenden kleinen Reservate und Siedlungen sind sehr arm. Sie besitzen nicht viel, helfen sich gegenseitig, um leben zu können.«

»Land«, erwähnte Shore gezielt.

Montaya spürte den Anflug von Misstrauen.

»Oh ja. Natürlich. Das Land, der Fluss, die Fische, die Geister, die Luft, die sie atmen. Alles gehört den Ureinwohnern. Alles. Wussten Sie das nicht?«, wich Montaya aus.

Shore richtete den Blick direkt auf die Anthropologiestudentin. Seine eisgrauen Augen starrten sie an. Sein Gesicht schien versteinert.

»Sie sind sehr hübsch, Miss Sun Road. Wissen Sie das?«

»Es gibt einige junge Männer, die das behaupten«, konterte Montaya. Auf Shores Gesicht erschien ein Lächeln. Diesmal wirkte es ein wenig spöttisch.

»Keine Angst, Montaya Sun Road. Ich habe nicht vor, Sie anzubaggern. Ich bin vergeben.«

Montaya fühlte sich unangenehm ihrer Gedanken überführt und spürte die verräterische Röte in ihr Gesicht schießen. Das ärgerte sie.

»Gut. Dann ist das zumindest geklärt«, entgegnete Montaya ärgerlich.

Shore lachte leise.

»Verzeihen Sie mir bitte meine Direktheit. Aber ich bin nun mal so.«

Montaya löste sich von der Wand und ließ ihre Arme herab.

»Ich hoffe, ich konnte Ihnen ausreichend helfen, und wünsche Ihnen alles Gute für Ihren Job. Einen schönen Tag, Mr Shore«, sagte sie.

Dann wandte sie sich zum Gehen.

Die nächste Touristengruppe hatte sich zur Führung eingefunden und versammelte sich am Informationsschalter.

»Auf Wiedersehen«, sagte Shore und blickte ihr nach.

Montaya wandte sich nicht noch einmal um. Sie begrüßte die Besucher des Museums und begann die neue Führung.

Gegen fünf Uhr an diesem Abend verließ Montaya Sun Road das Museum durch den Personalausgang. Der Haupteingang war bereits verschlossen worden. Die Bushaltestelle lag nicht weit entfernt. Montaya konnte sie schon sehen. In Gedanken freute sie sich bereits auf das Wochenende, auf ihren Vater und auf die Pferde. Es würde Nacht sein, bevor sie zu Hause war. Vielleicht würde sie über Nacht bei ihrer Schwester in Hope bleiben. Der große Mann, der plötzlich neben ihr auftauchte, jagte ihr einen Schrecken ein.

Shore!

Montaya versuchte, ihn zu ignorieren. Doch der sprach sie an.

»Kann ich Sie vielleicht ein Stück mitnehmen?«

»Nein. Danke. Ich nehme den Bus.«

»Der kommt erst in einer Viertelstunde und ist wesentlich langsamer unterwegs.«

»Stimmt«, antwortete Montaya, ohne den Mann anzusehen.

Der zog eine Packung Kaugummis aus der Jackentasche und bot der jungen Indianerin einen an.

»Nein, danke«, lehnte Montaya ab.

Dann hörte sie Shore leise lachen. »Haben Sie Angst, mit mir zu fahren, Miss Sun Road?«, fragte er.

»Die Fahrt ist schon bezahlt, Mr. Shore.«

»Schade. Ich hätte mich gern noch ein wenig mit Ihnen unterhalten«, bedauerte Shore.

»Nächsten Donnerstag bin ich wieder im Museum«, entgegnete Montaya unmissverständlich, dass sie keine weitere Unterhaltung wünschte.

Shore schwieg. Nach einer Weile verabschiedete er sich höflich und ging.

Montaya war erleichtert. Der Bus kam pünktlich. Sie stieg ein, zahlte und suchte sich einen Platz. Dann fuhr der Bus an, hinaus aus der Stadt, ostwärts in Richtung der Berge. Die abendlichen Sonnenstrahlen des Tages tauchten sie in eine geheimnisvolle Aura. Etwa eine Stunde später stieg Montaya in Abbotsford, einem Stadtteil von Vancouver, aus dem Bus. Die Linie endete hier. Alles, was sie an Gepäck bei sich trug, war ihr Rucksack. Nicht viel. Nur das Nötigste. Montaya schloss ihren Steppmantel. Mit fortschreitendem Abend wurde es kühler. Dunkle Wolken hatten sich vor die Abendsonne geschoben, und es begann zu regnen. Oben in den Bergen fiel nachts noch Schnee, auch wenn der Frühlingsmonat Mai um die Vorherrschaft kämpfte. Der Bus nach Hope fuhr erst in einer Stunde. Montaya überquerte die Straße. Sie wollte in der Chevron-Tankstelle warten, wie so oft. Manchmal hatte sie Glück und traf jemanden, der sie mit nach Chilliwack, Mission oder Hope nahm. An einer der Tanksäulen stand ein schwarzer Jeep. Sie schenkte dem kaum Beachtung. Als sie an dem Geländewagen vorbeikam, öffnete sich die Tür und ein großer Mann stieg aus. Plötzlich stand Harris Shore vor ihr. Montaya hielt inne, denn der Mann versperrte ihr den Weg.

Erstaunt starrte sie ihn an.

»Verfolgen Sie mich etwa?«, sprach Montaya ihre Gedanken laut aus.

»Ja«, gab Shore ohne Umschweife zu. »Ich muss mit Ihnen reden. Es ist wichtig!«

Montayas Blick fiel auf die Leuchtreklame im Fenster der Tankstelle. Die befand sich schräg hinter Shores Rücken.

Immerhin eine Möglichkeit, nicht mit Shore allein zu sein, dachte Montaya. *So schnell wird er sich bestimmt nicht abwimmeln lassen.*

Die Leute dort kannten Montaya. Sie wartete oft hier auf ihren Bus. Unauffällig hielt sie Ausschau nach bekannten Gesichtern oder einem bekannten Auto. Nichts wünschte sie sich sehnlicher, als dass sie jemand aus dieser Situation rettete.

»Meine Einladung zum Essen steht noch«, sagte Shore, als hätte er Montayas Gedanken erraten. Er rang sich sogar ein Lächeln ab.

»Okay. Gehen wir hinein. Sie geben ja doch keine Ruhe«, antwortete Montaya dem Fremden.

Ihr Misstrauen verwandelte sich tief in ihrem Inneren in Angst vor diesem Mann. Montaya fühlte sich in seiner Gegenwart nicht wohl. Shore begleitete sie in die Tankstelle hinein. In den großen Fensterscheiben spiegelten sich die Neonröhren gemeinsam mit dem Inventar.

»Hallo, Montaya. Schön, dich zu sehen. Wie geht's?«, rief der junge Mann vom Verkaufstresen.

»Hi, Alan. Gut. Und selber?«

»Wenn ich dich sehe, immer gut«, lachte er und schielte argwöhnisch zu dem Begleiter Montayas.

»Das ist Mr. Shore. Er verfolgt mich seit der Führung im MOA«, erwähnte Montaya.

Der junge Mann grinste und nickte Shore zu.

»Guten Abend«, entgegnete der kühl.

»Guten Abend«, antwortete Alan einsilbig und blickte zu Montaya. Die verzog das Gesicht zu einer Grimasse und zog die Schultern nach oben.

»Ich nehme Hotdogs und Kaffee«, sagte sie schließlich.

»Für mich auch, bitte«, sagte Shore. »Was bin ich schuldig?«

»Acht Dollar neunzig«, antwortete Alan, während er den Betrag in die Kasse eintippte.

Shore zog seine Brieftasche aus dem Jackeninneren und schob ihm eine Zehndollarnote zu. »Der Rest ist für Sie.«

»Danke, Sir«, sagte Alan überrascht und legte das Geld in die Kasse.

»Setzt euch doch. Ich bringe die Hot-Dogs zum Tisch.«

Montaya füllte sich einen großen Becher mit Kaffee und nahm sich Kaffeesahne mit zum Tisch. Es gab nur zwei Bistrotische für den Imbiss. Einer davon war bereits besetzt. Sie stellte ihren Rucksack ab, zog die Jacke aus und setzte sich auf einen der zwei Barhocker. Montaya schüttete die Kaffeesahne in ihre Tasse und rührte um. Sie hatte ihren Platz bewusst so gewählt, dass sie den Eingangsbereich und auch die Tanksäulen draußen beobachten konnte. Noch hatte sie die Hoffnung, dass sie einen Bekannten entdecken würde, der sie mitnehmen konnte. Sie sah die Lichter vorbeifahrender Autos. Dahinter unergründliche Finsternis. Die dunklen Regenwolken hatten sich wie eine schwarze Decke über das Land gelegt, und der Regen war stärker geworden.

Shore setzte sich ihr gegenüber. Auch er hatte einen großen Kaffeebecher mitgenommen. »Ich muss Ihnen beichten, Montaya, dass ich schon einen Job habe. Ich bin Ranger am Coquihalla Canyon Provincial Park«, begann Shore und holte tief Luft.

Montaya starrte unbeirrt weiter zum Fenster hinaus, als hätte sie seine Worte nicht gehört. »Dann müssten Sie über die Dinge Bescheid wissen, die ich Ihnen erzählt habe«, sagte sie schließlich leise.

»Ich bin noch nicht lange dort«, versuchte Shore sich zu verteidigen.

»Aber ich muss wissen, wer der Erbe des Landes zwischen Isolillock Peak und dem Silver Peak ist.«

Montaya wandte den Kopf zu Shore und blickte ihn unverwandt an. »Weshalb?«

Shore verzog die Mundwinkel zu einem vagen Lächeln.

Alan erschien und stellte die Hot-Dogs ab. Er räusperte sich und versuchte, Montayas Blick zu erwischen. Es gelang ihm nicht. »Bitte«, sagte Alan und zog sich zurück.

»Also?«, fragte Montaya und sah Shore abwartend an.

»Der alte Mann, dem es gehörte, hat es so belassen, wie es war. Unberührte Natur. Er war Indianer, glaube ich. Wir wollen das Land kaufen. Es wird ein seperater Teil, Provincialpark. Deshalb muss ich unbedingt mit jemandem reden, der autorisiert ist, eine Entscheidung zu treffen und um einen Vertrag zu unterzeichnen.«

Montaya erschrak innerlich. Ihr Vater hatte ihr bereits am Telefon erzählt, was sich zugetragen hatte. Ein eiskalter Schauer fuhr über ihren Rücken, während sie vorsichtig vom heißen Kaffee trank.

Shore biss in seinen Hot-Dog, während er auf eine Antwort wartete.

»Ich weiß es nicht«, sagte Montaya schließlich.

»Könnte es möglich sein, dass das Land an den gesamten Stamm übergeht?«

»Möglich«, antwortete Montaya einsilbig.

»Es könnte aber ebenso gut möglich sein, dass es die Familie seiner Frau erbt?«

Montaya zuckte mit den Schultern. »Sie sind ja ziemlich gut informiert für einen Ranger«, stellte sie fest.

»Mein Job liegt mir sehr am Herzen«, grinste Shore herausfordernd.

»Könnte es vielleicht sein, dass Sie ein persönliches Interesse an dem Land haben?«, fragte Montaya.

Shore wich mit einer abwehrenden Handbewegung zurück. Montaya fühlte sich in der Gegenwart des Fremden zunehmend unbehaglich. Außerdem hasste sie es, ausgefragt zu werden. Ungeduldig blickte sie zur Uhr. Noch immer musste sie eine halbe Stunde auf den Bus warten. Ihre innere Unruhe wuchs. Montaya erhob sich, griff nach ihrem Rucksack und ihrer Jacke. Sie hatte die Absicht zu gehen. Ihre Höflichkeit gegenüber diesem Mann hatte Grenzen.

Shore beobachtete jede ihrer Bewegungen. »Wohin wollen Sie?«

»Ich gehe«, antwortete Montaya.

»Mitten in unserem wichtigen Gespräch?«, fragte Shore offensichtlich verärgert.

»Ich bedaure, Mr. Shore. Ich kann Ihnen leider nicht helfen. Bye,« antwortete Montaya. Eiligen Schrittes ging sie.

Nicht einmal den Hot-Dog hatte sie angerührt. Grimmig blickte Shore der jungen Indianerin hinterher.

Montaya wusste nicht, wohin. Nur raus an die frische Luft. Im Regen wollte sie nicht stehen. An der Bushaltestelle auf der gegenüberliegenden Straßenseite war niemand. Die Rettung kam ihr an der zweiten Tanksäule entgegengefahren. Montayas Herz sprang vor Freude, als sie Pat Cliffords alten GMC Pickup-Truck erkannte. Sie ging sofort auf ihn zu. Tatsächlich!

Pat öffnete die Tür. »Hey, Montaya! Was machst du denn hier?«

»Dich schickt der Himmel, Pat«, sagte Montaya erleichtert. »Nimmst du mich mit?«

»Du weißt doch gar nicht, wohin ich fahren will«, grinste Pat unverschämt.

»Mir egal«, antwortete Montaya.

Pat hob die Augenbrauen.

Montaya zuckte, als sie Shores Stimme hinter sich vernahm.

»Es war schön, Sie kennengelernt zu haben, Miss Montaya Sun Road. Auf ein baldiges Wiedersehen. Unsere Unterhaltung war leider noch nicht beendet«, sagte er kühl, sodass Montaya das Blut in den Adern gefror. Kaum merklich schüttelte sie sich. Shore ging zu seinem Jeep und stieg ein.

»Wer ist der Kerl? Belästigt er dich, Montaya?«, zischte Pat.

»Er klebt seit der Museumsführung an mir wie eine Klette. Er nennt sich Harris Shore und behauptet, Ranger zu sein«, antwortete Montaya.

Sie vertraute Pat Clifford, ihrem Freund, den sie seit der Kindheit kannte. Montaya hatte viel Zeit mit ihren Freunden und Verwandten in Hope verbracht. Sie hatte mit den Kindern gespielt, war mit ihnen gemeinsam herangewachsen und kannte die Leute im Ort. Noch heute war sie gern in Hope. Die quirlige Montaya war zwanzig, lebte noch immer bei ihrem Vater, wenn sie aus der großen Stadt kam. Die Ranch war ihr Zuhause. Zupacken konnte sie jedenfalls und ersetzte ihrem Vater eine vollwertige Arbeitskraft. Dennoch war sie sich ihrer Reize bewusst. Die Männer, nicht nur ihres Jahrgangs, stellten ihr nur zu gern nach. Doch Montaya war nicht nur hübsch, sondern auch schlagfertig. Sie kannte die Leute in Hope, sie wusste, was sie redeten, und es gab im ganzen County niemanden, der sie nicht kannte. Montaya war eine Squamish, die zu den Küstensalish gehörten, und zum Teil auch Cree. Ihre Vorfahren hingegen bildeten eine bunte Mischung, in der es selbst Weiße gegeben hatte. Wie so oft hatten sich die verschiedenen Kulturen vermischt und pflegten derweil wie selbstverständlich alles, was sie von ihren Vorfahren übernommen und gelernt hatten. Doch weder sie selbst noch die Leute hatten ein Problem damit. Montaya war bei allen beliebt und gern gesehen. Sie war stolz darauf, eine Ureinwohnerin, eine Eingeborene zu sein; und sie vertraute Pat Clifford, der ein Weißer war.

»Was will der von dir?«, fragte Pat besorgt.

»Er will unbedingt wissen, wer Sheloquins Land erbt.«

»Das weiß niemand«, flüsterte Pat. »Ich bringe dich lieber nach Hause, Montaya.«

»Danke, Pat. Ich habe mich noch nie in meinem Leben so gefreut, dich zu sehen, wie heute Abend«, grinste Montaya.

»Willst du meine Frau werden, Montaya Sun Road?«, fragte er.

Es klang wie ein Scherz, und Montaya wusste, dass es so gemeint war. Sie lachte, während Pat den Truck betankte.

Zwei eisgraue Augen beobachteten sie, ohne dass es jemand bemerkte.

»Warum nicht?«, fragte Pat.

»Weil du mein bester Freund bist.«

»Na und. Ich liebe dich trotzdem.«

»Dazu gehören aber immer zwei.«

Pat seufzte. Er wusste es, aber er gab nicht auf. Montaya setzte sich in den Truck, während Pat zahlte. Er war schnell zurück. Dann steuerte Pat seinen Truck hinaus auf den Canadian Highway 1 in Richtung Osten. Der Regen prasselte auf die Frontscheibe. Der frühe Abend wurde von der Dämmerung beherrscht. Montaya wurde es schnell warm im Auto. Sie war erleichtert und fühlte sich in Sicherheit. Im Radio lief Countrymusik. Pat und Montaya unterhielten sich, scherzten und lachten übereinander und miteinander, wie immer, wenn sie sich trafen. Die Welt schien in Ordnung zu sein, und niemand verschwendete mehr einen Gedanken an den eigenartigen fremden Mann.

Nur etwa zwei Kilometer vor Hope, an der Abfahrt vom Highway, war unter der Brücke ein Wagen liegengeblieben. Die Limousine hatte die Warnblinkanlage eingeschaltet. Eine Gestalt fuchtelte mit den Armen. Anscheinend brauchte jemand Hilfe. Pat fuhr auf den Seitenstreifen und stoppte dahinter.
»Warte im Wagen. Ich sehe mir das erst mal an. Vielleicht genügt ein Anruf«, sagte Pat zu Montaya.
Er schaltete ebenfalls seine Warnlichter ein und stieg aus. Montaya blieb sitzen und beobachtete das Geschehen.
Pat ging zu dem Fahrzeug, das vor ihm stand. Freundlich sprach er den Fremden an, ob er ihm helfen könnte.
»Der Motor streikt. Er will nicht mehr anspringen. Verstehst du was davon?«, fragte der Fremde, der einige Jahre älter als Pat war.
»Ich kann mir das mal ansehen«, meinte Pat.
Der Fremde lächelte und musterte Pat Clifford. »Okay«, sagte er schließlich.
Pat kroch unter die Motorhaube der Limousine und benutzte sein Mobiltelefon als Taschenlampe. Systematisch suchte er nach verdächtigen Flüssigkeiten oder losen Leitungen.

Montaya erschrak, als plötzlich jemand ihre Wagentür aufriss. Ohne ein Wort zu sagen, packte sie ein Kerl am Arm und zerrte die überraschte junge Frau heraus. Sie wollte schreien. Der Kerl presste seine Pranke auf Montayas Mund. Es war nicht Shore. So viel hatte sie mitbekommen. Mit aller Kraft versuchte sich Montaya aus dem Zangengriff zu befreien. Pat blickte auf und sah, wie seine Freundin sich gegen eine dunkle Gestalt wehrte. Reflexartig sprang er ihr zu Hilfe. Doch mit dem zweiten Satz stolperte er und fiel zu Boden. Als Pat sich aufrappeln wollte, traf ihn ein harter, schmerzhafter Schlag. Reglos blieb er liegen. Montayas wütende Schreie konnte er nicht mehr hören.

Mit einem gezielten Tritt zwischen die Beine zwang Montaya ihren Angreifer in die Knie. Als der sich vor Schmerz krümmte, schlug sie ihm mit Schwung ihren Ellenbogen gegen Kinn und Nase. Mit einem dumpfen Brüllen fiel der Kerl zu Boden. Ein anderer Wagen näherte sich der Brücke. Als Montaya den schwarzen Jeep Shores erkannte, begann sie zu rennen. Quer über Gras und Steine flüchtete sie. Montaya rannte durch den Busch. Die Lichter von Hope waren so greifbar nah. Sie rang nach Luft, stolperte, fing sich wieder und lief weiter, den Lichtern entgegen. Sie hörte quietschende Reifen, krachendes Blech und einen lauten Knall, den sie für einen Schuss hielt. Sie war nicht mehr fähig zu schreien. Ihre Kehle brannte. Sie hörte ihre eigenen hastigen Atemzüge. Mehrmals hatte sie gewagt sich umzusehen. Es schien ihr niemand zu folgen. Ihre schwindende Kraft ließ sie langsamer laufen. Der Regen hatte nachgelassen. Das Wasser tropfte von ihren Haaren, und die Kleidung klebte unangenehm auf der Haut. Sie zitterte.

Pat kam endlich wieder zu sich. Verschwommen sah er, dass ein weiterer Wagen hinter seinem Truck stand. Vorsichtig sah Pat sich um. Der Kerl, der ihn niedergeschlagen hatte, war verschwunden. Die Limousine startete und fuhr davon. Pat robbte zu seinem Truck, in der Hoffnung, nicht entdeckt zu werden. Sein Blick klarte auf. Nun erkannte er Shores schwarzen Jeep, der dahinter stand. Pat wurde heiß. Er rang nach Luft. Niemand schien ihn zu beachten. Reglos blieb er schließlich vor seinem Truck hocken. Er zitterte unwillkürlich. Gerade in dem Augenblick fuhr auch der Jeep weiter.

Wo ist Montaya? Haben die Kerle sie entführt?

Pats Herz trommelte schnell gegen seine Brust, als er seinen Wagen startete. Der alte Motor sprang sofort an. Pat trat das Gaspedal durch. Der Truck schoss nach vorn, sodass es den jungen Mann für einen Augenblick in den Sitz drückte. Es krachte. Pat zuckte, als seine Beifahrertür zuknallte. Tausende Fragen schossen gleichzeitig durch seinen Kopf. Keine Antworten fanden sich darauf. Die Lichter von Hope waren bereits deutlich zu sehen. Pat steuerte mit überhöhter Geschwindigkeit darauf zu. Wo war die Polizei, wenn man sie brauchte? Verflucht!

Sollte er seinen Vater, Staff Sergeant Ben Clifford, zu Hilfe rufen? Pat fuhr direkt zum Büro des Staff Sergeants. Um diese Zeit war sein Vater oft noch hier anzutreffen. Pat parkte direkt vor dem Büro. Es brannte tatsächlich Licht. Pat stellte den Motor ab. Langsam ließ der junge Mann seine Hände vom Lenkrad gleiten und atmete tief durch. Erst jetzt bemerkte er, dass seine Hände zitterten. Schulter und Kopf schmerzten furchtbar. Sein Blick fiel auf Montayas Rucksack, der sich am Hebel des Beifahrersitzes verfangen hatte.

Montaya hatte die beleuchteten Straßen erreicht. Parkende Wagen und Trucks warfen schwarze Schatten auf den Weg. Nur wenige Leute waren an diesem Abend zu Fuß unterwegs. Und das auch nur an der Chevron-Tankstelle, der Pizzeria daneben und Rollis Restaurant. Erst jetzt wich die Hitze der Angst von ihr. Montaya begann zu frieren. Wieder blickte sie sich suchend um. Shore schien nicht hier zu sein. Erleichtert bog sie in die 7th Avenue ein, in der ihre Schwester Chichi wohnte. Ein Jeep parkte vor dem Haus ihrer Schwester. Montaya erschrak. Sie kannte den schwarzen Jeep besser, als ihr lieb war. Woher wusste Shore, wohin sie wollte? Montaya stoppte abrupt, wandte sich um und eilte zurück. Kalte Angst folgte ihr, wuchs mit jedem Schritt, den sie tat. *Und woher weiß dieser Typ, wo meine Schwester wohnt?*

Doch ihre Fragen blieben unbeantwortet. An der nächsten Hausecke stieß sie gegen die große Gestalt Harris Shores. Montaya rang nach Luft.

»Sie?«, fuhr sie den Mann an.

Sie fürchtete seinen harten Blick, seine kalten, grauen Augen. Montaya spürte den festen Griff seiner Hände an ihrem Oberarm, mit dem er sie festhielt. Es schmerzte. Shore schob sie zurück. Montaya suchte Halt an der Hauswand hinter ihrem Rücken und stemmte sich mit aller Kraft dagegen.

»Ich bringe Sie nach Hause, Montaya«, sagte Shore.

Es war ein Entschluss, der keinen Widerspruch duldete. Sein Entschluss. Montayas Herz klopfte schnell, wie ein galoppierendes Pferd auf der Flucht. Mühsam versuchte sie, an ihr Handy zu kommen. Auf Shores Gesicht erschien ein spöttisches Lächeln, als er es bemerkte.

»Kommen Sie. Ich will nur mit Ihnen reden. Vielleicht ist Ihnen inzwischen etwas eingefallen.«

»Nein, ganz bestimmt nicht!«

Shore schien anderer Meinung zu sein. Er gab nicht nach. Er ließ nicht locker. Montayas Schultern brannten. Die Angst wurde übermächtig. Hilfesuchend blickte sie sich um. »Pat!«, rief sie laut in die Nacht. »Hilfe!«

Vielleicht konnte sie jemand hören.

»Hey! Lass mich los, du Idiot!«, schrie sie, so laut sie konnte.

Shore schob sie unbeirrt immer weiter zu seinem Jeep.

»Hilfe!«, schrie Montaya.

Shore erstickte ihre Schreie, indem er seine Hand auf ihren Mund presste.

Es musste doch jemand gehört haben! Wo war nur Chichi? Sie hätte meinen Schrei doch hören müssen.

Shore öffnete mit einer Hand die Wagentür, während er die junge Indianerin nicht aus seinen Fängen ließ. »Bitte. Steigen Sie ein, Miss Sun Road.«

Montaya wehrte sich. Der Mann war zu groß und zu stark. Er ließ ihr keine Chance. Montaya brüllte dumpf in ihrer Verzweiflung weiter, kratzte und trat nach Shore. Doch den schien gerade das zu amüsieren. Sie hörte sein Lachen. Es klang grausam. Sie spürte, wie er sie rücklings in den Jeep hineindrückte. Dabei stieß sie sich den Hinterkopf, sodass ihr für einen Augenblick schwindlig wurde. Erschöpft und benommen sank sie auf den Sitz und schloss die Augen. Von weiter Ferne hörte sie Sirenengeheul. Ein Hoffnungsschimmer? Die Sirene verstummte. Dumpfe Stimmen drangen an ihre Ohren. Montaya spürte, wie jemand zu ihr in den Jeep kroch und sich über sie beugte.

Dann hörte sie eine ihr bekannte Stimme.

»Verflucht! Wie geht es dir, Montaya?«

Sie schlug die Augen auf und blickte in Pat Cliffords besorgtes Gesicht.

»Tsel we eyo«, antwortete sie leise. »Mir geht es gut. Dich schickt schon wieder der Himmel, Pat« Montaya lächelte erleichtert..

»Ich habe meinen Vater geholt. Er nimmt den Kerl mit zum Department. Und du?«

»Ich gehe zu meiner Schwester, sobald du von mir runtergehst, Pat Clifford.«

»Ganz die Alte«, schmunzelte Pat und schob sich aus dem Jeep.

Dann reichte er Montaya die Hand, damit sie sich hochziehen konnte. Sie taumelte leicht, als sie auf ihren Füßen stand. Sie blickte zu Shore, der mit dem Staff Sergeant am offenen Polizeiwagen stand. Sie unterhielten sich. Montaya konnte ihre Worte nicht verstehen. Pat reichte Montaya den Rucksack.

»Ich bringe dich lieber zu deiner Schwester«, meinte er.

»Wir stehen fast vor ihrem Haus.«

»Kann schon sein«, bedauerte Pat. »Ich bringe dich trotzdem hin.«

Noch einmal schielte Montaya zu den Männern hinüber. Sie fror und zitterte. Der Schreck saß ihr tief in den Gliedern.

»Du hast mir das Leben gerettet. Danke, Pat«, sagte Montaya.

Sie ging die paar Schritte mit ihm. Eigentlich war sie froh, dass er ihr Halt gab.

»Ich habe mir vor Angst fast in die Hosen gemacht! Ich dachte, die Kerle hätten dich entführt. Einer hat mich k.o. geschlagen. Mein Schädel brummt noch immer."

»Wie bist du darauf gekommen, mich hier zu suchen?«

»Die Idee hatte ausnahmsweise mal mein Vater.«

Eine Minute später läutete Montaya an der Tür. Das Haus war dunkel. Nichts rührte sich. Niemand öffnete.

»Niemand zu Hause. Sie hätten mich ja sonst sicher gehört«, meinte Montaya niedergeschlagen.

»Und nun?«, fragte Pat erwartungsvoll.

Montaya seufzte und sah zu dem Dienstwagen. Shore stieg zu Staff Sergeant Clifford in das Auto. Sie schaute dem Polizeiwagen nach, bis er ihrem Blick entschwand. Pat wartete noch immer auf eine Antwort.

»Ich übernachte in der Tankstelle«, sagte Montaya und schmunzelte Pat an.

Ihre Augen glänzten im Lichtschein der Straßenlaterne. Pat schüttelte entschieden den Kopf. »Du würdest dir wohl eher die Zunge abbeißen, Montaya Sun Road, bevor du mich bitten würdest, dich bei mir aufzunehmen und morgen Früh nach Hause zu bringen«, zischte er.

»Was würden die Leute in Hope von uns denken?«

Pat grinste süffisant. »Dass ich dich endlich in mein Bett bekommen habe.«

Montaya versetzte Pat einen Stoß gegen die Schulter. Der stöhnte und verzog schmerzhaft das Gesicht. Gequält lächelte er. Dann sagte er ernst: »Ich rufe meine Mutter an. So wie du zitterst, wirst du jeden Augenblick erfrieren.«

»Ach, Pat. Wenn du nicht gewesen wärst …«, erwiderte Montaya leise und drückte dem überraschten jungen Mann einen Kuss auf die Wange. Der lächelte und griff nach Montayas Hand. Sanft zog er sie mit sich. Die 7th Avenue lag verlassen hinter ihnen.

»Was wollten Sie von der jungen Frau?«, begann Staff Sergeant Clifford seine Befragung, nachdem er die persönlichen Daten des Fremden für sein Protokoll aufgenommen hatte.

»Nichts Unrechtmäßiges«, antwortete Shore und erzählte dem Staff Sergeant vertraulich von seinem Auftrag, den neuen Eigentümer von Sheloquins Land ausfindig machen zu müssen.

»Irgendjemand ist drauf und dran, sich dieses Land unter den Nagel zu reißen.«

Shore grinste herausfordernd. »Ich hatte gehofft, dass die Studentin, die ich in Vancouver kennengelernt und der ich mich anvertraut hatte, mir helfen könnte. Aber wie es scheint, habe ich mich geirrt. Sie muss das etwas missverstanden haben«, ließ Shore seine Ausführungen ausklingen.

Ben Clifford hörte der Aussage des Fremden aufmerksam zu. Ab und an rieb er mit der Hand an seinem Kinn. Er schien zu simulieren, sich etwas zusammenzureimen. Das, was Shore erzählte, machte Sinn. Irgendjemand schien tatsächlich großes Interesse an diesem Land zu haben. Sehr großes. *Aber warum? Warum ausgerechnet Sheloquins Land? Gab es dort oben ein Geheimnis? Vielleicht sogar Gold oder Edelsteine oder bisher unentdeckte Bodenschätze?*

Der Staff Sergeant kniff in seiner Anspannung die Augen etwas zusammen, während er Shore musterte. Auf jeden Fall musste es einen Grund haben, dass man nicht mal davor zurückgeschreckt hatte …

Ja, jetzt, genau in diesem Augenblick, war Ben Clifford wieder unangenehm bewusst, dass es in seinem Distrikt einen Mord gegeben hatte.

Verflucht! Warum ausgerechnet jetzt?

Er atmete tief durch.

»Die junge Frau machte offensichtlich den Eindruck, dass sie nicht mit Ihnen reden wollte. Sie hat um Hilfe geschrien, als Sie, Mr Shore, Miss Sun Road in den Wagen zwingen wollten. Was haben Sie dazu zu sagen?«, fragte Clifford schließlich.

»Tja, ich hatte ihrem Vater versprochen, dass ich sie nach Hause bringe. Sie war etwas anderer Meinung. Das tut mir sehr leid, Staff Sergeant.«

»Sie kennen also Sun Road?«, fragte Clifford überrascht.

»Ja, natürlich. Ich war mal auf seiner Ranch. Jean Sun Road züchtet Pferde. Er verleiht auch welche, für Männer, die in die Berge gehen. Ich war mit Freunden dort. Wir sind mit einigen seiner Tiere in die Wildnis gegangen«, erklärte der Fremde.

Der Staff Sergeant nickte bedächtig. »Sun Road wird Ihnen da sicher auch nicht helfen können. Versuchen Sie doch mal, mit Cody White Crow zu reden. Der ist auch Indianer und war mit Sheloquin eng befreundet. Sein Bruder ist sogar im Stammesrat.«

Shore richtete sich auf und spitzte förmlich die Ohren. Ein wohlwollender Schauer der Zufriedenheit durchströmte ihn. Er lächelte kaum merklich.

»Ist das der Jagdführer, der die Überreste des alten Sheloquin dort oben gefunden haben soll?«, fragte Shore, während er das Foto aus seiner Hosentasche kramte.

Das war inzwischen zerknittert. Der Staff Sergeant warf einen Blick darauf und nickte.

»Interessant. Und wo finde ich diesen Indianer?«

Clifford sah auf die Uhr. Es war inzwischen zehn Uhr abends. Er seufzte müde. »Fragen Sie Sun Road. Wenn einer weiß, wo Cody steckt, dann er.«

Shore nickte zufrieden. »Vielen Dank, Staff Sergeant Clifford.«

Dann erhob er sich.

»Es tut mir wirklich leid, Ihnen so spät solche Umstände gemacht zu haben.«

Ein Lächeln huschte über Cliffords Gesicht. »Gut«, sagte er.

»Sie dürfen gehen. Ihre Aussagen werde ich selbstverständlich überprüfen.«

Es war kein Verbrechen geschehen. Montaya hatte keine Anzeige wegen Belästigung oder versuchter Freiheitsberaubung erstattet, und schließlich hatte der Staff Sergeant die Daten des Fremden festgehalten. Das Protokoll war geschrieben. Staff Sergeant Ben Clifford hatte seine Pflicht und Schuldigkeit getan. Er durfte den Mann nicht länger festhalten. So stand es im Gesetz. Deshalb schob er Shore das Protokoll über den Tisch und bat ihn, zu unterschreiben. Der tat das, ohne es zu lesen. Dann verabschiedete sich Shore rasch und ging. Er schien es plötzlich sehr eilig zu haben.

Nachdenklich blieb Clifford am Schreibtisch zurück.

Montaya wurde wach. Spärlich drang Mondlicht durch die halb geschlossene Jalousie. Ja. Sie wusste genau, wo sie sich befand. Mrs. Clifford hatte das Bett für den Schlafgast im Zimmer ihres Sohnes rasch hergerichtet. Der war mit seinem Kissen und der Bettdecke auf die Wohnzimmercouch umgezogen. Montaya stand auf. Barfuß schlich sie sich hinaus. Das Badezimmer war ihr Ziel. Lautlos wie ein Geist, bewegte sie sich zurück. Sie ahnte nicht, dass Pat wach lag und sie beobachtete. Kaum hörbar knackte die Tür hinter ihr in das Schloss. Der Wecker zeigte, dass es drei Uhr morgens war. Montaya trat zum Fenster und blickte hinaus auf die verlassene Straße. Unwillkürlich dachte sie an diesen Shore, der gestern plötzlich in ihrem Leben aufgetaucht war. Er hatte sie gezielt angesprochen, ja, er schien sie geradezu erwartet zu haben.

Ihre Gedanken kreisten wirr in ihrem Kopf herum. Nein. Sie hatte

diesen Mann noch nie zuvor in ihrem Leben gesehen. Dessen war sich Montaya ganz sicher. Pat hatte vollkommen recht. Irgendetwas stimmte nicht. Montaya fröstelte, als sie daran dachte, wie sie vor ihm davongelaufen war und wie er sie verfolgt und schließlich in seinen Jeep gestoßen hatte. Sie spürte die Angst, die sie empfunden hatte. Er hatte sie mit seinen Pranken gepackt und sie gegen ihren Willen in den Wagen gestoßen. Er hatte seine Macht demonstriert. Beinahe hätte er sie entführt. Montaya wehrte sich dagegen, diesen Gedanken zu Ende zu denken. Ihr Misstrauen war also nicht unbegründet gewesen. Der Typ wusste mehr, als er zugab zu wissen. Montaya erinnerte sich an diese hellgrauen Augen, die Kälte und die Berechenbarkeit, die darin lagen. Zwei graue Wölfe auf der Jagd.
Seufzend kroch sie zurück in Pats Bett und wickelte sich in die Decke. Erst mit der Dämmerung fand sie wieder in den Schlaf.

Montaya träumte von zu Hause, von Vater, von Cody und von zwei grauen Wölfen, die das Tal durchstreiften. Sie beobachteten die Männer. Niemand bemerkte sie. Niemand konnte sie sehen. Vater nicht und nicht mal Cody. Selbst die Pferde blieben ruhig. Nur Montaya hatte die Gefahr bemerkt. Sie konnte sie sehen. Aber Montaya fand keinen Weg, Vater und Cody vor der unsichtbaren Gefahr zu warnen. Sie wurde unruhig, kämpfte mit ihrer Decke, in der sie sich gefangen fühlte. Vergebens versuchte sie, die Männer zu warnen. Ihr wurde heiß. Die Wölfe hatten Montaya entdeckt. Sie kamen auf sie zu. Langsam, fast scheu. In einiger Entfernung vor der jungen Frau ließen sie sich nieder. Abwartend sahen sie zu ihr. Montaya blickte in hellgraue Augen.

Endlich warf sie die Decke weg und schreckte hoch. Tageslicht erhellte den Raum. Montaya atmete erleichtert durch. Es war kurz vor sechs Uhr. Der Traum beunruhigte sie. Sie hatte plötzlich das Gefühl, so schnell wie möglich nach Hause zu müssen. Es war nur ein blöder Traum, versuchte sie sich zu beruhigen. Pat schlief bestimmt noch ganz fest. Alle im Haus schienen das noch zu tun. Es war still. Gedämpft drangen die Stimmen einzelner Vögel an ihre Ohren.
Montaya angelte die Decke vom Boden und ließ sich zurück in die Kissen fallen. Sie konnte nicht wieder einschlafen. Deshalb stand sie nach einiger Zeit auf und weckte Pat.

Eineinhalb Stunden später saß Montaya Sun Road neben Pat Clifford in dessen alten Pickup-Truck. Die Sonne stand gerade über dem Bergkamm, dessen langer Schatten bis in den Ort reichte. Ein Streifen blauer Horizont erstreckte sich über dem wolkendurchwanderten Himmel. Der Asphalt war noch regennass. Winzige Wassertropfen verflüchtigten sich als Nebelwolken hinter den Reifen.

Aus dem Radio kam Rockmusik. Pat trommelte den Takt mit der Hand auf dem Lenkrad. Montaya beobachtete ihn und schmunzelte. Als er sie direkt ansah, wandte sie den Kopf zum Seitenfenster. Pat grinste breit. Er hatte auffallend weiße Zähne. Schließlich sang er laut mit.

»Just for you, just for you…u!«

Montaya sah wieder zu Pat.

Er kann wirklich gut singen.

Sie schenkte ihm ein Lächeln bei diesem Gedanken. Pat war zwei Jahre älter als sie. Er war mit Chichi in eine Klasse gegangen. Pat war seit jeher ein Kumpel, mit dem man Pferde stehlen konnte, auch wenn sein Vater ausgerechnet der Staff Sergeant war. Pat war ein unverbesserlicher Optimist, und sein Humor war unschlagbar. Pat Clifford war ein Weißer, den selbst die Indianer mochten. Sein dunkelblonder, ausgefranster Pony wippte auch heute noch über seine Augenbrauen. Das Basecap schien inzwischen auf seinem Kopf festgewachsen zu sein. Noch immer trug er es mit dem Schild im Nacken. Für seine zweiundzwanzig Jahre wirkte er wesentlich jünger. Doch Pat ärgerte sich nicht darüber, wenn er sich ausweisen musste, um Zigaretten oder Alkohol zu kaufen. Im Gegenteil. Er lachte und machte seine Witze darüber.

Montaya lächelte.

»Just for you, just for you…u…«, trällerte er zu Montaya gewandt aus tiefstem Herzen.

Montayas Lächeln ging in ein breites Grinsen über. Im Gegensatz zu seinem Vater war Pat schlank und wirkte durch seine Größe noch immer etwas schlaksig. Pat war einmalig. Ein wahrer Freund, auf den man sich jederzeit verlassen konnte. Das hatte Montaya gerade wieder einmal erfahren. Ein Teil einer seit Jahren verschworenen Gemeinschaft. Montaya mochte Pat sehr. Er würde für immer ihr bester Freund bleiben.

»… open my arms, just for you, just for you, just for you…u…«, sang Pat unbeirrt mit sanfter Stimme, während er auf die schwach befahrene Straße blickte.

Am Spiegel vor der Frontscheibe baumelte sein Talisman. Ein kleiner, aus Holz geschnitzter heulender Wolf. Chichi hatte ihm das Kunstwerk geschenkt, als sie ihr Geschäft eröffnet hatte. Pat hielt den Wolf in Ehren. Er begleitete und beschützte Pat, und er glaubte fest daran. Als der Song zu Ende war, drehte Pat die Stimmen im Radio leiser und bog in die Holzfällerstraße ein. Eine Schotterstraße, die mitten durch die Wildnis führte.

Montaya rutschte etwas unruhig auf ihrem Sitz hin und her. Die etwa zwanzig Kilometer kamen ihr unendlich vor. Besorgnis beherrschte ihre Gesichtszüge. Der eigenartige Traum verfolgte sie in ihren Gedanken.

»Hey, alles okay mit dir?«, fragte Pat.

»Ich weiß nicht … Es ist so ein komisches Gefühl, und ich kann es mir nicht erklären.«

Montaya erzählte Pat von Shore, ihrer Angst und ihrem Traum.

»Shore interessierte sich auffallend intensiv für Sheloquins Land«, stellte Pat schließlich fest. »Vielleicht hat der Kerl sogar etwas mit dem Mord an dem alten Mann zu tun? Zutrauen würde ich es ihm«, überlegte Pat.

»Hat dein Vater schon etwas herausgefunden?«

Pat verzog das Gesicht. »Er redet nicht drüber. Aber er ist seit der Sache oft gereizt.«

Montaya seufzte leise. »Ich möchte zu gerne wissen, was der Typ deinem Vater letzte Nacht erzählt hat.«

Montaya presste die Lippen aufeinander und kniff die Augen ein wenig zusammen.

»Hm«, machte Pat nur.

Der Schotterweg gabelte sich. Pat hielt sich rechts. Nur noch ein paar Kilometer bis zu Sun Roads Haus.

Montaya war hellwach und konnte ihre Erregung vor Pat nicht verbergen, als sie zu ihrem Grundstück einbogen. Pat lächelte mitfühlend. Geschafft!

Jean Sun Road, Montayas Vater, behauptete immer, Montaya wäre genauso schön wie ihre Mom. Er würde es auch dieses Mal sagen, wenn er sie in die Arme schloss. Montaya schmunzelte. Sie konnte ihr rundes Gesicht vor sich sehen, und manchmal hörte sie auch ihr fröhliches Lachen. Montaya vermisste sie.

Das Haus tauchte vor ihnen auf. Pat stoppte den Truck genau vor der Tür. Diese stand offen. Montayas Vater war nirgendwo zu sehen. Normalerweise entdeckte er die Besucher zuerst, und niemand kam unbemerkt auf sein Grundstück. Montaya sprang aus dem Wagen und rief nach ihm.

»Vater!«

Niemand antwortete.

»Dad?«

Es blieb still.

»Jean!«, rief Montaya schließlich. Es klang verzweifelt. Ein Pferd wieherte. Es klang anders als die übliche Begrüßung. Es klang wie eine Warnung vor Gefahr. Montayas Herz schlug schneller.

»Es fehlen Pferde«, flüsterte sie zu Pat, der hinter sie getreten war.

»Lass uns im Haus nachsehen«, meinte er und griff vorsichtig nach Montayas Hand.

Pat trat zuerst durch die offene Tür und blieb wie angewurzelt stehen.

Montaya stieß einen Schreckensschrei aus und drängte sich an Pat vorbei. Scheinbar leblos lag der Körper ihres Vaters auf dem Boden. Sie hockte sich sofort zu ihm und dreht ihn auf den Rücken. Ihre Hände zitterten, und ihre Augen füllten sich mit Tränen. Sie befürchtete, er könnte tot sein. Sun Road wirkte tatsächlich gefährlich bleich, und über seiner Schläfe klebte Blut. Auch aus einem Nasenloch war Blut gelaufen. Aber er lebte noch, stellte Montaya erleichtert fest.

»Schnell, Pat! Rufe einen Notarzt!«, sprach sie hastig, während sie den Kopf ihres Vaters behutsam auf ihren Schoß legte.

»Dad«, wisperte sie besorgt.

Sun Road stöhnte und blinzelte seine Tochter an.

»Was ist passiert?«, fragte sie.

Sun Road öffnete den Mund und versuchte mühselig, ein Wort zu formen. Es wurde ein Seufzer. Dann sagte er leise, sodass es Montaya kaum verstehen konnte: »Drei Fremde. Sie suchen Cody und … und …«

Mehr konnte er nicht sagen, bevor ihn seine Kräfte erneut verließen. Pat hatte inzwischen den Notarzt informiert. Er berührte Montaya an der Schulter.

»Der Arzt ist unterwegs. Er wird es schaffen, Montaya. Dein Vater hatte schon immer einen harten Schädel«, versuchte er seine Freundin zu beruhigen. Sie blickte zu ihm und lächelte gequält, während ihre Augen glänzten.

»Drei fremde Männer, sagte er. Sie suchen Cody. Mehr konnte er mir nicht sagen. Codys Pferde sind nicht da, und sein Silverado steht dort drüben.«

»Das heißt, er ist in den Bergen und sicher nicht allein«, schlussfolgerte Pat.

Montaya strich ihrem Vater über das Haar. Dann nahm sie ein Taschentuch aus ihrem Rucksack und versuchte, ihm vorsichtig das Blut aus dem Gesicht zu wischen. Es war bereits angetrocknet und klebte fest auf der Haut. Pat ging zur Spüle und feuchtete ein Geschirrtuch an. Montaya nickte dankend.

Kurze Zeit später kam der Rettungshelikopter. Montaya beantwortete die Fragen des Arztes. Nach der Untersuchung und der Erstversorgung erklärte der Arzt Montaya, dass ihr Vater in das Hospital gebracht werden müsse.

»Er hat ein Schädel-Hirn-Trauma, eine Gewalteinwirkung auf seinen Kopf. Wir sollten einen Schädelbruch ausschließen.«

Montaya nickte benommen.

»Wir müssen auch die Polizei informieren. Dein Vater ist offensichtlich überfallen worden. Vielleicht solltest du dich umsehen, ob etwas gestohlen wurde.«

Montaya nickte nochmals. »Pferde. Es fehlen Pferde. Ich sehe nach. Danke, Doktor.«

Pat senkte den Blick und presste die Lippen aufeinander. Er würde seinen Vater anrufen müssen und zwar sofort. Als Staff Sergeant des Upper Fraser Valley Regional Detachment der Royal Canadian Mounted Police war es Ben Cliffords Aufgabe, solche Kriminalfälle aufzuklären. Pat tat es, während Jean Sun Road in den Helikopter bugsiert wurde. Dieser hob sofort ab und flog schnell davon. Montaya stand reglos, einer Statue gleich, und blickte ihm nach. Unschlüssig legte Pat den Arm um sie. Er wusste nicht, was er tun, was er sagen oder was er denken sollte. Fassungslos blickten sich die beiden an. Stumm hielten sie einander fest.

In den Bergen

Seit etwa zwei Stunden waren die Stiefbrüder unterwegs. Noch hatten sie nicht miteinander geredet. Der schmale Weg führte stetig im Bogen den Berg hinauf. Irgendwann bog Cody mit dem Pferd auf einen Pfad ab, der schwer zu erkennen war. Bäume und Sträucher waren darüber gewachsen, als wollten sie diesen Pfad verstecken, ihn vor fremden Eindringlingen beschützen. Doch die beiden Skwahla waren keine Eindringlinge. Sie verschmolzen mit dem Pfad, dem Land, dem Wald und den Bergen. Sie gehörten zu ihnen, wie jeder Baum und jede Pflanze, wie der Fluss mit seinen Fischen und wie die klare Bergluft an diesem Nachmittag. Die Pferde hatten die Köpfe gesenkt und kämpften sich Schritt für Schritt durch das Dickicht. Cody und David duckten sich unter Äste, schoben Zweige beiseite, die hinter ihnen wieder zusammentrafen. Die Sonne hatte ihren Höchststand längst überschritten, als sich vor den Reitern eine Hochebene auftat. Die ersten Blumen standen zwischen Schneeresten und blühten. Cody führte seinen Bruder weiter. Mellow war ihnen weit voraus. Er kannte die Quelle, die aus der Felswand rieselte, deren klares Wasser sich in einem Steinbassin sammelte, um dann als Rinnsal talabwärts zu plätschern, bevor ein richtiger Bach daraus wuchs. An der Felswand stoppte Cody sein Pferd.

»Hier machen wir Rast. Das Quellwasser ist das beste, das ich kenne«, sagte er und ließ sich aus dem Sattel gleiten.

David stieg ab und probierte, während Mellow sich ausgiebig durch das Bassin rollte. Cody amüsierte sich.

»Es ist schön, mal wieder hier draußen zu sein«, sagte David, dem die Wassertropfen am Hals herabliefen.

Cody nickte. „Das ist das Land des alten Mannes, das er gehütet hat wie seinen Augapfel. Das Land, wofür er sein Leben gab. Jetzt ist es unser Land, David.«

David sah sich um und schwieg betreten.

»Ich will es dir zeigen. Manche von uns haben es vergessen. Manche von uns wissen nicht, wovon wir, die das Land beschützen wollen, reden. Ich will, dass du es siehst, die Anwesenheit unserer Ahnen spürst und darauf hörst, was dein Herz dir sagt. Du bist Stammesratsmitglied und hast eine Stimme.«

David fuhr herum und sah Cody direkt in die Augen. »Ach! So hast du dir das gedacht«, zischte er verärgert.

Cody wich dem scharfen Blick Davids aus und schüttelte niederge-schlagen den Kopf. »Nein«, sagte er leise.

Dann beugte er sich zur Quelle und trank davon. Es tat gut, die fri-sche Kühle in der trockenen Kehle zu spüren. Mellow sprang auf und schüttelte sich. Die Wassertropfen flogen umher und spritzten alles nass. Zaghaft kamen nun auch die Pferde näher, um ihren Durst zu stillen.

»Hast du Hunger?«, fragte Cody, während er die Satteltasche seines Pferdes öffnete.

»Nein«, antwortete David knapp.

Cody nahm sich ein Sandwich heraus und setzte sich damit auf einen Stein. Er kaute langsam und hob das letzte Stück Truthahnsandwich für seinen vierbeinigen Freund auf. Der winselte vor Freude, wedel-te aufgeregt mit dem Schwanz und verschlang das kleine Stück mit einem hörbaren Schlucken. Dann ließ er sich entspannt an Codys Sei-te nieder, legte die Vorderpfoten über dessen Füße und genoss die Ruhe.

»Gehen wir weiter«, unterbrach David schließlich die Stille. »Der Weg zu der Stelle, an der das Haus des Alten stand, ist noch weit ge-nug.«

»Du hast es ziemlich eilig«, stellte Cody fest.

David antwortete nicht. Er nahm die Zügel seines Pferdes in eine Hand und stieg auf. Mellow sprang hoch und bellte. David setzte sein Pferd in Bewegung, ohne auf Cody zu warten. Der Hund hopste ungeduldig wie ein Brummkreisel um seine eigene Achse. Selbst die Pferde machten Anstalten, dem Vorangehenden zu folgen. Cody er-hob sich.

»Ist ja schon gut. Ich komme.«

Schnell schwang Cody sich auf seinen mausgrauen Wallach. Eiligen Schrittes folgte der den anderen. Das Packpferd trabte langsam an seiner Seite.

Cody wählte mit Bedacht nicht den direkten Weg zur Hütte, sondern Pfade, die Jäger benutzten. Aufmerksam achtete er auf Fährten. Wild-spuren kreuzten die Pfade. Ein paar angeknabberte Zweige verrieten das – und hin und wieder alte und frische Hufspuren, die Cody nicht weiter zu interessieren schienen. Mellow schnüffelte überall herum, blieb hinter den Reitern zurück, kroch durchs Unterholz und rannte wieder nach vorn. Eine menschliche Fußspur erregte schließlich Codys Aufmerksamkeit. Stiefel, die an einen moosbewachsenem Stein abgerutscht sein mussten. Ziemlich frisch. Auf jeden Fall nicht älter als einen Tag. Aber niemand lief zu Fuß in die Berge! Zumindest kein Weißer. Irgendwo müssen Hufspuren sein, dachte Cody.

»Wirst du den Weg zum See heute noch finden, Bruder?«, fragte David leise, aber mit spitzem Unterton.

»Welchen See?«, fragte Cody.

David schnaufte. »Der am Holzhaus.«

Cody grinste.

»Lass das, Cody. Du führst mich offensichtlich an der Nase herum«, sagte David verärgert.

»Siehst du die Pfade, die mit ersten Blumen bewachsene Hochebene, die steile Felswand dort drüben, und hörst du das Rauschen der Stromschnellen, den Fluss, der sich unten durch das Tal windet?«, fragte Cody.

»Hörst du, aus welcher Richtung der Wind flüstert und den Schrei des Habichts, der zu seiner abendlichen Jagd aufbricht?«

David stoppte sein Pferd neben Codys. Er wusste genau, was sein Bruder ihm damit sagen wollte. Schweigend blickte er um sich. Cody hatte recht. Wie lange war er nicht mehr hier oben gewesen? David sog die frische, klare Bergluft tief in seine Lungen. Sie roch nach Schnee und den ersten Gräsern, in die sich der zarte Duft der Bergwiese mischte. Ganz anders als unten im Tal, als in den Orten entlang der Straßen und den Reservationen. Keine Spur von vergrabenen Fischkadavern lag darin. Der Hund war wieder verschwunden.

»Wir werden am See übernachten«, sagte Cody entschlossen. »Du glaubst gar nicht, wie romantisch das sein kann.« Er lachte leise.

David stimmte in Codys Gelächter ein.

Ohne ein weiteres Wort zu verlieren, ritten sie im Schritttempo weiter. Cody wusste, das die Überreste des Holzhauses nicht mehr weit waren. Dennoch umkreiste er das Gebiet systematisch. Er brachte die Pferde langsam vorwärts. Als wüssten sie, was davon abhing, traten sie vorsichtig über herabgefallene Äste. Mellow war wieder aufgetaucht und hielt sich nahe bei den Pferden auf. Cody achtete auf jede Kleinigkeit. Selbst seine Ohren lauschten angestrengt, obwohl Hund und Pferde ihn rechtzeitig bei jedem Geräusch warnten, das nicht hierher passte. Dessen war er sich sicher.

Vor einer steil aufragenden Felsenwand stoppte Cody White Crow die Pferde und lauschte.

»Was erregt dein Misstrauen?«, flüsterte David. »Die Spur am Moosstein? Der zertretene Zweig?«

»Du hast es also auch bemerkt«, entgegnete Cody leise.

»Ja.«

»Wir sind nicht allein hier«, meinte Cody.

»Vielleicht der Staff Sergeant mit seinen Deppen?«, vermutete David mit einem Grinsen.

»Vielleicht.«

Cody blieb skeptisch. »Wer immer sich hier herumtreibt, wir werden ihn überraschen.«

Cody ließ sich vom Pferd gleiten. Der Hund untersuchte den Boden vor der Felswand. Hier war es schattig und windstill. Dann sprang Mellow in kurzen Sätzen hin und her. Mit einem gezielten Sprung hatte er ein Tier erwischt, das seinen letzten, kläglichen Laut von sich gab. Cody blickte zu seinem Hund, der ein Wildkaninchen zerkaute.

»Gönnen wir den Pferden eine Pause«, sagte Cody und löste den Gurt vom Packpferd.

»Wir werden sie vorerst zurücklassen. Hier gibt es genug zu fressen. Die Sachen schieben wir unter den Felsvorsprung.«

David nickte und stieg ebenfalls ab.

»Zu Fuß wird man uns nicht so schnell bemerken«, meinte er.

Schnell hatten sie ihr Gepäck verstaut. Um die grasenden Pferde machte Cody sich keine Sorgen, denn sie waren sehr oft hier und kannten diesen Ort, der ihnen Schutz bot. Mellow sah seinen Zweibeiner an, wartete auf ein Zeichen. Cody wandte sich ihm zu, ging in die Hocke und legte zwei Finger vor den Mund. Der Hund legte sich flach auf den Boden und duckte sich. Er hatte verstanden, dass er leise und in Deckung bleiben sollte. Cody lächelte und strich ihm über den Nacken. David stand vor ihnen, mit zwei Jagdgewehren in den Händen. Dann erhob sich Cody. Mellow stand auf. David gab seinem Bruder ein Jagdgewehr. Von nun an ging es zu Fuß weiter.

Seitlich der Felswand stieg Cody voran, ein Stück durch Dickicht, hinauf bis zu einem kleinen Felsplateau. Es lag im Schatten. Vereinzelt standen gedrungene Sträucher hier oben. Die beiden Männer und der Hund hatten gerade genug Platz, um nebeneinander zu liegen. Sand hatte sich, wie in einem Bassin, in der Vertiefung des Gesteins gesammelt. Direkt vor ihnen lag der See, klar und still wie eine Spiegelfläche. Nur ein paar Meter unter ihnen war das Wasser. Cody wies mit der Hand in die Richtung, in der Sheloquins Haus gestanden hatte. David folgte ihr mit seinem Blick und nickte. Es war schätzungsweise nur einhundert Meter von den beiden Männern entfernt, und es war offensichtlich, dass dort mal ein Haus gestanden hatte. Die kläglichen Überreste, schwarzer Schutt und die Spuren des Brandes ringsum waren zu erkennen. Ein verkohlter Baum stand, einem Mahnmal gleich, in einiger Entfernung davon.

»Ein Wunder, dass nicht noch mehr verbrannt ist«, flüsterte David.

Cody griff in die Innentasche seiner Steppjacke und zog ein kleines Fernglas heraus. Obwohl er sehr gute Augen hatte, war es für ihn unverzichtbar geworden. Er stützte die Ellenbogen auf und suchte sehr aufmerksam das Gelände ab. Er hatte die Geduld des Jägers, der dem Wild auflauerte.

Auch David hatte diese fast vergessene Gabe. Kacy White Crow hatte die beiden, als sie noch Knaben waren, oft mit hinauf in die Berge genommen. Erinnerungen wurden wach. Die Zeit verstrich. Cody tippte David auf die Schulter und reichte ihm das Fernglas. Dann wies er zur gegenüberliegenden Seite des Sees. David sah durch das Glas. Nach einer Weile blickte er Cody fragend an.

»Landvermesser«, stellte er ungläubig fest.

Cody verzog die Mundwinkel und nickte nur. »Sie greifen gierig nach dem, was ihnen nicht gehört. Sie fragen nicht einmal«, flüsterte Cody.

»Wer?«, fragte David.

»Die, die den Killer zu dem alten Mann geschickt haben.«

David atmete hörbar tief durch.

»Wir werden sie fragen. Wir sind zwei Jäger auf der Jagd«, entschied Cody und zog sich zurück. Sein Bruder folgte ihm.

Mellow hatte bereits beide überholt und wartete bei den Pferden. Zu Fuß machten sich zwei Männer und ein Hund auf den Weg. Im Schutz des Waldes waren sie bald nicht mehr zu sehen.

Die Sonne kündigte das Ende des Tages an. Das Licht drang schräg durch die dürren Zweige der Bäume, die ihre Blätter in diesem Frühjahr noch nicht entfaltet hatten. Dunkles und zartes Grün leuchtete im Schein der Abendsonne und spiegelte sich am Ufer des Sees, auf der Wasseroberfläche, wider. Wind fuhr in die Baumkronen. Vögel zwitscherten. Ein Mann blickte durch ein Nivelliergerät, das auf einem dreibeinigen Ständer fixiert war, ohne zu ahnen, dass er beobachtet wurde. Er rief dem anderen etwas zu, dirigierte ihn millimetergenau an eine bestimmte Stelle. Als er zufrieden war, richtete er sich auf und nickte zufrieden.

»Okay! Das hätten wir. Schluss für heute«, rief er dem anderen zu, der die Stelle präzise mit einem Pfahl und Sprühfarbe markierte. Dann machte er sich daran, seine Gerätschaften abzubauen. Er war so in seine Arbeit vertieft, dass er nicht bemerkte, wie ein Schatten hinter ihm auftauchte, der die Gestalt eines Mannes annahm. Erst als er den Schreckensschrei seines Kollegen vernahm, fuhr er zusammen und blickte auf. Er sah, wie sein Kollege die Hände nach oben streckte und dass ein Indianer ein Gewehr auf diesen gerichtet hatte. Reaktionsschnell bückte er sich nach seinem eigenen Gewehr, das zu seinen Füßen liegen musste. Doch er griff ins Leere und fluchte.

»Falls du dein Gewehr suchst«, vernahm er eine Stimme direkt hinter sich und fuhr erschrocken herum, »das habe ich, damit niemand aus Versehen verletzt wird«, sagte ein zweiter Indianer, dem er entsetzt in die Augen starrte.

»Wir … wir wollten niemanden verletzen«, stotterte der Mann.

Er war ein hagerer, runzliger Kerl mit Stoppelbart und Hornbrille. Sein Alter war schwierig zu schätzen. Vielleicht um die sechzig. Sein schütteres Haar, durch das bereits die Kopfhaut schimmerte, hatte er straff im Nacken zusammengebunden. Er trug, genau wie sein Kollege und die beiden Indianer, die karierte Steppjacke, die es in jedem Farmerstore stapelweise zu kaufen gab.

»Was wollt ihr dann?«, fragte Cody White Crow scharf, während David den anderen, jüngeren Mann vor sich her schob, bis sie beieinander standen.

»Wir haben den Auftrag, das Gebiet um den See zu vermessen«, antwortete nun der Jüngere.

Er musste um die vierzig sein, war kräftig gebaut, leicht untersetzt und der kleinste Mann im Kreis. Er schien keine Angst zu haben, strahlte eine stoische Ruhe aus, als wüsste er genau, dass ihm nichts passieren würde. Seine blauen Augen blinzelten fast ein wenig belustigt aus seinem runden Gesicht, während er die beiden Indianer musterte.

»Wer gab den Auftrag?«, fragte David.

»Ein Mann namens White Crow«, antwortete er.

David und Cody sahen sich augenblicklich erstaunt an.

»Soll der Eigentümer des ganzen Gebietes hier oben sein. Ich glaube, es steht zum Verkauf«, erklärte der Jüngere schulterzuckend.

»Interessant«, sinnierte Cody und pfiff leise durch die Schneidezähne. Im Busch raschelte etwas. Dann schlich der Hund heran, der wie ein Wolf aussah.

»Das ist ja wie im Film«, meinte der Ältere mit rauer Stimme.

Cody nickte. »Könnte man so sehen. Ich bin auf den Ausgang der Geschichte gespannt. Ist das eure gesamte Ausrüstung? Wo sind eure Pferde?«

»Wir haben keine Pferde, und das ist unsere ganze Ausrüstung«, antwortete der Ältere.

»Zu Fuß?«, fragte David ungläubig.

»Mitnichten! Der Auftraggeber war so freizügig, uns mitsamt Ausrüstung und Proviant hier oben aus dem Helikopter zu werfen«, antwortete der Jüngere.

Ein schelmisches Lächeln huschte über sein rundes Gesicht, das von schwarzem Haar umrandet war.

»Ich hoffe für euch, dass White Crow auch so großzügig ist, euch wieder nach Hause zu bringen«, ging Cody auf die Scherzanwandlung des weißen Mannes ein.

»Kennst du ihn?«, fragte der.

Cody, der noch immer die Jagdgewehre in den Armen hielt, sein eigenes und das des älteren Mannes, verschränkte die Arme darum. Es fiel ihm nicht leicht, sein Lachen zu unterdrücken.

»Nein«, antwortete er prompt.

Dafür bemerkte er sehr wohl, dass ein Grinsen über Davids Gesicht huschte.

»Und was macht ihr beide hier oben, ohne Pferde?«, fragte der Jüngere.

»Wir sind Jäger«, antwortete Cody knapp. »Sagt mir eure Namen.«

»Adam Summers«, antwortete der Jüngere.

Der Ältere stellte sich selbst vor. »Jonathan Smith. Ihr habt uns einen ganz schönen Schrecken eingejagt.«

Dann atmete er erleichtert auf. »Und wie heißt ihr?«

»Mellow«, antwortete Cody rasch.

David presste die Lippen aufeinander, als er zu dem Hund blickte.

»David«, sagte er dann.

»Und weiter?«

»Anders«, log Cody.

Sein gesunder Menschenverstand und sein Misstrauen mahnten ihn. Er wollte mehr über die Männer, ihr Vorhaben und vor allem den Auftraggeber erfahren, der seinen Namen gestohlen hatte. So hielt er es für angebracht, dass diese Männer nicht seinen wahren Namen wussten.

»Wir sind Brüder«, fügte Cody hinzu. »Setzen wir uns. Der Abend ist lang. Man trifft selten Leute hier oben«, schlug er deshalb vor.

Die beiden Männer waren über die Gesellschaft der beiden Indianer offensichtlich erfreut und packten ihre Ausrüstung zusammen. David entfachte ein kleines Feuer in einer Erdmulde, die er ausgegraben und um die er Steine gelegt hatte. Cody war mit dem Hund auf der Jagd und kam wenig später mit einer Wildente und zwei Fischen zurück.

»Das Gebiet hier am See ist sehr wildreich und der See voller Fische«, bemerkte Cody beiläufig, während er seine Beute zum Braten vorbereitete. Der Hund lag neben ihm und blinzelte gelangweilt in die züngelnden Flammen. Ein dünner Rauchfaden stieg daraus empor und verwirbelte sich in Höhe der Baumkronen.

»Wenn die Touristen erst hier Einzug gehalten haben, wird sich das schnell ändern«, sagte Jonathan.

Codys Verwunderung hielt sich in Grenzen. Das Gebiet hier oben war sehr begehrt. Sheloquin hatte mehrere Kaufangebote ausgeschlagen. Reiche Geschäftsleute, die eine Rückzugsmöglichkeit suchten, und Hoteliers, die das große Geschäft witterten, waren wie lästige Insekten. Aber würde jemand dafür über Leichen gehen? Ja, mit Sicherheit hatte sich jemand auf diese Weise Sheloquins Land unter den Nagel reißen wollen. Jemand, der dachte, dass Sheloquins Land nach dessen Tod leicht und billig zu haben sei. Doch selbst die Skwahla, die man nun unter Druck setzte, waren sich nicht schlüssig darüber, was sie tun sollten. Niemand, außer ein Mann namens White Crow, würde einen Kaufvertrag unterzeichnen dürfen. Doch die Worte des Landvermessers Smith klangen, als wäre die Entscheidung gefallen und der Beschluss längst besiegelt.

»Hat das Land denn schon einen neuen Eigentümer?«, fragte David.

»Keine Ahnung«, zuckte Jonathan Smith mit den Schultern. »Mich interessiert nur, dass meine Arbeit bezahlt wird.«

»Wie lange seid ihr denn schon hier beschäftigt?«, fragte David, von Ungereimtheiten angestachelt.

»Seit heute Vormittag«, antwortete Smith.

»Dank unserer Lasergeräte können wir in kürzester Zeit relativ große Gebiete vermessen«, erklärte Adam.

»Aber ihr habt nur das Land rings um den See vermessen. Das Land
ist sehr viel größer. Das dauert Tage, auch mit modernen Lasergerä-
ten«, stellte Cody fest.

»Das war unser Auftrag. Ist das vielleicht Indianerland?«, fragte
Adam.

»Ja. Indianerland«, antwortete David.

»Ja, klar. White Crow klingt indianisch«, stellte Adam fest.

»Habt ihr euren Auftraggeber nicht selbst gesehen?«, fragte Cody.

»Nein. Aber er hat im Voraus gezahlt.«

Cody und David blickten sich an und schwiegen.

Die Schatten der Bäume waren merklich länger geworden, die Luft
kalt und feucht. Dunkle Wolken zogen auf. Während sich die Männer leise unterhielten, garte das Fleisch und ein verführerischer Duft
nach Gebratenem stieg den hungrigen Zweibeinern in die Nasen. Ein
Habicht rauschte über die Köpfe der Männer, ohne ihnen Beachtung
zu schenken. Auch der Raubvogel war hungrig und machte sich auf
die Jagd. Die Männer schienen sich inzwischen gut zu verstehen und
lachten sogar miteinander. Die Indianer ließen die kurzfristig ent-
standene Vertrautheit zu. Das war hier draußen in den Bergen nicht
sehr ungewöhnlich. So erfuhren Cody und David White Crow mehr,
als sie sich erhofft hatten. Die Männer erzählten, dass sie zunächst
nur das Gebiet um den See herum, im Umkreis von etwa acht Kilometern, vermessen und Grenzpunkte markieren sollten. Wer eins
und eins zusammenrechnen konnte, konnte sich ausmalen, wofür.
Es fehlt nur die Zufahrtsstraße hier herauf, dachte Cody. Aber das war
nur noch eine Frage der Zeit. Doch weshalb hatte der unbekannte
Auftraggeber ausgerechnet den Namen White Crow gewählt? Zufall
konnte das nicht sein. Mit Sicherheit nicht. Cody war nicht entgangen, dass auch David sich Gedanken darüber machte. Ab und an hatten sich ihre Blicke getroffen, während Jonathan und Adam erzählten.

»Ich glaube, euer Helikopter kommt heute nicht mehr«, meinte Cody
schließlich.

»Hm«, machte Jonathan. Er wirkte plötzlich etwas niedergeschlagen. »Dann werden wir wohl hier übernachten müssen. Mein Weib wird mir die Hölle heiß machen.«

»Nimm es nicht so schwer, Kumpel. Bis dahin ist die Detonation ver- pufft, und der Qualm verzieht sich schnell. Du wirst sehen, wie sie sich freut, dass sie dich überhaupt wieder hat. Glaube mir«, entgeg- nete Adam.

Die Männer lachten. Auch Cody, der damit noch keine Erfahrungen hatte.

»Ist fast wie in einem alten Western. Ein Hauch von Abenteuer und Freiheit. Mitten in der Wildnis, wo Männer noch Männer sind. Da- von habe ich als kleiner Junge mal geträumt. Ist lange her. Wenn ich nur nicht so frieren würde«, klapperte Adam übertrieben mit den Zähnen und wickelte sich in eine seiner dünnen Isolierdecken.

»Wer diese Papiertüten bloß erfunden hat«, fluchte er.

»Die NASA«, lachte Jonathan. »Damit die Space Shuttles ihren Hin- tern besser hochkriegen.«

»Hey! Ich will nicht in den Weltraum. Ich will mir nur die Eier nicht abfrieren. Vielleicht brauche ich sie ja noch.«

Die Männer lachten.

»Wir sollten gehen, bevor die Nacht anbricht«, beschloss Cody. »Wie ich sehe, seid ihr zwei schlecht dafür ausgerüstet. Ich werde euch mein Jagdzelt und Decken bringen. Es wird mit Sicherheit frostig werden.«

Er und David erhoben sich. Mellow sprang sofort auf und tänzelte um Codys Füße herum.

»Danke. Wir hatten auch nicht damit gerechnet, hier übernachten zu müssen«, meinte Smith.

»Niemand geht ohne Ausrüstung in die Berge.«

Mit diesen Worten ging der Mann mit dem Cowboyhut auf seinem Kopf, dem Wolfshund an seiner Seite und dem Jagdgewehr in der Hand. Neben ihm schritt David ohne Hut.

David fragte sich gerade, ob er in die Berge gekommen war, um den Babysitter für diese beiden Männer zu spielen, die nicht einmal eine ordentliche Ausrüstung bei sich hatten. Nein, antwortete er sich selbst. In der Not und hier draußen half man sich. Das war einfach so.

»Was hältst du davon?«, fragte Cody leise, als sie die Felswand fast erreicht hatten.

»Wovon?«, fragte David überrascht, der seine Gedanken abrupt beendete.

»Von den Dingen, die sie uns erzählt haben?«

»Lügen. Illegal. Kriminell. Und jemand hat unseren Namen damit beschmutzt!«

»Würdest du diesen Verbrechern unser Land überlassen?«

»Ich?!«, fragte David entrüstet.

»Du vertrittst diese Meinung, nicht ich«, zischte Cody.

David hielt kurz inne. Er sah Cody wütend an und schnaufte tief durch. Er wusste wirklich nicht, was er sagen sollte. Offenbar waren ihm die Argumente ausgegangen. Hier oben war alles anders als im Dorf, im Reservat, im Ratshaus.

»Vater hat dir die Entscheidung überlassen, nicht mir«, zischte er schließlich zurück.

»Er sagte, dass er es mir überlässt, dieses Land zu verteidigen. Meine Entscheidung steht fest, David. Ich werde kämpfen, und wenn jemand dafür mit dem Leben bezahlen muss, dann ich allein.«

»Okay, du Klugscheißer. Und wenn du dann tot bist, sind wir wieder in derselben Situation. Und dann werden wir doch verkaufen, sofern es keine weiteren Selbstmörder unter uns gibt.«

Dieses Mal war es Cody, der sich vor David aufbaute und ihn am Weitergehen hinderte. »Sie werden euch nicht mehr fragen. Sie werden es auch nicht kaufen, David. Wach auf! Sie nehmen es sich!«

David wich Codys Blick aus und schwieg betreten.

Cody ging weiter.

David folgte ihm. »Bist du deshalb mit mir und den Gewehren hier? Weil du kämpfen willst? Den Cody-rettet-die-Wildnis-Krieg?«

Cody brach in schallendes Gelächter aus. Er konnte sich kaum wieder beruhigen. David wurde umso wütender.

»Nein«, antwortete Cody, als er sich beruhigt hatte. »Heute werden die Kriege nicht mehr mit alten Jagdgewehren und Schrotkugeln ausgetragen, sondern mit Kugelschreibern, Worten, Geld und Lügen.«

David ging weiter. Er schwieg, als ob er Codys Worte nicht gehört hatte. Die Brüder, die unterschiedlicher kaum sein konnten, hatten die grasenden Pferde erreicht.

»Du hast recht«, brach David schließlich das Schweigen.

Cody packte das Versprochene auf sein Pferd und schwang sich selbst darauf. Er überließ den beiden Männern das kleine Jagdzelt und die Decken. Cody hielt es für klüger, dass die zwei auf der Lichtung blieben, falls doch jemand kam, um sie zu holen. Außerdem wollte er sein Versteck nicht preisgeben. Als die beiden Skwahla ihr eigenes Nachtlager unter dem schützenden Felsvorsprung herrichteten, war es bereits sternenklare Nacht. Die schweren Regenwolken hatten sich weiter unten über die Täler geschoben. Aber feuchte Kälte zog herauf. Die Nacht war schnell gekommen, und von einem Helikopter fehlte tatsächlich jede Spur. Unter den Bäumen war es finster. Die Augen hatten sich daran gewöhnt. Das Zwitschern der Vögel war verstummt. Die Jäger der Nacht bewegten sich auf leisen Pfoten oder mit rauschenden Flügelschlägen. Die Nacht wurde tatsächlich verdammt kalt. Am Himmel zeigte sich der runde Mond. Sanft wiegte der Wind die Zweige der Laubbäume. Das leise Rauschen verband sich mit dem Geraschel des welken Laubs zu einer monotonen Melodie.

Der Wald schlief nicht. Die Geschöpfe der Nacht waren auf der Jagd. In der Ferne heulte ein Wolf. Aus noch weiterer Entfernung kam die Antwort. Welkes Laub hatte sich im Busch verfangen und klebte hier und da am Boden. Es war feucht. Es roch nach Laub, Moos, frischem Gras und Kiefernnadeln. Von irgendwoher drang ein leises Knurren durch das Dickicht. Mellow blieb still. Selbst die Pferde blieben ruhig. Die Geräusche der Nacht waren ihnen vertraut. Gefahr witterten sie im Augenblick nicht. Die Skwahla hatten sich in ihre Schlafsäcke gewickelt. Sie lagen unter dem schützenden Felsvorsprung dicht beieinander. Die Schlafsäcke hielten durchaus Wind und Nässe stand und schützten auch vor eisigen Temperaturen unter dem Gefrierpunkt. Mellow lag zwischen den Männern und döste. Seine feinen Sinne wachten, während Cody und David lange nicht in den Schlaf fanden. Leise begannen sie miteinander zu flüstern. Sie redeten ohne Vorurteile über Dinge, über die sie nie geredet hatten. Sie redeten überhaupt seit langer Zeit wieder miteinander. Sie redeten wie Brüder oder Freunde das tun, ohne Zwietracht und ohne Streit. Sie redeten über ihre Ängste, Sorgen und Hoffnungen, auch wenn sie sich noch nicht vollends einigen konnten. Aber sie hörten einander zu und stellten fest, dass ihre Gedanken dennoch nicht so unendlich weit voneinander entfernt waren. Irgendwann trat Stille ein. Ruhige und gleichmäßige Atemzüge der Schlafenden verloren sich darin.

Etwa zur selben Zeit schlich jemand durch die Wildnis. Harris Shore hatte seinen Wagen nicht an der Straße stehen gelassen. Er war weit in einen Waldweg gefahren. Er hatte das Auto gut versteckt. Niemand sollte ihn sehen. Nicht den Wagen und nicht den Mann, der ihn fuhr. Shore traf sich in dieser Nacht mit seinen Männern im Busch. Auch das sollte niemand sehen. Alte Bretterbuden gab es einige. Verlassen, verwittert und grasbewachsen. Das waren einfache Jagdhütten, die als Schutz vor Unwettern oder zur Übernachtung dienten. Sie stammten zum Teil noch aus der Zeit, als Goldsucher und Jäger dieses Gebiet besiedelten. Ebendiese erhielten sich die Notunterkünfte, weil sie darauf angewiesen waren und genau wussten, wo in der Wildnis sie zu finden waren. Shore hatte vor einiger Zeit eine solche Hütte gefunden. Genau das, wonach er gesucht hatte. Sie war ihm recht, und er hatte, solange er sie beobachtete, noch nie eine Menschenseele angetroffen. Zumindest seitdem er den Auftrag für Barn angenommen hatte, trieb er sich in dieser Gegend umher. Er konnte von sich behaupten, dass er sich inzwischen gut auskannte. Shore verzog voller Genugtuung sein Gesicht, als er den alten Holzboden betrat. Modrige, feuchte Luft stand im Raum. Finsternis umgab ihn. Selbst das Licht des Vollmondes konnte hier kaum etwas ausrichten. Doch seine Augen hatten sich an die Dunkelheit gewöhnt, sodass er alles erkennen konnte.
Es war eine Stunde nach Mitternacht. Mit seiner kleinen Taschenlampe leuchtete er den Raum aus. Dunkle Schatten huschten davon. In einer Ecke des Raumes lagen verblasste Decken, angefressene Strohsäcke und ein relativ neuer Schlafsack. Shore spürte die Feuchtigkeit auf seiner Haut, konnte sie mit seiner Zunge schmecken. Sie war auch in Decken und Schlafsack gekrochen. Shore war nicht wählerisch. Er ließ sich in der Ecke nieder und wickelte sich in den Schlafsack. Sein Gesicht zeigte keine Regung, als er seinen Gedanken nachging. Die Informationen, die er an diesem Tag bekommen hatte, waren wertvoll. Selbst Philip Barn, sein Auftraggeber, hatte sich am Telefon höchst erfreut gezeigt. Shore wartete auf seine Männer, die

mit drei Pferden zu dieser Hütte unterwegs waren. Und Shore wusste, was er zu tun hatte. Freunde hatte er nicht. Geräusche von Reitern drangen schließlich an seine Ohren. Sie hielten vor der Tür an und stiegen ab. Reglos blieb er an seinem Platz und zog eine kleine Whiskeyflasche aus der Jackentasche. Er trank sie in einem Zug aus. Es war nicht so viel, um betrunken zu werden, aber genug, um die Kälte der Nacht vorerst auszuschalten. Shore hörte ein Pferd schnauben. Während er den aufsteigenden Rauch seiner Atemluft betrachtete, glitten zwei Gestalten durch die Tür herein. Über Shores Gesichtszüge huschte ein zufriedenes Lächeln.

Die Männer setzten sich zu ihm, streifen die Handschuhe ab und tranken ebenfalls einen Whiskey aus ihren kleinen Flaschen. Sie redeten leise miteinander. Dann hörten sie sich Shores Plan an. Es musste alles genau so geschehen, wie er es sagte. Ein Fehler war inakzeptabel. Die Männer nickten. Sie packten Schokoriegel mit Nüssen aus und vertilgten sie, bevor sich alle drei erhoben. Dann verließen sie die Hütte und stiegen auf die Pferde. Es war verdammt kalt. Rauch trat ihnen und den Pferden nach jedem Atemzug aus Mund und Nase. Der Weg durch die Wildnis und durch die Nacht war noch weit und führte stetig bergauf. Der Vollmond beleuchtete den Weg der drei Reiter. Die Geschöpfe der Finsternis waren auf der Jagd.

Ben Cliffords Bereitschaftsdienst endete hingegen nicht so ruhig, wie er es sich erhofft hatte. Als Shore sein Büro verlassen hatte, ordnete er seine Papiere und warf einen letzten Blick auf die Landkarte. Anschließend machte er es sich auf der Pritsche neben dem Büro so bequem, wie es eben möglich war. Mit der Zeitung in den Händen schlief er kurz darauf ein, bis ihn der Dienstapparat mit seinem schrillen Ton wieder aufspringen ließ. Verwirrt blickte er um sich, um zu realisieren, wo er sich befand. Ächzend schob er sich von der Pritsche und schlurfte nach nebenan, in der Hoffnung, dass der Anrufer vielleicht aufgeben würde. Aber das tat er nicht. Clifford nahm ab. Ihm fröstelte schlagartig, als er Barns Stimme am Apparat vernahm.

»Jetzt?«, fragte Clifford ungläubig und sah auf die Uhr. »Es ist mitten in der Nacht!«

»Ja!« Barn bestand darauf. Er hatte zwei Landvermesser dort hinauf gebracht und nun fehlte von ihnen jede Spur. Barn verlangte, dass sich der Staff Sergeant sofort auf den Weg in die Berge, zu dem See und den Resten des Blockhauses, das dem alten Sheloquin gehört hatte, aufmachte. Er war überzeugt davon, dass den Männern etwas zugestoßen sein musste. Clifford verzog das Gesicht, doch er wagte nicht, zu widersprechen.

»Geht in Ordnung«, antwortete er mürrisch. »Ich kümmere mich sofort darum.«

Dann legte er auf. Fluchend spritzte Clifford sich kaltes Wasser in sein Gesicht. »Als ob das nicht Zeit bis zum Dienstbeginn, zumindest bis zum Tagesanbruch, hätte«, brummte er. Während die Kaffeemaschine gluckste, telefonierte er zwei seiner ihm unterstellten Constables aus dem Bett. Es würde eine Weile dauern, bis die im Büro sein würden. Der Staff Sergeant breitete eine Karte auf seinem Schreibtisch vor sich aus und begann, mit dem Zeigefinger darüber zu fahren. Dann schüttelte er den Kopf. Er würde den Polizeihelikopter anfordern müssen. Clifford brummte unwillig und tat das.

Irgendwann vernahm Cody das drohende Knurren seines Hundes. Er lauschte. Zaghaft zwitscherten die ersten Vögel in der anbrechenden Dämmerung. Cody hörte das leise Geräusch eines sich nähernden Helikopters. Er war hellwach. Schnell wühlte er sich aus seinem Schlafsack und stand auf. Lautlos, mit seinem Jagdgewehr in der Hand, kroch er ein Stück die Felswand hinauf. Im fahlen Licht des neuen Tages beobachtete er die Lichtung am Ufer des Sees, an dem das Haus des alten Sheloquin noch vor fünf Tagen gestanden hatte. Cody konnte den Helikopter bereits sehen. Der war ein schwarzer Punkt am blassen Himmel, der schnell größer wurde. Noch immer stand der Vollmond über den Bergkämmen. Cody blieb bäuchlings liegen und blickte durch sein Fernglas. Mellow lag neben ihm. Cody erkannte den Helikopter der Polizeibehörde, der gerade die Lichtung ansteuerte und schließlich aufsetzte. Das laute Geräusch wich dem Flattern, mit dem der laufende Rotor den Wind durchschnitt. Cody wunderte sich, dass sich die beiden Landvermesser, Smith und Summers, nicht rührten, obwohl das kleine Zelt wegzufliegen drohte. Der Lärm musste sie längst geweckt haben. Cody beobachtete, wie drei Männer ausstiegen. Einer davon musste von der Statur her Ben Clifford sein. Ein Blick durch sein Fernglas bestätigte ihm seine Vermutung. Die anderen beiden mussten Cliffords HilfsStaff Sergeants sein. Cody blickte sich um, als er neben sich eine lautlose Erscheinung wahrnahm. David postierte sich neben ihm.

»Wer ist das?«, fragte er leise.

»Ben Clifford mit zwei seiner Leute. Ben würde nie allein hier herauf kommen«, grinste Cody. »Dazu ist er viel zu vorsichtig. Aber warum um diese Zeit?«

»Der Mordfall raubt ihm offensichtlich den Schlaf«, stellte David trocken fest.

Die drei Männer untersuchten das Zelt, dann die Lichtung. Ihre aufgeregten Gesten und Stimmen drangen bis zu den Skwahla. Dann schwärmten sie in den angrenzenden Wald aus. Offensichtlich suchten sie etwas. Der Helikopter blieb am Boden. Der Rotor drehte aus. Dann war es wieder still. Nur die Vögel zwitscherten, als würden sie streiten. Die Frage, weshalb der Staff Sergeant noch vor Sonnenaufgang hier auftauchte, beschäftigte Cody. Er hielt es für sehr merkwürdig. Als Clifford das Gebiet schließlich absperren ließ, schloss Cody daraus, dass etwas passiert sein musste. Besorgt sah er in das Gesicht seines Bruders. Der sprach schließlich leise aus, was Cody kaum wagte zu denken.

»Es gibt möglicherweise zwei weitere Tote auf Sheloquins Land. Und sie liegen womöglich in deinem Jagdzelt.«

David verzog das Gesicht.

»Und womöglich ist dann der Mörder noch hier. Vielleicht auch zwei oder drei, so wie bei dem alten Mann vor fünf Tagen«, dachte Cody laut weiter.

»Vielleicht ist es auch der Geist des alten Mannes, der noch immer sein Land beschützen will. Er will alle Eindringlinge fernhalten«, meinte David.

»Von diesem Geist hätten wir wenigstens nichts zu befürchten. Wir sollten schleunigst hier verschwinden. Weder Clifford noch die Killer sollten uns hier entdecken.«

David nickte.

Lautlos, wie David gekommen war, kroch er zurück und ließ sich am Felsen hinabgleiten. Cody und Mellow folgten ihm. Während Cody die Pferde sattelte, verschwand sein Bruder im Busch. *Wahrscheinlich treibt ihn ein dringendes Bedürfnis dorthin*, dachte Cody und grinste.

Er kaute auf einem frischen Spearmint herum, während er die beiden Transportboxen mit Zuggurten an seinem Packpferd festzurrte. Nach der Dämmerung waren die ersten Sonnenstrahlen zaghaft über die Bergkämme gedrungen und die Temperatur war merklich gestiegen. Tau glitzerte an den Bäumen.

Dann sah Cody seinen Bruder aus dem Busch auftauchen. David taumelte merkwürdig, während er ging. Erst als David stolperte und stürzte, sprang Cody zu seinem Bruder. David lag reglos am Boden, mit dem Gesicht zur Erde. Cody ließ sich bei ihm auf die Knie fallen und spürte, wie seine Hände zitterten, als er David herumriss. »David?«

Der stöhnte.

»David!«

»Ich glaube, mich hat beim …«, brachte der mühsam hervor und rang nach Luft. »Na, du weißt schon, was ich meine …«, murmelte er benommen. »… eine Schlange oder so was in den Hintern gebissen, verflucht.«

Cody zögerte nicht einen Augenblick und zog David die Jeans herunter. Dann zog er sein Jagdmesser und schnitt die Haut zwischen den beiden parallelen Perforationen auf. Codys ganzer Körper schüttelte sich, für Sekunden nur. Er saugte das vergiftete Blut aus und spuckte, immer und immer wieder. Keiner der beiden ahnte, dass sie beobachtet wurden.

Shore lehnte an der rauen Rinde eines Baumstamms. Er kniff die Augen zu kleinen Schlitzen zusammen und lächelte. Wie ein Raubtier auf der Jagd beobachtete er seine Beute und wartete auf den perfekten Augenblick. Mit zwei gezielten Schüssen hätte er die beiden Indianer sofort erledigen können. Das wäre einfach für ihn gewesen. Doch sein Plan ging in eine andere Richtung. Nein. David White Crow wollte er nicht töten. Ihn würde er noch brauchen, und nun konnte er sicher sein, dass er ihn im Krankenhaus finden würde. David würde mit sich reden lassen. Die Schlange war ihm gerade recht gekommen. Shore wollte Cody. Allein! Zwei Schatten menschlicher Gestalt bewegten sich vorsichtig durch das Dickicht unterhalb der Lichtung. Sie traten zu Shore. Niemand sprach.

Cody rang nach Luft und betete, dass sein Bruder bei Bewusstsein blieb.

»Drüben auf der Lichtung steht der Helikopter der Mounted Police. Ich bringe dich dorthin. Du musst sofort in ein Hospital«, entschied Cody. Er sprach leise und schnell.

»Verflucht«, stöhnte David. »Er wird uns hinter Gitter bringen.«

Cody dachte das auch. Aber das Leben seines Bruders stand auf dem Spiel. Mühsam bugsierte er David auf sein Pferd und schwang sich hinter ihn. Vorsichtig, nur im Schritttempo, bewegte sich der notdürftige Krankentransport zu besagter Lichtung. Vor dem Helikopter glitt Cody vom Pferderücken und zog David zu Boden. Der war inzwischen ohnmächtig. Im Dickicht knackten Äste. Die Stimmen der Staff Sergeants waren zu hören. Cody sah den Piloten. Der rührte sich nicht aus dem Helikopter.

»Ben Clifford!«, rief Cody laut.

So laut, dass es durch den Wald und über den See schallte. Dann kniete er sich auf den Waldboden und legte den Kopf seines Bruders vorsichtig in seinen Schoß. David wirkte sehr blass. Er atmete flach und schnell. Hin und wieder fuhr ein Zittern durch seinen Körper. Benommen sank Codys Körper, einem Fragezeichen gleich, zusammen. Er konnte die Hitze fühlen, die ihn zu verbrennen drohte, und rang nach Luft. Kalter, klebriger Schweiß blieb an seinen Händen haften. Eisige Kälte griff nach ihm, packte ihn und lähmte seine Glieder und seine Gedanken. Cody versuchte, sie abzuschütteln. Eisiges Metall drückte sich gegen seinen Nacken. Wo war der Hund? Cody wagte nicht, nach seinem Gewehr zu greifen, das neben ihm lag. Langsam hob er die Hände.

Der Schuss eines fremden Gewehres hallte gemeinsam mit einem furchtbaren Schmerzensschrei durch die Morgenluft. Flüche folgten. Cody griff reflexartig zu seinem Gewehr, während er sich rasch umwandte. Der Schatten eines Menschen wehrte sich gegen die Angriffe des Wolfes. Der Wolf besiegte den Schatten, aber er tötete ihn nicht. Cody beobachtete das Schauspiel und verzog das Gesicht. Eine Schrotkugel hatte ihm die Haut an der Schulter zerfetzt. Der Hut rutschte von seinem Kopf und blieb direkt neben ihm liegen. Der Streifschuss brannte unerträglich. Blut rann an der Haut hinab. Cody war schwindlig. Mellow hatte sein Opfer an der Kehle gepackt und knurrte leise, aber drohend. Der Schatten röchelte.

»Weg mit dem Gewehr und Pfoten hoch«, vernahm Cody White Crow eine tiefe Stimme.

Sie klang seltsam hohl durch die feuchte, klare Bergluft. Er kannte die Stimme. Sie gehörte zweifellos zu Staff Sergeant Clifford. Cody legte sein Jagdgewehr neben sich ab. Der junge Constable nahm es sofort an sich. Noch immer kniete Cody bei seinem Bruder. Der regte sich und stöhnte leise. Wieder nahm Cody langsam die Hände hoch.

»Was soll das, Cody! Spielst du hier den Helden? Den Outlaw, der meint, jeden Baum und jeden Strauch persönlich verteidigen zu müssen? Willst du jeden niederschießen, der sich auf diesem Territorium einen Hasen jagt? Und pfeife deinen Hund zurück, sonst muss ich ihn erschießen.«

Cody wandte sich langsam zu Staff Sergeant Clifford um und pfiff leise. Ein weiterer Mann stand neben Clifford und richtete sein Gewehr direkt auf Cody.

»Good boy«, sagte Cody kaum hörbar zu Mellow und kraulte ihm das Fell.

Der Constable, der unter dem Hund gelegen hatte, tastete an seinem Hals und Körper. Dann richtete er sich umständlich und ächzend auf. Er gab eine bemitleidenswerte, traurige Gestalt ab. Er war noch ziemlich jung, gut beleibt und sprühte vor Unerfahrenheit. Mit dem Blick eines neugeborenen Kalbs sah er sich um und tastete nach seinem Gewehr. Cody unterdrückte mühsam sein Grinsen, als er inständig hoffte, dass sich kein versehentlicher Schuss lösen würde.

»Du hast den Köter auf einen Mounty gehetzt! Das war ein Angriff auf die Staatsgewalt. Du kannst mir dankbar sein, dass ich ihn am Leben lasse.«

»Danke, Staff Sergeant«, antwortete Cody prompt.

Ein wenig sarkastisch, aber freundlich genug, um Clifford nicht zu reizen. Clifford war von der Antwort des Indianers so überrascht, dass ihm weitere Worte verloren gegangen sein mussten.

»Darf ich aufstehen?«, fragte Cody.

»Natürlich.«

»Du hast deinen Stiefbruder umgebracht? Habt ihr euch wieder mal gestritten?«

»Nein«, antwortete Cody, während er sich langsam erhob.

Die Beine waren steif geworden, die Knie schmerzten und die Füße kribbelten, als würde er in einem Ameisenhaufen stehen. Aber immerhin war Cody schneller auf den Beinen als der Constable. Der hatte es tatsächlich fertig gebracht, sein Gewehr zu sichern. Mellow schnappte den Hut seines Herren, legte sich darauf und beobachtete aufmerksam das Geschehen.

»David ist von einer Schlange gebissen worden. Er muss dringend in das Hospital. Habt ihr ein Funkgerät?«, fragte Cody.

Der Constable war zu den anderen beiden gegangen, wobei er eine erstaunliche Geschwindigkeit entwickelt hatte. Er hatte sich zu ihnen, eher noch etwas hinter diese postiert, als würde er Schutz erwarten.

»Ja ... Ja, ich rufe Hilfe«, antwortete Clifford.

Das tat er auch sofort. Dann holte er tief Luft, blickte zu dem am Boden liegenden Mann und räusperte sich. »Ihr seid vorläufig festgenommen.«

Cody sah Clifford direkt an. Er presste die Lippen hart aufeinander. Er hatte es kaum anders erwartet.

»Weshalb?«, fragte er scharf.

»Ihr steht unter dem dringenden Verdacht, einen Mann Namens Smith ermordet zu haben. Er arbeitete für die Landvermessungs- und Verwaltungsgesellschaft. Außer ihm und euch beiden war um diese Zeit niemand hier in diesem Gebiet. Und noch dazu hast du deinen Hund auf meinen Constable gehetzt«, sprach Staff Sergeant Clifford kraft seines Amtes.

Es erinnerte Cody an die automatischen Ansagen in Warteschleifen oder die Durchsagen am Airport.

»Wie?«, rief er empört. »Das kann nicht dein Ernst sein!«

»Es ist so, Cody. Leider. Hast du vor, Widerstand zu leisten?«

Cody lachte kurz auf. Es klang alles andere als amüsiert.

»Hast du etwas in dem Fall der Ermordung des alten Mannes, auf dessen Land wir gerade stehen, herausgefunden?«, fragte Cody scharf, Cliffords Äußerung und Frage ignorierend.

»Ich darf nicht über laufende Ermittlungen reden, zumindest nicht mit Zivilisten. Das wirst du doch sicher verstehen.«

Cody schnaufte wütend.

»Hast du überhaupt irgendetwas gefunden?«, fragte er.

»Ich darf zu laufenden Ermittlungen keine Auskunft geben. Leider. Aber weil ich dich gut kenne, will ich dir sagen, dass du einen guten Anwalt für euch brauchen wirst.«

Codys Augen blitzten den Staff Sergeant gefährlich an. Seine Wut war am Überschäumen, und es fiel ihm sichtlich schwer, sich zu beherrschen. Cody sah ein, dass es keinen Sinn hatte, mit Clifford zu diskutieren. Seine Gedanken gingen seltsame Wege. Cody glaubte schlecht zu träumen. Das konnte nicht real sein! Wer hatte Jonathan Smith wirklich umgebracht, und wohin war Adam Summers so plötzlich verschwunden? War er geflüchtet? Weshalb und vor wem? Das ergab alles keinen Sinn. Die Motorengeräusche des Helikopters unterbrachen Codys Gedanken. Der Rotor verwirbelte die Luft. Codys Pferd flüchtete.

»Wir bringen deinen Bruder sofort zum Hospital. Du kommst mit uns«, entschied Clifford versöhnlich. Er erwartete keine Widerworte und keinen Protest.

Cody nickte.

»Könnt ihr ihn tragen? Ich bin offensichtlich verletzt. Mir ist schwindlig und übel«, sagte er und tastete dabei nach seiner Wunde. Die Staff Sergeants willigten ein. Schließlich war es ein Notfall. Clifford und der andere Constable stellten die Gewehre an den Baum und kümmerten sich um den Schwerverletzten, während der Dicke sein Gewehr auf Cody richtete. Cody White Crow grinste und warf Mellow einen auffordernden Blick zu, der den Hund zu größter Aufmerksamkeit animierte.

»Hast du vielleicht eine Schmerztablette dabei?«, fragte Cody.

»Nein«, antwortete der Dicke.

Cody hatte das kaum merkliche Zittern in seiner Stimme bemerkt. Der Kerl hatte Angst vor ihm. Vielleicht auch vor dem Hund, denn sein Blick wanderte von Cody zu Mellow und zu Cody zurück.

»Vorwärts. Steig in den Helikopter«, befahl der Grünschnabel. »Der Hund bleibt draußen.«

Cody dachte weder daran, Mellow allein hier zurückzulassen, noch in den Helikopter zu steigen oder sich gar in ein Gefängnis bringen zu lassen. Clifford und der Constable waren bereits mit David beschäftigt und momentan abgelenkt. Auf ein kaum merkliches Zeichen Codys sprang der Hund auf den Dicken zu und warf diesen im Sprung um. Im gleichen Augenblick schnappte sich Cody das Gewehr des Staff Sergeants und rannte davon. Wie ein Hirsch auf der Flucht vor den Jägern sprang er in das Dickicht des Waldes. Hinter sich hörte er einen Schuss krachen, der sich vermutlich selbst ausgelöst hatte. Dem folgten laute Flüche. Blätter und Zweige schlugen in Codys Gesicht, griffen nach seiner Kleidung und schlugen hinter ihm wieder zusammen. Geschickt und schnell entkam er den Männern, deren Flüche und Rufe er noch vernahm. Die Stimmen wurden leiser, verstummten schließlich ganz. Cody wurde langsamer, achtete darauf, wohin er trat, und wechselte die Richtung. Er glaubte nicht daran, dass auch nur einer der Mounties sich die Mühe machen würde, ihm zu folgen. Clifford wusste ganz genau, dass er hier oben keine Chance hatte, Cody zu finden.

Kurze Zeit später hörte Cody, dass der Helikopter abhob und beschleunigte. Cody war erleichtert. Sein Bruder war auf dem Weg zum Fraser Canyon Hospital, also in Sicherheit. Cody hielt kurz inne und lauschte. Im Unterholz raschelte es leise. Mellow tauchte auf. Cody lächelte zufrieden und kraulte ihm das Fell. Der Hund schien das ausgiebig zu genießen. Dann gingen beide zu dem Felsen, an dem sie die Nacht verbracht hatten. Als Cody zu der Lichtung kam, musste er feststellen, dass die Pferde verschwunden waren. Er blieb sofort reglos zwischen den Bäumen stehen, beobachtete die Lichtung, den Wald und lauschte. Mellow verharrte bei Fuß, während er versuchte, Witterung aufzunehmen. Gewöhnlicherweise warteten Codys Pferde immer auf ihn. Dieser Ort war ihnen vertraut, und es gab genug zu fressen für sie. Das mahnte Cody zur Vorsicht. Vielleicht hatten sie Gefahr gewittert. Vielleicht hatten sie sich vor irgendetwas erschreckt. Und wenn, dann liefen sie zurück nach Hause, zu Jean Sun Roads Stable.
Nichts regte sich.
Cody umgriff das erbeutete Gewehr des Staff Sergeants fester. Mellow knurrte leise. Beide spürten, dass sie nicht allein hier waren. Sie wurden beobachtet! Belaubte Zweige bewegten sich. Cody legte das Gewehr an und wartete. Mellow war nicht mehr zu halten. In großen Sätzen sprang er auf den ungebetenen Gast los. Cody vernahm drohendes Brummen und Mellows lautes Knurren. Dann bellte der Hund wütend. In das Dickicht kam Bewegung. Jemand schien zu flüchten. Es raschelte. Äste knackten, und frisch belaubte Zweige schlugen hastig aufeinander. Mellows Gebell verstummte. Cody schmunzelte, als er das braune Fell eines jungen Bären zwischen den Baumstämmen erkannte. Er nahm das Gewehr herunter. Mellow kam zu ihm und ließ sich zur Belohnung von seinem zweibeinigen Freund hinter dem Ohr kraulen.
»Guter Junge«, flüsterte Cody.
Da stand er nun, allein, ohne Pferd und ohne Ausrüstung. Nur Mellow und sein Jagdmesser waren ihm geblieben. Aufmerksam betrachtete Cody das erbeutete Gewehr. Er musste sich die Munition

gut einteilen, denn Ersatz hatte er nicht. Er würde tagelang allein durch die Wildnis laufen müssen. Unter dem Felsvorsprung wusste er seine Notfallausrüstung: ein doppelt geflochtenes Seil, und eine dieser dünnen Rettungsdecken, originalverpackt gegen Verwitterung geschützt. Das musste noch dort liegen. Dieses Seil und diese Decke waren für das Überleben in der Wildnis lebenswichtig. Zumindest, wenn ein Mensch dieser einige Nächte allein und schutzlos ausgeliefert war. Er würde sich über Nacht mit dem Seil in der Astgabel eines Baumes festbinden, damit ihn kein Raubtier überraschen konnte, und damit sein schlafender Körper nicht abstürzen konnte. Seine Sorge galt dennoch der Kälte der Nacht.

Cody blieb einen Augenblick aufrecht stehen und atmete tief durch. Er hoffte, dass ihm die Kleinen Leute beistanden. Die Kleinen Leute, die am Fluss lebten, so wie das Volk der Skwahla seit Anbeginn. Die Kleinen Leute passten auf, damit das Gleichgewicht zwischen den Menschen, dem Fluss und den Tieren immer erhalten blieb. Sie zeigten sich den Menschen nicht oft. Aber sie waren da. Cody wusste das. Cody konnte es spüren. Ja. Sie würden Cody White Crow beistehen. Ihm war tatsächlich schwindlig, und im Kopf begann es zu hämmern. Cody atmete tief durch und drückte seinen braunen Hut fester auf den Kopf.

Die Kleinen Leute

Noch ahnte Cody nicht, dass er beobachtet wurde, als er die Lichtung betrat. Auch der Hund hegte kein Misstrauen. Vielleicht hatte Mellow den starken Geruch des Bären noch in der Nase. Der Blick aus eisgrauen Augen folgte jeder ihrer Bewegungen.

Shore verzog das Gesicht, während er vorsichtig sein Gewehr in Position brachte. Er lag im Dickicht, in dem er die Schlange getötet hatte. Er hatte seine beiden Männer weiter im Busch, rechts und links von sich, postiert. Dort lagen auch sie auf der Lauer. Cody White Crow würde keine zweite Chance bekommen. Auch der Hund nicht. Shore konnte seine Männer nicht sehen. Das war auch nicht nötig. Er hatte befohlen, nichts zu tun, bevor er nicht den ersten Schuss abgegeben hatte. Shore kniff die Augen leicht zusammen und zielte auf den Indianer. Ein einzelner Schuss pfiff durch die Luft, das Geschoss flog über die Lichtung. Shore war ein guter Schütze.

Cody ging zu Boden. Er legte sich flach auf den Bauch und streckte den Arm aus. In dem Augenblick prallte etwas an den Fels über seinem Kopf. Unwillkürlich zuckte Cody zusammen. Mellow sprang sofort wütend bellend zum Dickicht. Ein zweiter Schuss, der dem Hund galt, pfiff beinahe lautlos und verfehlte sein Ziel nur um Haaresbreite. Baumrinde splitterte von einem Stamm. Cody griff das Seil und kroch zu einer Felsspalte, in der er zunächst Deckung fand. Ein weiteres Geschoss bohrte sich in den Boden, direkt hinter seinem Fuß. Mühsam richtete sich Cody auf. Sein Herz pochte, als wollte es zur Brust herausspringen. Ihm wurde für einen Augenblick schwarz vor Augen. Dann vernahm er das verräterische Pfeifen zwischen seinen eigenen Herzschlägen. Sofort drückte er sich mit dem Rücken hart gegen die Felswand, während er nach Luft rang. Etwas Metallisches prallte gegen das Felsgestein, nicht weit von seinem Kopf. Cody blickte suchend nach oben. Er musste in der Felsspalte hinaufklettern, um eine Chance zu haben. In Mellows wütendes Gebell mischten sich Flüche einer menschlichen Stimme. Cody hatte sein erbeutetes Gewehr aufgeben müssen. Im Augenblick hätte es ihn ohnehin nur behindert. Das Seil war wichtiger. Cody hing es um seinen Körper und holte tief Luft. Dann kletterte er gewandt in der schmalen Felsspalte nach oben. Es war kräftezehrend. Die Wunde schmerzte, und der Blutverlust schwächte ihn. Cody atmete schwer.

Schweißperlen bildeten sich auf seiner Stirn und rannen am Hals herab. Einen Moment lang geschah nichts. Es blieb still. Nicht einmal der Hund bellte. Cody hörte seine eigenen Atemzüge. Der Herzschlag klopfte in den Ohren.

Shore erhob sich. In der Deckung des Dickichts ging er vorsichtig zu dem Mann, der mit dem Hund kämpfte. Er vernahm dumpfe Flüche und das Knurren des Hundes. Dann konnte Shore einen seiner Männer erkennen. Der lag rücklings am Boden und kämpfte mit dem Tier, das aussah wie ein Wolf. Der Hund war über ihm und versuchte, den Mann an der Gurgel zu erwischen. Als das Tier Shore bemerkte, bellte es wütend auf. Shore legte das Gewehr auf kurze Distanz an. Doch Mellow ließ von dem am Boden Liegenden sofort ab und verschwand im Dickicht. Nun fluchte Shore. Er hatte weder Cody noch den Köter erwischt.
»Idiot!«, fauchte er den bärtigen Mann an, der sich gerade mühsam aufrappelte.
Der rang nach Luft, nicht fähig, irgendetwas zu erwidern.
»Die beste Gelegenheit ist uns durch die Lappen gegangen«, zischte Shore weiter. »Hättest den Köter wenigstens mit dem Messer erledigen können. Nun wird er uns wieder in die Quere kommen.«
Der Mann schwieg.
»Der Suchtrupp der RCMP wird bald hier auftauchen«, brummte Shore.
»Cody ist die Felswand hinauf. Er hat kein Gewehr bei sich, und er ist verletzt. Also los!«
Der Bärtige nickte, griff nach seinem Gewehr und folgte Shore.

Erschöpft blieb Cody flach auf dem Felsplateau liegen. In seinen Ohren rauschte es. Er glaubte, den Wasserfall zu hören. Das Rauschen wurde langsam leiser und dann zur dumpfen Stille. Er tastete nach der Verletzung an seiner linken Schulter. Es fühlte sich feucht an.

84

Vielleicht vom Schweiß. Es brannte wie Feuer. Als Cody seine Finger betrachtete, sah er flimmernde Kreise aus Licht und Schatten. Er war müde und schloss die Augen. Nur für einen Augenblick. Sein Atem beruhigte sich nur langsam. Das Herz hämmerte so stark gegen die Brust, dass es schmerzte. Es ließ ihn nicht zur Ruhe kommen. Es hinderte ihn daran einzuschlafen. Sein Herz rüttelte ihn wach. Langsam wurde Cody bewusst, dass er hier nicht liegen bleiben durfte.

Wo ist Mellow?

Wo ist der Kerl, der auf mich geschossen hat?

Mühsam kroch Cody weiter. Erst jetzt bemerkte er das Blut an seinen Fingern. Seine Sinne wurden klarer. Sein Überlebenswille gab ihm neue Kraft. Cody tastete sich weiter und kletterte vorsichtig an der Felswand entlang. Er wollte kein Geräusch verursachen, das ihn verraten konnte. Die Schweißperlen standen noch immer auf seiner Haut. Etwa fünfzig Fuß weiter kletterte Cody den Bergkamm hinauf. Dort stand eine einsame Rotzeder. Unter deren Schutz machte Cody eine Pause, um seine Kräfte zu sammeln. Sein aufmerksamer Blick streifte umher. Er lauschte. Im ersten Augenblick glaubte Cody, dass Mellow ihm folgte. Doch eine menschliche Gestalt zeigte sich, einem Schatten gleich, und entschwand sofort wieder seinem Blick. Der Killer war ihm gefolgt. Cody erwartete ihn. Wieder tauchte die menschliche Gestalt auf. Vorsichtig richtete sich Cody auf, um sein Messer werfen zu können. Er presste die Lippen fest aufeinander und hielt den Atem an.

Dann warf er sein Messer mit aller Kraft. Leise durchschnitt es die Luft auf seinem tödlichen Weg. Die scharfe Klinge verfehlte ihr Ziel nicht. Der Mann sank mit einem leisen Stöhnen zu Boden. Mit zwei, drei schnellen Sprüngen war Cody bei dem völlig überraschten Mann und nahm das Messer an sich. Ein braungebrannter Mann, kaum älter als Cody selbst, blickte ihn aus seinen schwarzen Augen an.

»Wer hat dich geschickt?«, fauchte Cody.

Der Mann antwortete nicht.

Cody setzte ihm die Klinge an die Kehle.

»Rede!«

»Shore«, sagte der leise.

Das Sprechen schien ihm schwerzufallen. Das Blut sickerte durch seine Rippen und färbte sein Hemd.

»Hat Shore den alten Sheloquin getötet?«, fragte Cody.

Der Mann zögerte. Dann nickte er schwach.

Cody spürte das eisige Kribbeln, das seinen Rücken hinauf fuhr und seine Nackenhaare aufstellte. »Und du solltest mich töten«, stellte er fest. »Ist Shore auch hier?«

Der Mann nickte.

»Wird Shore dir das Leben retten, wenn ich dich zu ihm bringe?«

Der Mann schwieg.

Cody verzog das Gesicht.

Eine Mischung aus Wut und Verachtung spiegelte sich darin wider. Er wusste, dass der Mann verbluten würde. Sollten ihn sich die Geier holen! Cody wischte das Blut von seinem Jagdmesser und steckte es ein. Dann erhob er sich und ging, ohne den Mann noch eines Blickes zu würdigen. Er war einer der drei, die Sheloquin getötet hatten. Er hatte seine Strafe auf Sheloquins Land bekommen.

Es war vielleicht eine halbe Stunde vergangen, seit der Polizeihelikopter gestartet war. Nun hörte Cody dieses ihm bekannte Geräusch. Er hielt inne. Es tauchten zwei Helikopter in der Ferne auf. Sie suchten mit Sicherheit nach dem Flüchtigen, nach ihm. Dessen war sich Cody sicher. Sie kreisten über dem Gebiet am Isollilock Peak. Codys Herz schlug schneller, als ein Helikopter nach dem anderen auf der Lichtung am See aufsetzte. Clifford hatte also umgehend Verstärkung angefordert. Er wollte auf Nummer sicher gehen, dem Indianer keinen zu großen Vorsprung gönnen. Cody beobachtete, wie je drei Männer heraussprangen. Dann stiegen die Helikopter ohne Verzug wieder auf und kreisten über dem Gebiet. Codys Blick schärfte sich. Diese Männer trugen moderne Schnellfeuergewehre bei sich und schienen auch sonst sehr gut ausgestattet zu sein. Keine Deputies! Diese Tatsache schoss wie ein heißer, brennender Blitz durch Codys Kopf. Er schloss daraus, dass die Männer Jäger waren. Profis im Spurenlesen und Aufspüren von Beute. In dem Fall würde wohl er, Cody White Crow, die Beute sein.

Nur schnell weg hier, dachte er. Seine Schmerzen gerieten gänzlich in Vergessenheit.

Während der Bärtige Cody folgte, tauchte Shore bei den Männern an der Lichtung auf.

»Er ist auf die Felsenwand geflüchtet, dort drüben«, begann Shore seinen Lagebericht und wies mit einer Geste in besagte Richtung.

»White Crow hat kein Gewehr bei sich. Das hat nichts zu bedeuten«, warnte Shore die Männer, die Clifford angefordert hatte, um White Crow zu finden. Er bemerkte sofort den Indianer unter den sechs Männern. Das passte Shore nicht. Er traute ihm nicht.

»White Crow ist allein«, sprach er unbeirrt weiter. »Zwei meiner Männer sind ihm bereits gefolgt. Wir sollten keine Zeit verlieren.«

Einer der Männer nickte zustimmend. Er schien der Anführer des Suchtrupps zu sein, denn er gab folgenden Befehl:

»Von drei Seiten aus die Felswand hinauf, je zwei Mann.«

»Die vierte Seite fällt steil zum Seeufer ab. Er könnte springen«, gab Shore zu bedenken.

»Dann wirst du ihn aus dem Wasser fischen, Shore.«

Die Männer lachten.

Shore nicht.

»Die Felswand zieht sich weiter am See entlang bis zum Fluss. White Crow wird versuchen, den Fluss zu erreichen«, gab Shore zu bedenken.

»Das wird ihm nicht viel nützen«, meinte der Anführer der Truppe.

Der war genauso groß wie Shore. Sie standen sich direkt gegenüber. Der Kerl mit dem Stoppelhaar und dem scharfkantigen Gesicht wirkte auf Shore wie ein hochnäsiger Marine. Seine braungebrannte Haut war von Furchen durchzogen und verwittert wie altes Holz. Sein Alter war schwer zu schätzen. Shore hielt ihn zumindest für wesentlich älter, als er selbst war.

»Oh doch. Ich bin der Einzige, der sich hier mindestens so gut wie White Crow auskennt. Sie sollten das nicht unterschätzen. Deshalb bin ich hier«, entgegnete Shore in gelassener Arroganz.

Dann wandte er sich um und ging.

»Wohin wollen Sie?«

Shore blieb stehen und wandte sich erneut um, nur um nicht zu laut sprechen zu müssen. »Zum Fluss«, antwortete er.

Dann setzte Shore seinen Weg unbeirrt fort. Er konnte diese Männer nicht gebrauchen. Der, der mit Shore gesprochen hatte, verzog die Mundwinkel. Die Antipathie gegenüber Shore war unverkennbar und beruhte auf Gegenseitigkeit. Der Indianer trat dicht zu ihm heran.

»Weiter flussabwärts ist ein Wasserfall. Zirka acht Meter stürzt das Wasser über den Fels in die Tiefe. Das würde niemand überleben, Sir«, bemerkte er leise.

Er nickte zum Zeichen, dass er verstanden hatte.

»Was würdest du an White Crows Stelle tun?«

»Der Fluss ist der schnellste Weg, und ein Mann verschwindet dort, ohne Spuren zu hinterlassen.«

»Im Fluss?«, fragte der Anführer ungläubig.

Auf dem Gesicht des Indianers erschien ein Lächeln. Er schien sich gerade über die Frage seines Vorgesetzten zu amüsieren.

»Für den, der den Fluss kennt, ist er ein Freund. Für den, der ihn nicht kennt, ein Feind. Dem Flusslauf folgend ist es auch zu Fuß einfacher hinabzukommen. Ein Mann kann dort Nahrung finden, frisches Wasser und gute Tarnung.«

»Dann führe uns an die Stelle unterhalb des Wasserfalls.«

»Yes, Sir«, antwortete der Indianer prompt.

Die Männer gingen ohne Hast.

Cody hatte sein Seil, sein Messer und er hatte Durst. Der begann ihn zu quälen. Der Mund war durch seine schnellen Atemzüge ausgetrocknet. Die Zunge klebte am Gaumen, und jeder neue Atemzug brannte in der Kehle. Geschickt setzte er seine Füße über die Unebenheiten des Felsmassivs. Auf dem Plateau, oberhalb des Sees, waren die Felsen glatt und ausladend. Nur in wenigen Rissen hatte sich Staub und Wasser gesammelt, aus denen wenige graugrüne, stachelige Sträucher wuchsen. Hier und dort auch eine verkrüppelte Kiefer. Je weiter Cody in nordöstliche Richtung ging, umso mehr musste er aufpassen, sich die Füße nicht zu brechen. Spitze, zerklüftete Felsensteine verbargen sich teilweise unter Bewuchs und Moos. Zur Seeseite hin ragte der Fels steil in die Höhe, sodass an einen Abstieg nicht ohne Weiteres zu denken war. Zur Waldseite hingegen fiel der felsige Boden so schräg ab wie eine angekippte Tischplatte. Aber hier lag die Tücke im Detail. Zwischen den scharfkantigen Steinen und dem Bewuchs lag unscheinbares Geröll. Codys Weg erforderte tatsächlich Geschick und ungeteilte Aufmerksamkeit. Für die Verfolger würde es leicht sein, hier Codys Spuren zu finden. So vermied er es, Moos von den Steinen zu treten, Zweige zu zerbrechen oder in Grasbüschel zu treten. Jemand anderes machte sich darum weniger Sorgen. Zwischen den gedrungenen Kiefern tauchte der Wolfshund auf. Er beobachtete das eigenartige Verhalten des Zweibeiners, bevor er auf ihn zusprang. Cody lachte, während Mellow sich schüttelte, sodass die Wassertropfen nur so aus seinem Fell flogen. Die Erfrischung tat ihm sichtlich gut.

»Du hast es richtig gemacht«, sagte Cody leise.

Cody konnte das Rauschen des Wasserfalls bereits deutlich hören. Er hockte sich für einen Moment zu Mellow und kraulte ihm das nasse Fell. Codys Kopf begann erneut zu schmerzen, als er angestrengt nachdachte.

Hatte tatsächlich Ben Clifford diese Männer geschickt?

Eine Armee von Kopfgeldjägern, um Cody White Crow zu fangen? Wollte ihn jemand töten lassen, so wie den alten Sheloquin? Dieser Gedanke allerdings jagte ihm Angst ein. Die Jäger würden Jagd auf einen Menschen machen, und wenn Cody seine Gedankengänge zu Ende führte, wusste er, dass sie ihn nicht verhaften wollten. Cody wandte den Kopf zu Mellow.

»Wenn wir das überleben wollen, müssen wir schnell sein, mein Freund«, flüsterte er.

Cody vernahm keuchenden Atem, hörte leise Tritte. Zweige und Blätter bewegten sich. Nicht unbedacht, eher unscheinbar. Cody warf sich sofort zu Boden, wagte kaum noch zu atmen. Er hörte deutlich seine eigenen Herzschläge. Mellow schlich sich unauffällig davon. Die Gestalt eines bärtigen, stämmig gebauten Mannes erschien zwischen dem Gesträuch. Auch der kroch am Boden, um nicht zur perfekten Zielscheibe zu werden. Dass Cody den dritten Mann, Shore, nicht sehen konnte, beunruhigte ihn. Er musste sich auf Mellow verlassen.

Stille umgab Cody.

Die Luft schien elektrisch geladen und die Zeit stehengeblieben zu sein. Flach am Boden liegend, beobachtete Cody durch Blätter und Zweige die Gestalt des Bärtigen. Er hatte den Mund geöffnet, um seinen schnellen Atem lautlos zu halten. Der Bärtige näherte sich ihm bis auf wenige Schritte. Plötzlich presste Cody die Lippen aufeinander und sprang auf. Wie ein Berglöwe sprang er auf den Mann, der wesentlich größer und kräftiger im Körperbau war als er selbst. Geschickt wand Cody ihm die Schlinge seines Seiles um den Hals und zog zu. Dann versuchte er, dem völlig überraschten Mann das

Gewehr zu entreißen. Der Bärtige wehrte sich. Wie zwei ineinander verbissene Raubtiere kämpften die Männer und rollten über spitzes Felsengestein. Äste knackten laut in die Stille. Niemand achtete auf die Schlucht. Ein Schuss krachte. Die Kugel riss eine Spur in das alte Laub des letzten Jahres und klackte gegen einen Stein. Dann kullerte das Gewehr den Abhang hinab. Der Bärtige schien für einen Augenblick abgelenkt zu sein. Ein schwarzer Schatten flog über die Männer. Cody vernahm das drohende Knurren seines Freundes. Mit einem lauten Fluchen wehrte der Bärtige den Wolfshund ab und rollte dabei über den steinigen Rand der Schlucht. Vergeblich suchte er Halt. Cody hörte Steine rollen. Ein gellender Schrei verhallte in der Tiefe mit dem dumpfen Geräusch des aufprallenden Körpers. Steine kullerten. Dann war es still.

Shore hielt inne und lauschte. Er hatte den unverkennbaren Schrei vernommen. Nicht weit von ihm. Shore verzog ärgerlich das Gesicht. Eilig erklomm er das Felsplateau. Seine Hand umklammerte das Gewehr noch fester. Allmählich rang er nach Luft. Shore suchte zunächst nach seinen Männern. Einen von beiden musste es erwischt haben. Der andere hatte White Crow vielleicht erwischt. Shore musste sich davon überzeugen. Vorsichtig richtete er sich schließlich auf, als er das Plateau erreicht hatte. Er sah sich um und lauschte. Nur der Wind blies ihm in die Ohren. Ohne Zeit zu verlieren, folgte er dem Pfad in Richtung Fluss. Wenige Minuten später blieb er abrupt stehen, als er einen scheinbar leblosen Körper entdeckte. Eine einzelne Rotzeder stand hier oben auf dem Felsenboden. Sie krallte ihre Wurzeln über den Stein in die Spalten. Ein Überlebenskünstler. Vorsichtig näherte sich Shore dem Mann, der dort lag, ohne sich zu rühren. Sein Gesicht verfinsterte sich, als er einen seiner Männer erkannte.
»Verflucht«, zischte er leise durch die Zähne.
Der Mann war verblutet. Die Augen starrten leblos zum Himmel. Shore war sich sicher, dass es nicht dessen Schrei war, den er vernommen hatte. Er spürte die Wut im Inneren aufsteigen, die ihn in Rage brachte. Wo war der Bärtige? Shore machte sich auf die Suche nach Cody. Er musste schnell sein, wenn er ihn noch vor dem Fluss erwischen wollte. Shore wollte ihm den Weg abschneiden.

><><><><

Cody hatte den Fluss, am unteren Teil des Sees, erreicht. Frisches Quellwasser und Regen, der sich in unzähligen Rinnen bergabwärts sammelte, versorgte den See über das Jahr mit frischem, klarem Wasser. Nur im Frühjahr, wenn der Schnee in den Bergen schmolz, verwandelten sich der Zufluss und der Abfluss in eine quirlige, gefährliche Strömung, die sich seit langer Zeit den Weg durch die Schlucht bahnte. Cody blickte hinab. Das Wasser spielte mit Schlamm und Geröll. Nun, im Monat Mai, begann tagsüber der Schnee zu schmelzen und das Schmelzwasser drängte mit aller Macht in die Täler. Es lag noch viel Schnee in den Höhenlagen der Rocky Mountains, und die frostigen Nächte brachten oft Neuschnee mit sich. Cody wusste das nur zu gut. Vorsichtig betrat er den Baumstamm, der über die Schlucht zur anderen Seite führte. Für etwa fünf bis sechs Meter war er ungeschützt. Jeder Raubvogel konnte ihm hier gefährlich werden. Vorsichtig balancierte Cody auf dem feuchten, rutschigen Baumstamm, Schritt für Schritt. Mellow folgte ihm. In diesem Augenblick krachte ein Schuss. Das Geschoss pfiff dicht an Codys Ohr vorbei und zerfetzte einen jungen Baumstamm auf der gegenüberliegenden Seite.

Shore! Mühsam rang Cody nach Luft. Er war zur Zielscheibe geworden. Zur Flucht hatte er nicht die geringste Chance. Cody hielt inne und versuchte, sein Gleichgewicht auf dem Baumstamm zu halten. Wirre Gedanken schwirrten durch seinen Kopf. Unter ihm war der Fluss und an dieser Stelle war das Wasser durch die Schneeschmelze tief genug. Aber auch eisig. Vielleicht würde Mellow den Schützen erwischen, bevor dieser den nächsten Schuss abgeben konnte, so hoffte Cody. Doch der kam genau in diesem Augenblick, als Cody sich bewegte. Der dumpfe Schlag gegen sein rechtes Schulterblatt schmetterte ihn nieder. Er spürte einen Augenblick das harte Holz des Baumstamms, auf das sein kraftloser Körper knallte. In der folgenden Finsternis vor seinen Augen tanzten Sternchen. Er spürte den furchtbar brennenden Schmerz und die unsichtbare Kraft, die ihn in die Tiefe riss. Cody hörte wie in Trance und aus weiter Ferne das schmerzvolle Jaulen seines treuen Freundes. Codys letzter Gedanke und seine Sorge galten Mellow. Er vernahm sein eigenes Keuchen, während sein Körper gegen etwas Hartes prallte. Es hielt ihn nicht auf. Er spürte die Schmerzen überall.

><><><><

Willenlos, wie tot, trieb Cody White Crows Körper durch die Fluten und blieb in einer starken Astgabel, die sich zwischen den Steinen am Ufer verkeilt hatte, hängen. Mühsam rang er nach Luft. Das Wasser war eisig. Langsam und heiß sickerte Blut aus der frischen Schusswunde. Er konnte es spüren. Allmählich kämpften sich seine Sinne zurück in die Realität. Im Lichtschleier erschienen ihm schemenhafte Gestalten. Cody erschrak, als er glaubte, Kleine Leute gesehen zu haben. Die Kleinen Leute aus der uralten Legende seines Volkes, die ihm Vater unzählige Male erzählt hatte. Kaum jemand hatte die Kleinen Leute wirklich jemals gesehen. Sie hielten sich im Wald versteckt, neckten die Menschen und lachten hinter den Bäumen. Cody wusste, dass die Kleinen Leute ganz in seiner Nähe waren und ihn beobachteten. Vielleicht würden sie ihm helfen, so hoffte er. Es roch nach Wasser und Erde, vielleicht auch nach Blut. Cody schmeckte es. Seine Kehle brannte. Er wagte nicht, sich zu bewegen. Der Schütze würde nachsehen. Shore glaubte offenbar fest daran, ihn erwischt zu haben. Cody sah das Gesicht vor sich, die eisgrauen Augen. Sheloquins Killer! Wer sonst kannte sich um Haus und See so gut aus? Weshalb aber kannte Staff Sergeant Ben Clifford diese Männer, und weshalb hatte er sie zu Hilfe …

Die Astgabel löste sich und riss ihn aus seinen Gedanken. Cody klammerte sich reflexartig daran fest. Die Strömung trieb beide mit sich fort. Cody kannte dieses Land besser als jeder andere. Das war seine Chance. Er war hier zu Hause. Er atmete mit den Bäumen und jagte mit dem Berglöwen. Er tanzte mit dem Wind, schlief mit der Erde und flog schließlich mit dem Wasser des Flusses über die steile Felswand in die Tiefe. Die Stromschnellen sangen ihr Lied. Das Rauschen hallte über das Land. Dieses Land, das Sheloquins Vermächtnis war, war sein Leben. Cody bat die Geister dieses Landes, die es beschützten, auch ihn zu behüten. Er bat die Kleinen Leute um Hilfe. Sie versteckten sich, aber sie waren da. Sie beobachteten ihn.

Eine eigenartige Gleichgültigkeit ergriff Besitz von Cody. Es war still geworden. Er spürte, wie sein willenloser Körper gegen ein Hindernis prallte. Auch das hielt ihn nicht auf. Aus weiter Ferne glaubte Cody Mellows Bellen zu hören. In seinem Kopf hämmerte es gnadenlos. Eisige Kälte nahm ihm die Luft zum Atmen. Das Wasser verschlang seinen Körper. Übelkeit beherrschte sein Inneres und vernebelte seine Wahrnehmungen. In die Finsternis flimmerten bunte Lichtkreise. Irgendwann drang ein Rauschen zu seinen Ohren. Es nahm an Lautstärke zu. Cody war das gleichgültig. Er hatte keine Angst. Alles war ihm egal. Wasser drang in Nase und Mund. Cody hustete gequält und rang nach Luft. Es lag nicht mehr in seiner Macht, zu leben oder zu sterben. Cody ließ sich willenlos treiben und wartete ab, was die Kleinen Leute mit ihm vor hatten. Die Strömung des Flusses schloss ihn ein und trug ihn davon. Das Donnern des Wasserfalls wurde übermächtig. Cody wusste in etwa, was ihn nun erwartete. Der Wasserfall war sein Freund. Entweder würde er ihn retten oder ihn würdig zu seinen Ahnen begleiten. Cody spürte den Strudel, der ihn unter Wasser zog. Er ließ es geschehen. Er hatte keine Kraft mehr. Der Wasserfall hatte nun die Macht über ihn und raubte dem menschlichen Geschöpf den letzten Funken seines Bewusstseins.

Harris Shore stand an der Schlucht. Er hatte gesehen, wie der Indianer in den Fluss gefallen war. Seine eisgrauen Augen blitzten auf, als er den leblosen Körper davontreiben sah. Shore wusste, dass er White Crow getroffen hatte. Doch er war sich nicht sicher, ihn mit seinem Schuss getötet zu haben. *Aber wenn der Indianer noch nicht tot ist, wird der Fluss ihn töten*, dachte er. Shore hielt es für unmöglich, dass der Indianer das überleben konnte. Der Hund war geflüchtet. Die Bisswunden am Hals und an den Armen machten Shore wütend. Dennoch suchte er stundenlang und sehr sorgfältig nach einem Toten, den der Fluss vielleicht hervorbrachte, der sich im Geäst des Ufers vielleicht verfangen haben könnte. Shore hockte noch lange Zeit dort. Er hatte kein Interesse daran, mit den Männern des Suchtrupps zusammenzutreffen. Er wusste, dass sie hier irgendwo am Wasserfall suchten. Sie waren weder zu sehen noch zu hören. Der Boss hatte Profis geschickt. Shore war ein Einzelgänger, und daran würde sich nie etwas ändern. Nicht mal ein Philip Barn und nicht sein Geld. Harris Shore fand sich allmählich damit ab, dass der Fluss oder der Strudel des Wasserfalls den Indianer verschlungen hatte.

Die sechs Männer würden dessen Körper finden, egal ob lebendig oder tot. Shores frostige Gesichtszüge wirkten versteinert, als er schließlich einen leblosen Körper im Strudel des Wasserfalles entdeckte. Die Strömung riss den Körper hinab und würde das Übrige erledigen. Dann gab Shore per Funk seine Meldung durch, dass hier oben alles in Ordnung sei. Das Land schwieg im Schein der Morgensonne. Auf dem Wasser des Sees spiegelte sich das Licht. Die Bäume standen reglos im Windschatten der Berge. Wie stumme Wächter umsäumten sie die Lichtung, auf der einst das Holzblockhaus des alten Sheloquin gestanden hatte. Noch immer lagen die verkohlten Reste an ihrer Stelle.

><><><

Das Erste, was Cody hören konnte, war das schnelle Klopfen eines Spechtes. Als Cody zu Sinnen kam, spürte er grausame Kälte und die Wärme der Zunge, die ihn ableckte.
Mellow!
Das war Codys erster Gedanke. Seine Glieder waren furchtbar steif, als er versuchte, sich zu bewegen. Nach und nach kehrten die brennenden Schmerzen der Verletzungen zurück. Cody blinzelte und verzog das Gesicht zu einem Lächeln.
»Wir waren schneller«, flüsterte er seinem Hund zu.
Mellow gab ein gurgelndes Geräusch von sich. Er schien Codys Meinung zu teilen. Es dauerte lange Zeit, in der Cody versuchte, aus dem Wasser zu kommen. Zentimeter um Zentimeter kämpfte er sich, auf dem Bauch kriechend, voran. Das raubte ihm viel Kraft, die er nicht hatte. Er schaffte es gerade noch bis unter einen kleinen Felsvorsprung direkt am Ufer, den das Wasser ausgehöhlt hatte. Mellow scharrte die schlammige Erde darunter weg, sodass eine Höhlung entstand, in der gerade ein Mann Platz und Schutz finden konnte. Erschöpft rollte sich Cody darunter.
Er atmete schwer. Er fror, und sein Körper spürte deutlich die Macht der Erdanziehungskraft. Dieselbe Gleichgültigkeit, die er im Fluss gespürt hatte, ergriff erneut Besitz von ihm. Müdigkeit übermannte Cody und nahm ihm die Schmerzen und die Kälte. Zeit und Raum verschmolzen zur Unendlichkeit. Selbst die Erdanziehungskraft verlor ihre Macht.

><><><

Philip Barn war nicht der Mann, der Leute, die für ihn arbeiteten, lobte oder ihnen gar auf die Schulter klopfte. Er saß im Helikopter neben dem Piloten und wandte lediglich den Kopf zu Harris Shore, als dieser einstieg. Dann nickte er kurz. Erst als der Helikopter seine Flughöhe erreicht hatte und in Richtung Südwest abdrehte, fragte Barn: »Ganz allein?«

»Ja«, log Shore ohne Regung.

Dass er zwei seiner Männer verloren hatte, konnte vorkommen. Ein kalkulierbares Risiko. Aber dass dieser Indianer ihm überlegen gewesen war, ärgerte ihn zutiefst. Noch mehr ärgerte ihn, dass der nicht in seinen Händen gestorben war.

»Was ist mit White Crow? Hat er mit sich reden lassen?«, fragte Barn.

»Er ist tot.«

»Was?!«, rief Barn aufgebracht.

»Es gibt noch einen White Crow. Er ist sein Bruder.«

»Ich hoffe, der lebt!«, zischte Barn und kniff die Augen zusammen.

Shore hielt Barns Blick stand und nickte. »Setzen Sie mich am Fraser Canyon Hospital in Hope ab«, sagte er ruhig.

Barn verzog das Gesicht und blickte wieder nach vorn.

»Sie wissen, wo er sich aufhält?«, fragte er dann.

Nur weil die Ungeduld in ihm bohrte, tat er das.

»Ja. Und er wird mir zuhören«, antwortete Shore siegessicher.

Barn wandte sich noch einmal zu Shore um. Nun huschte ein Lächeln über sein Gesicht. Seine Zweifel schwanden. Er hielt diesen Shore für einen gerissenen Kerl. Er bewies tatsächlich, dass er nicht nur handeln, sondern auch denken konnte. Barn gab seinem Piloten die Anweisung, Shore dort abzusetzen, wo der es wünschte.

Cody erschrak. Er riss die Augen auf. Finsternis umgab ihn. Er war nicht fähig, sich zu bewegen, wusste nicht, ob er noch lebte. Er wollte sprechen, aber es gelang ihm nicht. Wie lange er hier lag, wusste er nicht. Er wusste nicht einmal, wo er war. Cody lauschte angestrengt. Schritte näherten sich seinem Versteck. Ganz leise. Träumte er? Nein.

Irgendjemand stand über ihm im Gras der Uferböschung. Cody meinte, den Atem anhalten zu müssen. Die Jäger! Sie suchten noch immer nach ihm. Cody konnte nichts tun, außer zu hoffen, dass ihn dieser Jemand nicht sehen würde. Er war nicht fähig, irgendetwas zu tun. Er war wie gelähmt. Die Zeit schien unendlich. Cody atmete weiter. Er bewegte sich nicht, zuckte nicht einmal mit der Wimper. Sein Herz schlug schneller als ohnehin schon. Cody wurde übel. In die Finsternis vor seinen Augen mischten sich helle Spiralen. Ein Stock, das Ende einer Astgabel bohrte sich in den Schlamm direkt vor seinem Körper. Dieser Jemand stocherte am Wasser entlang. Wasser schwappte an Codys Körper. Alles wirkte unwirklich, wie ein böser Traum. Cody schloss die Augen. Nach einer Weile der Unendlichkeit vernahm er das Platschen des Stockes im Wasser. Wieder meinte er, die leisen Schritte zu vernehmen. Sie schienen sich von ihm zu entfernen. Cody war sich nicht sicher. Seine Gedanken verflossen zwischen Traum und Wirklichkeit. Vorsichtig wagte er, erneut die Augen zu öffnen. Doch gnadenlose Finsternis umhüllte ihn. War er vielleicht schon auf dem Weg in die andere Welt? Er glaubte noch das Rauschen des Wasserfalls zu hören. Weit, weit weg von ihm. Es war plötzlich warm um ihn herum und weich. Es war einfach schön, hier zu liegen. Cody genoss es. Er spürte keinen Hunger, keinen Durst und keine Schmerzen. Das musste das Paradies sein. In der Dunkelheit erschienen die Sterne, zaghaft funkelnd. Sie tanzten an ihren Platz und verharrten dann in der Unendlichkeit. Es war wunderbar, das zu beobachten. Cody White Crow dachte über die Geheimnisse jenseits der funkelnden Sterne nach. Im Nebel seiner Gedanken formte sich das Gesicht des alten Mannes, den sie Sheloquin genannt hatten. Der lächelte zuversichtlich. Der Wunsch, zu ihm zu gehen, in die Unendlichkeit, wuchs in Cody. Das leise Rauschen des Wassers folgte ihm in seinen Gedanken. Er hörte aus dem Wasser eine Stimme, die seinen Namen rief. Es war eine Frauenstimme. Sheloquins Lächeln verschwand mit seinem Gesicht im Nebel. Selbst die Sterne verblassten und verloren ihren Zauber. Cody war verärgert.
Wer wagt es, mich am Sterben zu hindern?
Die Stimme rief unnachgiebig nach ihm. Cody glaubte, diese Stimme zu kennen. Er wehrte sich gegen das Erwachen. Doch diese Stimme weckte ihn schließlich auf. Gleißendes Licht blendete seine Augen. Irgendjemand zerrte ihn aus seinem Versteck. Irgendjemand zerrte an seinem Ärmel und leckte unnachgiebig an seiner Hand. Cody begann zu blinzeln und spürte plötzlich die nasse Kälte auf seiner

Haut, die ihn zittern ließ, und den brennenden Schmerz in seinen Augen. Alles begann zu brennen. Überall schmerzte es. Dann vernahm er ein Stöhnen. Es war sein eigenes. Cody spürte, dass er nicht allein war. Verärgert riss er sich aus seiner Trance, denn er wollte wissen, wer ihn gestört hatte. Mühsam versuchte er, durch die Tränen in seinen Augen etwas zu erkennen. Ein verschwommenes Gesicht erschien direkt vor dem seinen und nahm allmählich Gestalt an. Es war ein wunderschönes Gesicht. Die bleierne Schläfrigkeit, die ihn bis eben noch umwoben hatte, schwand mit einem Schlag. Montaya Sun Roads Gesicht zeigte ehrliche Besorgnis.

»Ich hätte nie gedacht, dass mir eine Frau mal bis hier rauf nachläuft«, flüsterte er mühsam und rang nach Luft.

Dann lachte er gequält.

»Ich habe mir Sorgen gemacht!«, fauchte Montaya und wich zurück.

Der Hund nahm ihren Platz ein und leckte über Codys Gesicht.

»Um mich?«, stöhnte Cody verwundert.

»Ja, um dich!«

Cody lächelte zufrieden.

Vielleicht war heute doch nicht der richtige Tag, um zu sterben, zweifelte er. Das konnte warten. Diese Frau nicht. Sie brauchte jemanden, der sie beschützte, und sie besaß den Zauber der funkelnden Sterne in ihrem Gesicht. Es war dieser Zauber, der Cody in seinen Bann gezogen hatte und gefangen hielt. Ein eiskaltes Etwas klatschte auf sein Gesicht. Cody schnappte erschrocken nach Luft. Er hörte Montaya kichern.

»Ich dachte mir, dass du Hilfe brauchst«, sagte sie.

Doch sofort kehrte die Besorgnis zurück in ihre Stimme. »Ich dachte schon, du seist tot«, sagte sie leise, während sie sein Gesicht abwusch.

Mellow beobachtete jeden ihrer Handgriffe.

»Ich wusste, dass sie dich suchen. Es waren keine Freunde.«

Cody betrachtete Montaya.

Er war nicht darüber erstaunt, was sie berichtete. Er fragte sich verwundert, wie sie ihn hatte finden können, bevor er zu Sheloquin gegangen war. Er fror. Mühsam versuchte er sich aufzurichten. Furchtbare Schmerzen hinderten ihn daran. Stöhnend ließ er sich zurückfallen. Er verzog das Gesicht. Im Augenblick wäre er nicht fähig, diese Frau zu beschützen, gestand er sich ein. Sie hatte mehr Kraft als er. Kein Mann hatte es gern, Schwäche und Schmerzen so offen zuzugeben. Auch Cody nicht. Er ergab sich schließlich seiner Situation und blieb ruhig liegen. Wenn jemand die Macht über sein Leben hatte, dann im Augenblick Montaya.

»Zwei habe ich getötet. Einer ist entkommen«, sagte er leise.

Montaya nickte. »Ein Mann, der sich Harris Shore nennt. Er hat meinen Vater niedergeschlagen und Pferde gestohlen. Shore dachte vielleicht, du seist bei ihm. Er wollte von Vater wissen, wo er dich findet. Ich habe sofort den Staff Sergeant gerufen. Als ich deine Pferde zu Hause sah und dann auch noch dein Hund im Tal auftauchte, bin ich Mellow sofort gefolgt.«

Codys Augen blitzten gefährlich auf. »Ein Grund mehr, ihn zu erwischen, bevor ich ins Gefängnis gehe. Dann weiß ich wenigstens, dass es nicht umsonst war«, entgegnete er bitter.

Montaya senkte traurig den Blick und schwieg.

»Wirst du mir helfen?«, fragte Cody.

Motaya sah ihm in die Augen. »Deshalb bin ich hier, Cody White Crow. Wenn ich es nicht tue, wird es niemand tun.«

Mellow lag direkt vor Cody und hatte die Pfoten verschränkt. Der Hund hatte den menschlichen Stimmen gelauscht und gab nun ein zufriedenes Gurgeln von sich.

»Ich muss die ganze Nacht hier gelegen haben. Mellow war bei mir, als ich mich hierher schleppte. Dann muss ich wohl eingeschlafen sein.«

Montaya kicherte. »Du bist ja total durcheinander. Es wird erst Abend«, sagte sie.

»Schön«, meinte Cody und grinste süffisant. »Dann haben wir zwei ja die Nacht noch vor uns.«

Er bemerkte sehr wohl, dass Montaya sich verlegen umsah und ihr Gesicht schlagartig rot anlief. Cody war überrascht, denn sie hatte bisher immer schlagkräftige Argumente parat gehabt. Jetzt schwieg sie. Cody erwischte sich selbst, wie er sie anstarrte. Das war unhöflich. Aber er konnte nicht anders. Es war wie ein Zauber. Vielleicht hatten ja die Kleinen Leute Montaya Sun Road zu ihm geschickt? Montaya regte sich und stand auf. Nun sprang auch Mellow auf und buddelte etwas unter Codys Rücken hervor. Er zerrte an dem braunen Filzhut. Der war verdreckt und zerknittert und kaum wieder zu erkennen. Montaya schmunzelte.

»Ich habe frische Sachen, Schlafsäcke und Vaters Sanitätstasche dabei. Lass mich deine Verletzungen ansehen«, sagte Montaya besonnen und holte die Tasche vom Pferderücken.

»Danke, mein Freund«, sagte Cody lächelnd und strich Mellow dankbar über den Kopf. »Du hast mir das Leben gerettet und meinen Hut.«

»Der ist wohl nun eher ein Fall für den Müll«, meinte Montaya versöhnlich.

Sie holte zuerst eine Schere aus der Tasche.

»Genau wie dein Hemd«, ergänzte sie.

»Der Hut gehört ihm.«

Montaya grinste ungläubig und schnitt Codys zerrissenes Hemd auf. Die Jeans ebenfalls. Sie war ohnehin zerfetzt und klebte nass auf der Haut. Cody begann erneut zu zittern. Schweigend beobachtete er jeden ihrer Handgriffe. Sie rubbelte ihn trocken. Er verzog schmerzhaft das Gesicht, wagte aber nicht zu protestieren. Seine Haut fühlte sich an, als würde er in einem Ameisenhaufen liegen. Erst als Montaya die Wunden desinfizierte, sog er mit einem Zischen die Luft durch seine Zähne. *Der alte Sun Road hat wirklich an alles gedacht, als er diese Tasche gepackt hat,* dachte Cody, während er erschrocken auf die kleinen, steril verpackten Messer blickte. Montaya arbeitete ruhig und unbeirrt weiter.

»Bist du bereit?«, fragte sie schließlich leise, als sie das erste Messer ausgepackt hatte.

Cody schluckte und nickte.

Dann drehte er sich auf den Bauch. Sein unterdrückter Schrei klang tief und dumpf, wie das Brüllen eines Grizzlys, dem man das Maul zugebunden hatte. Der stechende, brennende Schmerz drang bis in sein Hirn. Er glaubte, den Verstand verlieren zu müssen. Cody vernahm Montayas leise, sanfte Stimme.

»Ist ja schon gut.«

Tapfer hatte sie ihm das zerfetzte Fleisch aus der Schusswunde herausgeschnitten. Es war totes Gewebe und konnte zu schweren, lebensgefährlichen Infektionen führen. Cody bemerkte, wie sie etwas Weiches in die frische Wunde legte. Er versuchte es zu sehen.

»Das ist Watte aus Meeresalgen«, sagte sie zu ihm, als hätte sie seine unausgesprochene Frage verstanden.

Dann riss sie ein Verbandspäckchen auf und verklebte die Wunde großzügig.

»So, das wird halten.«

»Kein Verband?«, fragte Cody ungläubig.

»Nein. Der würde nur verrutschen. Das hier klebt gut auf der Haut, ist luftdurchlässig und macht jede deiner Bewegungen mit.«

»Du hättest Medizin studieren können«, sagte Cody anerkennend.

»Hätte ich«, sagte Montaya, während sie Cody in das Flanellhemd half. »Aber ich kann kein Blut sehen.«

Nun lachten sie beide.

»Du hattest sehr viel Glück, weißt du das?«, sagte Montaya.

»Schrotkugeln sind dagegen ungefährlicher, leichter zu entfernen und hinterlassen nur Löcher. Aber diese modernen Waffen zerfetzen das Fleisch, und das Metall splittert.«

»Ein Gewehr ist nur so gut und gefährlich wie der Mann, der damit schießt. Dieser Shore war kein guter Schütze«, bemerkte Cody. »Allenfalls war ich schneller«, grinste er.

Dann zog er, mit Montayas Hilfe und unter Schmerzen, die Jeans an, die sie ihm mitgebracht hatte. Sie war etwas zu weit und zu lang. Das war egal. Er zog seinen Ledergürtel durch die Schlaufen und spürte, wie ihm wärmer wurde. Aber damit war Cody auch schon wieder am Ende seiner Kräfte. Er legte sich so, dass die Schmerzen erträglich blieben, und beobachtete seine Retterin. Montaya zauberte einen winzigen Campinggaskocher hervor und wärmte damit Dosensuppen auf.

»Na ja«, sagte sie. »Ich hatte keine Zeit mehr zu kochen, bevor ich aufbrach. Und Feuer lockt ungebetene Gäste an.«

Oh, wie recht sie hat, dachte Cody. Und der Gedanke, dass er mit dieser Frau für immer hierbleiben könnte, auf Sheloquins Land, machte ihn für einen Augenblick glücklich. Sein Herz schlug schneller, und wohlige Wärme ergriff Besitz von seinem Körper. Es war ein schönes Gefühl. Cody hatte schon mehrmals nach Montaya gesehen. Immer, wenn er bei ihrem Vater war, um seine Pferde zu holen. Sie hatten miteinander gescherzt und wahre Wortgefechte miteinander ausgefochten. Doch Cody hatte noch niemals so empfunden wie gerade eben. Er hatte es für unmöglich gehalten. Ihm war, als ob er dieses Mädchen heute mit anderen Augen sah. Ihm war, als ob er diese wunderbare Frau heute das erste Mal wirklich sah. Sie lächelte noch immer, während sie vorsichtig in der Suppe rührte, damit nichts überschwappte.

»Wie geht es deinem Vater?«, fragte Cody schließlich.

»Relativ gut. Er hatte schon immer einen harten Schädel, behauptete er. Eine Gehirnerschütterung. Die Kopfschmerzen werden ihn noch einige Tage daran erinnern. Die Suppe ist heiß.«

Als Montaya Anstalten machte, Cody füttern zu wollen, lehnte er entschieden ab. So groß war seine Hilfsbedürftigkeit dann doch nicht. Unter Schmerzen richtete er sich auf. Vorsichtig lehnte er sich gegen den Felsen. Montaya schob ihm eine der Decken hinter die Schultern. Er schluckte die leichte Übelkeit herunter, die mit dem Schwindel kam, der ihn wieder an die Macht der Erdanziehungskraft erinnerte. Es brauchte einige Minuten, bevor sein Kreislauf damit einverstanden war.

Der Abend kam. Mit der Sonne ging die Wärme des Tages. Die Kälte zog mit der Nacht herauf. Feuchte Luft lag schwer zwischen den Bäumen, dem See, der Lichtung. Sie kroch bis zur Felswand, unter die schützende Aushöhlung, bis in die Kleidung. Die Pferde knabberten mit leisen Geräuschen an Gras und Zweigen. Ab und an schnaubte eines der Tiere. Mellow, der Wolfshund, lag beschützend auf dem braunen Hut und einem Jagdgewehr. Er beobachtete die Zweibeiner. Die Menschen hatten alles Licht gelöscht und lagen eng beisammen im schützenden Schlafsack, auf dem sich kleine Tröpfchen gebildet hatten. Ihre Körper wärmten sich gegenseitig. Ihre Augen glänzten im Mondlicht, als sie sich betrachteten. Vorsichtig hob Cody seine Hand und legte sie sanft an Montayas Wange. Sie ließ es geschehen. Cody bemerkte, dass sie schneller atmete. Er spürte auch, dass sein Herz schneller schlug. Er konnte den Blick nicht von ihr wenden und sie nicht von ihm. Ihre Blicke sagten mehr, als Worte es je in diesem Augenblick könnten. Vorsichtig strich Cody mit seiner Hand über ihr Haar und zog ihren Kopf ein Stück näher zu sich heran. Sehr nahe. Auch das ließ Montaya geschehen. Sie presste die Lippen aufeinander. Cody schüttelte kaum merklich den Kopf, bevor er sie ganz zu sich zog, sodass sich ihre Lippen berührten. Montaya schloss die Augen und öffnete ihren Mund. Cody rang schmerzvoll nach Luft, während er Montaya das erste Mal in seinem Leben küsste. Erst zaghaft, dann innig und heiß, voller Liebe und Verlangen. Zeit und Raum verloren an Bedeutung, selbst die Kälte der Nacht. Gemeinsam waren sie in diesem Zauber gefangen, lange bevor sie sich wieder voneinander lösten. Montaya lächelte. Es wirkte fast scheu. Cody schmunzelte triumphierend. Die Hitze im Schlafsack wurde fast unerträglich. Wange an Wange blieben ihre Köpfe aneinander liegen, um den Bann des Zaubers nicht zu zerstören. Codys Arm lag über Montayas Brust, als wollte er sie damit festhalten, für immer und ewig. Schweigend betrachteten sie die blassen Sterne und die Mondsichel. Mit der Zeit färbte sich das Himmelszelt dunkelblau, dann fast schwarz. In unvorstellbar weiter Ferne wuchs die

Macht der Sterne, bis diese zu glitzern begannen. Geheimnisvolle Geisterwesen, die das Universum bevölkerten. So fremd und doch so vertraut. So unendlich weit weg und doch zum Greifen nah. Die Kleinen Leute lächelten zufrieden und zogen sich unbemerkt zurück. Einige Sternschnuppen regneten herab zur Erde. Sie schienen auf die Menschen und Tiere zu fallen, schlossen ihre Wünsche und Träume in sich ein und trugen sie mit sich fort, in die Zukunft des neuen Tages.

Geheimnisse

David White Crow erwachte in einem fremden Bett, in einem fremden Zimmer. Er hatte sich lange suchend umgesehen, bis er realisierte, dass er in einem Krankenhaus war. Das Bett neben ihm war leer. Langsam zogen die Erinnerungen aus den Nebelschwaden seiner Gedanken auf. Das Gift der Schlange hatte ihm das Bewusstsein geraubt. Das Gegengift, das er rechtzeitig bekommen haben musste, hatte ihm wahrscheinlich das Leben gerettet. Vorsichtig tastete er nach seinem Hinterteil. Unwillkürlich musste er grinsen. Wenn sein Bruder Cody schwieg, würde es niemand erfahren, zumindest nicht, wohin ihn die Schlange gebissen hatte. Er fürchtete den Spott seiner Freunde zu sehr. Sie könnten ihm einen neuen Namen geben, den er ganz und gar nicht mögen würde. Die Pobacke spannte von der Schwellung. Irgendetwas klebte darauf. Es fühlte sich weich an, fast wie Samt. Er ließ davon ab. Dann beobachtete er die Tropfen, die in regelmäßigen Zeitabständen aus der Infusionsflasche glitten und über das System geradewegs in seinen Arm wanderten. Er begann zu zählen. Bei sechzig hörte er auf. Es war langweilig. Weit mehr als eine Minute war inzwischen vergangen. David wusste nicht, wie lange er geschlafen hatte. Das Letzte, woran er sich erinnern konnte, war Codys besorgter Blick. Er war mit ihm gemeinsam in die Berge gegangen.
Heute?
Gestern?
Letzte Woche?
David versuchte aufzustehen. Bleierne Taubheit kribbelte in seinen Beinen, sodass er sie schnell wieder auf das Bett bugsierte.
»Verdammt«, zischte er leise.
Jemand klopfte an der Tür, später, viel später. Noch bevor David antwortete, trat die Schwester ein.
»Hallo, wie geht es Ihnen?«, fragte sie fröhlich mit voller, tiefer Stimme.
David kannte diese Stimme. Hatte er sie tatsächlich schon mal gehört? Ihre großen Augen warteten auf eine Antwort.
»Keine Ahnung. Sagen Sie es mir«, antwortete er ausweichend und beobachtete unauffällig ihre schwarzbraunen Arme, die nach der Infusionsflasche griffen. Dann hörte er ihr dunkles Lachen. Sie streckte sich, stellte sich auf die Zehenspitzen und schüttelte den Rest des

Flascheninhaltes auf. Sie war klein, rund, und ihr Lachen wirkte ansteckend.

»Ich würde behaupten, Sie sehen sehr lebendig aus. Und wenn Sie geduldig genug sind, werden Ihnen Ihre Muskeln und Nerven auch bald wieder gehorchen.«

Wieder hörte David ihr dunkles Lachen.

»Wie lange bin ich hier, Schwester …«

»Dolores.«

Nun sah David sie doch an. Dolores stand, die Hände in die Hüften gestemmt, vor dem Bett. Wie ein Fels in der Brandung, dachte David und musste grinsen. Ihre Brust reichte gerade mal bis über die Matratze. Diese Frau sollte man nicht zum Feind haben, dachte er weiter. Ihr Alter war schwer zu schätzen. David versuchte es erst gar nicht.

»Seit heute Morgen«, antwortete sie, während David den Schriftzug *Fraser Canyon Hospital Hope B.C.* sowie den Schriftzug ihres Namens auf dem Kleid las. Nun wusste er wenigstens, in welches Hospital man ihn gebracht hatte.

»Und wie spät ist es jetzt, Schwester Dolores?«, fragte David verunsichert.

»Vier Uhr nachmittags.«

David atmete erleichtert auf, als er »danke« sagte.

»Der Staff Sergeant möchte Sie gerne sprechen, Mister White Crow«, sagte sie. »Staff Sergeant Clifford. Er wartet vor der Tür.«

David nickte.

Schwester Dolores verließ das Zimmer.

Clifford trat in seiner blauen Dienstuniform ein. Er schloss die Tür hinter sich, musterte den Indianer im Bett und grüßte kurz. Vor dem Bett blieb er stehen.

»Setzen Sie sich doch. Da drüben steht ein Stuhl«, sagte David.

Er mochte es nicht, dass der Staff Sergeant auf ihn herabblickte. Das war keine gute Grundlage für ein Gespräch, egal, was der Mann von ihm wollte. Clifford zog sich tatsächlich den Stuhl ein Stück weit heran, wahrte aber einen gewissen Abstand zum Bett.

»David White Crow?«, fragte er.

»Ja.«

»Sie sehen ihrem Bruder gar nicht ähnlich. In keiner Weise«, stellte Clifford fest.

David schwieg.

Clifford räusperte sich. »Ich muss Ihnen ein paar Fragen stellen.«

David nickte.

Dann berichtete Staff Sergeant Ben Clifford von den beiden Landvermessern auf Sheloquins Land. Einer sei tot. Clifford meinte, dass
Cody und David White Crow die letzten Menschen gewesen seien,
die die beiden Männer lebend gesehen hatten. Er sprach den Verdacht laut aus. David horchte auf. Sein Gesicht verfinsterte sich. Als
der Staff Sergeant berichtete, dass sich Cody seiner Verhaftung wi-
dersetzt hatte, fuhr David zornig auf.

»Wir haben niemanden umgebracht!«, schrie er.

Der Staff Sergeant wich unwillkürlich zurück und drückte seinen
Rücken fest an die Stuhllehne. Er starrte den Indianer einen Augenblick an. Dann fuhr er fort: »Untersuchungshaft, nur Untersuchungshaft«, verteidigte er sich.

David schnaufte, presste die Lippen aufeinander und verschränkte
die Arme.

»Und wo ist mein Bruder jetzt?«, fragte er schließlich.

»Auf der Flucht. Irgendwo da draußen. Ich habe Hilfe angefordert.
Erfahrene Leute, die sich in der Wildnis auskennen. Sie werden ihn
bald finden.«

»Ha!«, rief David. Dann lachte er bitter. *Sie werden Cody nicht kriegen,*
dachte er. *Nicht in den Bergen.*

»Ich wüsste weiß Gott nicht, was daran komisch ist«, knurrte Clifford.

David schwieg.

Clifford kaute auf seiner Unterlippe.

»Erzählen Sie mir genau, was sich heute Morgen in der Nähe des
Sees und des Blockhauses zugetragen hat, White Crow. Ihre Aussage
ist wichtig. Es hat Tote gegeben, verdammt noch mal.«

David schwieg. Er kannte seine Rechte.

»Wer ist der Erbe dieses Landes? Sheloquins Erbe?«

Nun drehte David den Kopf langsam zu Clifford und blickte ihn
durch die schmalen Schlitze seiner Augenlider an.

»Was hat das mit dieser Sache zu tun?«

»Ich stelle die Fragen«, fauchte Clifford.

Er wirkte nervös.

»Aber ich will es Ihnen sagen. Der rechtmäßige neue Besitzer könnte
ein großes Interesse daran haben, ungebetene Gäste aus seinem Re-
vier zu vertreiben oder zu töten. Sind Sie es, David White Crow?«,
fragte Clifford ohne Umschweife.

»Nein«, antwortete David prompt.

»Wer dann?«

»Niemand weiß das.«

Am Gesichtsausdruck des Staff Sergeants erkannte David ganz genau, dass der ihm kein Wort glaubte.

»Irgendjemand muss es doch sein, verdammt noch mal«, überlegte Clifford mit leisen Worten. »Und irgendwer muss es doch wissen …«

»Und wenn Sie es wüssten, Staff Sergeant, was würden Sie dann tun? Ihn beschützen oder einsperren oder das Land konfiszieren?«, fragte David eine Spur sarkastisch.

Clifford blickte David fragend an. Dann lächelte er hintergründig.

»Meinen Job an den Nagel hängen und zum Angeln fahren«, antwortete er.

Clifford interessierte weder das Land noch der Mord an dem alten Mann. Aber er interessierte sich für den Erben des Landes, das dem Alten gehört hatte. In David wuchs etwas, das er Wut nannte. Er verschränkte demonstrativ die Arme vor seiner Brust und hüllte sich in Schweigen. Von ihm würde Clifford nichts erfahren, egal ob er als Staff Sergeant kam oder als Premierminister von British Columbia. Clifford wartete eine Weile. Dann erhob er sich langsam und stellte den Stuhl zurück an seinen ursprünglichen Platz.

»Wenn Ihnen noch irgendetwas einfällt, lassen Sie es mich bitte wissen, White Crow. Es hat genug Tote gegeben.«

Mit diesen Worten wandte sich Clifford zum Gehen. Als er die Tür bereits geöffnet hatte, wandte er sich noch einmal zu David um.

»Der Schlüssel. Mit einem Schlüssel kann man Türen ganz leicht öffnen, ohne dass jemand zu Schaden kommt. Sie sind der Schlüssel, um das Geheimnis zu lüften.«

Ohne auf eine Antwort zu hoffen, verließ der Staff Sergeant das Zimmer. Die Tür klackte ins Schloss.

Der Anruf aus dem Fraser Canyon Hospital Hope hatte die Mission Reservation entlang des Fraser River längst erreicht und die Menschen in Aufruhr versetzt. Zwei Männer waren in die Berge gegangen. Einer war im Hospital. Von dem anderen schien jede Spur zu fehlen. Die Krankenschwester hatte nachdrücklich bestätigt, dass nur ein Mann mit dem Namen David White Crow eingeliefert worden war. Davids Frau war nicht mehr zu halten. Sie rannte Kyce

White Crow direkt in die Arme, als sie auf ihren Wagen zusteuerte. Kyce lachte leise und hielt sie einen Augenblick fest. Er erkannte das Flimmern in ihren Augen, das ihre Aufregung verriet.

»Oh, Tessa«, sagte er leise.

Tessa schwieg.

Kyce spürte ihr leichtes Zittern.

»Ich komme mit dir. David ist mein Sohn.«

Tessa senkte den Blick und nickte.

Kyces leise, tiefe Stimme schien sie etwas zu beruhigen. Vielleicht auch die Tatsache, nicht allein zu fahren. Kyce White Crow führte seine Schwiegertochter zu seinem Truck. Sie stieg ein. Als Kyce die Fahrertür öffnete, stand plötzlich Tom Looking Bear, Stammesratsmitglied und Davids bester Freund, hinter ihm. Sein Blick offenbarte Kyce dessen Anliegen. Wieder lächelte der alte Mann.

»Steig schon ein, Tom«, sagte Kyce.

Ohne zu zögern, sprang der junge Mann auf den Rücksitz. Kyce stieg ein und zog die Wagentür zu. Langsam rollte der Truck von der Stelle. Kieselsteine knirschten leise unter den Reifen.

Eine Stunde hatte David geschlafen. Müde blinzelte er um sich, sah auf die Uhr. Er hatte Angst vor dem Schlaf, der ihn immer wieder übermannte. Er hatte Angst zu verschlafen. Unruhe quälte ihn. Böse Träume verfolgten ihn. Er wollte nach Hause, und zwar schnell. Er musste! Die bleierne Müdigkeit hinderte ihn daran. Selbst der zweite Versuch, allein aufzustehen, scheiterte. David war ungeduldig und mit sich selbst unzufrieden.

Als es an der Zimmertür klopfte, meinte er, die Schwester oder besser noch einen Arzt zu sehen. Weder noch. Ein unbekannter Mann betrat sein Zimmer. Die hünenhafte Gestalt trat auf ihn zu und nickte zum Gruß. Die harten Gesichtszüge des Fremden zeigten ein Lächeln. Es wirkte erzwungen, unnatürlich und falsch.

»Guten Tag, Mr. White Crow. Mein Name ist Harris. Ich bin Ranger am Coquihalla Canyon Provincial Park und bin in deren Auftrag hier. Ich muss mit Ihnen reden«, begann Harris Shore und holte tief Luft.

David setzte sich vorsichtig im Bett auf, verschränkte die Arme und würdigte den Fremden keines weiteren Blickes. Er ahnte, worum es ging und er fürchtete sich davor. Der Mann blieb reglos vor dem Bett stehen.

»Sie sind White Crow, Sheloquins Nachfolger und Erbe seines Landes«, konfrontierte Shore den Indianer mit seiner Feststellung.

David zuckte kaum merklich und schwieg. Er hörte den Fremden deutlich tief ein- und ausatmen.

»Sie sind berechtigt, Entscheidungen darüber zu treffen«, stellte der Fremde wiederum als Tatsache fest.

Er fragte nicht. Die Stimme allein jagte David einen kühlen Schauer über den Rücken. Noch immer rührte er sich nicht. Noch immer hüllte er sich in Schweigen. Seine Gedanken kreisten besorgt um seinen jüngeren Bruder Cody, um Staff Sergeant Cliffords Worte und um Tote auf diesem Land. Es griff nach seiner Kehle und würgte ihn, nahm ihm die Luft zum Atmen. David würde nicht leugnen, dass er der neue Besitzer dieses Landes war. Vielleicht hatte er nur so eine Chance, etwas in die richtigen Bahnen zu lenken. Vielleicht konnte er etwas über Cody in Erfahrung bringen. Vielleicht auch nur Zeit gewinnen.

»In Ordnung. Reden Sie«, sagte David schließlich.

Unauffällig begann er den Mann zu mustern. David musste ihn im Zweifelsfall gut beschreiben können. Auf jeden Fall wiedererkennen. Der Fremde war wie ein typischer Cowboy gekleidet. Keine Parkranger-Dienstkleidung. Ein Cowboy, so, wie David ihn aus Filmen kannte. Groß, stark und mit markanten Gesichtszügen. Über diese glitt gerade ein zufriedenes Lächeln. Hellgraue Augen leuchteten für den Bruchteil einer Sekunde auf. Den Hut hielt der fremde Mann ruhig in beiden Händen.

»Wir wollen den Provincial Park erweitern«, begann er. »Da sich das besagte Land in Privatbesitz befindet, befürchten wir, dass es verkauft werden könnte. Es gibt einige gerissene Geschäftsleute, die sich sehr dafür interessieren. Das Land ist für diese Leute eine Goldgrube. Sie würden Ihnen jeden Preis dafür bezahlen. Ich, oder besser wir, wollen verhindern, dass es in die falschen Hände gerät. Es sei denn, Sie haben es bereits verkauft.«

»Wollen Sie sich nicht setzen?«, fragte David.

Was der Mann erzählte, war sehr interessant, und David war gespannt, was der Typ noch zu sagen hatte. Der Mann namens Harris setzte sich. Erwartungsvoll blickte er zu David.

»Die Entscheidung liegt nicht bei mir allein, Mr. Harris«, gab David zu bedenken.

»Also haben Sie es noch niemandem verkauft«, schloss Harris daraus.

»Nein«, antwortete David.

»Gut. Dann bin ich ja beruhigt«, zwang sich der Hüne mit einem erneuten Lächeln, freundlich zu wirken.

»Weshalb?«

»Wir wollen nicht, dass dieses Land erschlossen wird. Keine Straßen, keine Häuser, keine Luxushotels am See. Denken Sie nur, wie viele Bäume abgeholzt werden würden, Lebensräume von Pflanzen und Tieren zerstört! Für immer. Und dann der Lärm dieser Touristen und verwöhnten Städter. Und der viele stinkende Müll!«

Die Worte des Fremden beeindruckten David. Damit hatte er nicht gerechnet. Er nickte mehrmals.

»Ich möchte Ihnen gerne ein faires Angebot unterbreiten, Mr. White Crow. Zunächst stehen Ihren Leuten einige Stellen als Parkranger zur Verfügung.«

Auch diese Worte beeindruckten David White Crow sehr. *Manche Probleme scheinen sich in Luft aufzulösen, wenn man ihnen nur genug Zeit dazu lässt,* dachte er. Dann sah er den Mann direkt an. Fragen? Zweifel? Die hellgrauen Augen funkelten ihn an.

David senkte den Blick, bevor er antwortete. »Ihre Worte beeindrucken mich tatsächlich, Harris. Aber wie ich schon sagte, die Entscheidung liegt nicht bei mir allein.«

»In Ordnung«, sagte Harris. »Ich dachte nur …«, fügte er zögernd hinzu, »… dass Sie als Besitzer dazu berechtigt sind. Wird der Stammesrat beraten? Sie müssen entschuldigen. Ich kenne mich in Ihren Gepflogenheiten nicht so gut aus.«

»Ich habe noch einen Bruder. Mit ihm werde ich sprechen müssen.«

Harris atmete tief ein und hielt die Luft einen Augenblick lang an. David entging auch nicht, dass er dabei die Augenbrauen hob.

»Cody White Crow?«, fragte er dann.

David nickte. »Ja, Cody. Kennen Sie ihn bereits?«, fragte er und begann, Harris wieder aufmerksam zu beobachten.

Der senkte den Kopf und schob die Lippen übereinander. »Kennen ist zu viel gesagt. Ich habe ihn mal in den Bergen getroffen, als er mit Jägern unterwegs war. Die Leute in Hope erwähnten seinen Namen, und irgendwie scheint es in letzter Zeit allerhand Gerüchte zu geben.«

»Was für Gerüchte?«, fragte David argwöhnisch.

»Nun ja. Er sei mit Ihnen in die Berge gegangen und noch nicht wieder aufgetaucht.«

»Das ist nichts Ungewöhnliches«, meinte David.

Doch tief in seinem Inneren wuchsen Selbstzweifel. Was, wenn Cody tatsächlich etwas zugestoßen war? So wie dem alten Sheloquin.

»Ich werde warten, bis mein Bruder zurückkommt, und dann rede ich sofort mit ihm.«

Harris begann, seinen Hut in den Händen zu drehen.

»Und wenn er nicht zurückkommt?«, fragte er leise.

David fuhr auf und kämpfte mit seiner Selbstbeherrschung. Hitze überschwemmte seinen Körper. Das eigene Herz trommelte in seinen Ohren. Das, was er in diesem Augenblick fühlte, jagte ihm Angst ein. Niemand sollte das bemerken.

»Er wird kommen!«, sagte David entschlossen.

Harris atmete tief durch. Dann hob er den Kopf und blickte zum Fenster. »Warten Sie nicht zu lange, Mr. White Crow! Solange das Land nicht zum Nationalpark gehört, ist es gefährlich. Ich habe gehört, es hat Tote gegeben. Diese Leute werden Ihnen keine Ruhe lassen und nie nachgeben.«

Harris machte eine Pause.

David schwieg.

»Ich habe Ihnen einen Vorvertrag ausgestellt. Der ist völlig unverbindlich und räumt uns im Falle eines Verkaufes das Vorkaufsrecht ein. Alles Weitere wird dann, wenn Sie verkaufen wollen, verhandelt. Wenn Sie nicht verkaufen möchten, wird der Vorvertrag gegenstandslos und einfach vernichtet«, beendete Harris seine Ausführungen.

Dann wartete er, ohne den Eindruck zu erwecken, David White Crow zu drängen. Der hüllte sich in nachdenkliches Schweigen. Er überlegte lange und kam zu keinem endgültigen Entschluss. David musste unbedingt mit Cody sprechen. Cody wusste, dass David im Hospital war. Er würde bald kommen und ihn besuchen. Dessen war sich David sicher. Bei ihren letzten gemeinsamen Stunden in den Bergen waren sich die Brüder näher gekommen als jemals zuvor. David lächelte bei diesem Gedanken. Als sie Kinder waren, hatte David Cody gehasst, später ignoriert. Nun hatte der junge Mann einen Freund in ihm gefunden. Hatte er Cody früher niemals den Respekt entgegengebracht, ihm zuzuhören, waren dessen Worte nun unergründlich tief in sein Bewusstsein gedrungen.

»Okay«, sagte David nach langem Schweigen. »Geben Sie mir das Papier. Ich werde mir die Sache überlegen.«

Harris zog den Vertrag aus der Brusttasche seines Hemds und reichte ihn David.

»Sie wollen eine Nacht darüber schlafen? Vielleicht auch zwei? In Ordnung, Mr. White Crow. Aber dann muss ich wissen, wie Sie sich entschieden haben. Das werden sie sicher verstehen.«

»Natürlich.«

Harris reichte David zufrieden lächelnd die Hand. David schlug nicht ein. Das Lächeln schwand aus Harris Gesicht. Dann stand er auf.

»Dann bis übermorgen«, nickte Harris und drückte seinen Hut auf den Kopf.

»Auf Wiedersehen«, entgegnete David.

Der unerwartete Besucher wandte sich zum Gehen, zog die Zimmertür leise hinter sich zu.

David faltete das Papier auseinander und las den Vertrag aufmerksam durch.

Kaum dass David das Papier zusammengefaltet hatte, klopfte es wieder an der Tür. Noch bevor er antworten konnte, kam Schwester Dolores herein.

»Ich wollte nur sehen, ob Sie noch am Leben sind«, scherzte sie und lachte. »Und ob die Infusion durch ist.«

»Bitte«, sagte David freundlich.

Dolores stellte die Tropfenfrequenz schneller und überwachte die Infusion und ihren Patienten gleichermaßen.

»Immer noch müde?«, fragte sie.

»Etwas, ja«, antwortete David. »Kann ich nach Hause gehen, wenn die Infusion durch ist?«

»Aber natürlich. Nach sechs bis acht Wochen etwa müsste das Gift vollständig durch die Infusionstherapie ausgeschwemmt sein«, sagte sie. Schwester Dolores lachte nicht. Nicht einmal, als sie in David White Crows entsetztes Gesicht blickte. Aber sie hob die Augenbrauen, sodass ihre ohnehin großen, schwarzen Augen noch größer wurden, bis sich das Weiße zeigte.

»Sechs bis acht Wochen …«, wisperte David.

Nun lachte Dolores ausgelassen.

»Ein Scherz, Mr White Crow. Nur ein Scherz. Ihr Gesicht hätten Sie sehen müssen«, prustete sie und lachte weiter.

Wie hatte Cody doch zu ihm gesagt?

Wo ist dein Sinn für Humor geblieben?

David stimmte in das ansteckende Gelächter ein. Es erleichterte ihn ungemein. Es machte ihn stark. Er spürte deutlich, wie die Lebensgeister in seinen müden Körper zurückkehrten. Es war gute Medizin.

»Morgen Vormittag wird der Arzt entscheiden. Dann sind die ersten vierundzwanzig Stunden um. In der Regel haben sie es dann überstanden und dürfen nach Hause gehen, wenn Sie sich bis dahin nicht totgelacht haben.« Wieder brach schallendes Gelächter aus.

»Ich …«, japste David.

»Ich mach mir gleich in die Hose, wenn ich nicht sofort aufstehen kann.«

»Ihre Hose hängt im Schrank, wenn Sie diese unbedingt dazu brauchen«, antwortete Dolores trocken. »Aber ich kann Sie auch zur Toilette bringen.«

»Egal!«, rief David in größter Not. »Hauptsache schnell!«

Dolores trällerte eine Melodie, während sie die Nadel zog, und hatte sofort das Pflaster geklebt. David sprang auf. Er schwankte einen Augenblick, stieß die kleine Schwester fast um und ließ sich eiligen Schrittes zur Toilettentür führen. Rücklings lehnte sie sich von außen gegen die Tür. Grinsend verschränkte sie die Arme vor ihrer Brust und wartete.

Das Klopfen an der Tür, nur etwa zwei Minuten später, glich einem Paukenschlag. Dann flog sie auf. Eine Frau stürmte zum leeren Bett. Sie schien offensichtlich sehr aufgeregt zu sein. »David?«, rief sie.

Zwei Männer folgten ihr. Der ältere der beiden schloss die Tür.

»David? David!«

Es klang verzweifelt. Furchtbar erschrocken fuhr die Frau herum, als sie aus der Ecke des Zimmers die tiefe Stimme der Schwester vernahm.

»Guten Tag.«

Es klang wie ein Donnerhall in der Stille des Zimmers.

»Guten Tag«, antwortete die junge Indianerin, als sie sich gefasst hatte.

»Mein Name ist Tessa White Crow. Ich suche meinen Mann«, sagte sie leise und blickte erwartungsvoll auf die kleine, schwarzhäutige Schwester. Die lächelte freundlich.

»Auf der Toilette«, antwortete Dolores. »Keine Sorge. Es geht ihm gut«, fügte sie hinzu.

Tessas Gesichtszüge entspannten sich sichtlich.

»Danke«, sagte nun der ältere der beiden Männer. »Wir warten einen Augenblick vor der Tür.«

Beide gingen hinaus.

Tessa blieb.

Als David kurz darauf wieder in seinem Bett lag und die Schwester gegangen war, waren sie allein. Nur David und Tessa. Sie blickte in seine Augen. Mit Sorge, Angst und vielen unausgesprochenen Fragen. David nahm ihre Hände in die seinen. Er betrachtete seine Frau aufmerksam, als hätte er sie eine Ewigkeit nicht gesehen. Wärme durchflutete seinen Körper.

Du bist wunderschön, dachte David, ohne seine Gedanken auszusprechen. Tessa lächelte, als hätte sie das verstanden, und setzte sich zu ihm auf die Bettdecke. Ihre mandelförmigen Augen glänzten, genau wie ihr langes Haar. Ihre zierliche Gestalt rückte näher zu ihm. Er kam ihr entgegen. Noch hatten sie nicht gesprochen. Nicht ein einziges Wort. Aber ihre Gedanken und Gefühle waren eins. Liebe, Sorge, Erleichterung und Ungewissheit. David küsste seine Frau. Sie erwiderte zärtlich. Er strich ihr sanft über das Haar. Sie berührte seine Wange. David lächelte Tessa zuversichtlich an. Tessa lächelte zurück. Ein zeitloser Moment des Glücks, dessen sie sich beide bewusst waren. Sie genossen ihn. Noch immer hatten sie kein Wort miteinander geredet, als es leise an der Tür klopfte. Sie lösten sich voneinander. Tessa nahm sich den Stuhl und setzte sich an das Bett ihres Mannes. Es klopfte ein zweites Mal. Ebenso leise.

»Herein!«, rief David.

Kyce White Crow und Tom Looking Bear traten ein. »Wie geht es dir, mein Sohn?«, fragte Kyce nach der Begrüßung.

»Gut. Ich war schon allein auf der Toilette ohne umzufallen«, grinste David.

»Hat sich Cody inzwischen bei euch gemeldet?«

Kyce und Tom schüttelten gleichzeitig ihre Köpfe.

»Wir haben Jean Sun Road gerade draußen im Flur getroffen. Er war auf dem Weg zu einer ärztlichen Untersuchung. Jean berichtete von einem Überfall. Drei Männer haben ihn bedroht. Sie wollten von ihm wissen, wo genau sie Cody White Crow finden. Da er es ihnen nicht sagen wollte, haben sie ihm eins über den Schädel geschlagen. Er meinte scherzhaft, dass es gut ist, einen harten Schädel zu haben. Irgendwann in seinem Dämmerzustand meinte er, Montaya vor sich gesehen zu haben. Danach war er im Hospital aufgewacht. Alles, was geblieben war, waren Jeans fürchterliche Kopfschmerzen. Jean hat dem Staff Sergeant vorhin ein paar Fragen beantworten müssen. Clifford ist hier im Hospital gewesen«, sagte Kyce.

David blickte seinen Vater überrascht an. Auch Tessa war betroffen von Kyces Worten.

»Irgendetwas ist Cody passiert …«, sinnierte David. »Verflucht«, zischte er kaum hörbar.

»Der Staff Sergeant hat zu Jean gesagt, dass es Tote dort oben gegeben hätte und er Cody erwischt habe. Cody hätte sich allerdings der Verhaftung entzogen und sei in die Wildnis geflüchtet«, sagte Tom.

David fuhr im Bett auf und fauchte wütend.

»Das ist nicht wahr! Der Staff Sergeant war auch bei mir. Vor etwa zwei Stunden. Er glaubt, wir seien Mörder! Er wird auch mich verhaften wollen. Er erzählte, dass er Verstärkung angefordert habe, erfahrene Leute, die …« Er brach mitten im Satz ab und schnappte nach Luft. Dann wurde seine Stimme leise. »… Cody jagen …«

Tom und Kyce blickten sich verblüfft an.

»Jean macht sich Sorgen um Montaya. Sie hat sich nicht gemeldet und ihn noch nicht besucht. Das ist sehr ungewöhnlich. Sie geht auch nicht an das Telefon. Sie scheint spurlos verschwunden zu sein. Das bedeutet nichts Gutes«, analysierte Kyce schließlich.

David schüttelte fassungslos den Kopf.

»Wir sollten uns am Stable einmal genau umsehen«, sagte Tom.

»Und wir sollten keine Zeit verlieren«, nickte Kyce.

David berichtete, was sich in den Bergen zugetragen hatte. Er erzählte von der Stunde des Aufbruchs, der Begegnung mit den beiden Landvermessern, die ohne Ausrüstung in den Bergen waren und vergeblich auf den Helikopter warteten, der sie abholen sollte. Dann sprach er von Cody und von den gemeinsamen Überlegungen.

»Am Morgen darauf hat mich die Schlange gebissen. Cody hat mir das Leben gerettet. Irgendwann verlor ich das Bewusstsein. Ich hörte Stimmen, glaubte zu träumen. Ich öffnete die Augen, doch es blieb finster. Ich bekam noch mit, dass ich transportiert wurde, hörte einen Helikopter. Alles war so unwirklich. So unfassbar weit weg. Keine Ahnung, was danach geschah. Dann wachte ich in diesem Zimmer auf, viele Stunden später.«

Schweigen erfüllte den Raum. Jemand atmete tief durch.

»Ich werde zum Staff Sergeant fahren und selbst mit ihm reden«, beschloss Kyce. »Vielleicht bringt uns das weiter.«

David nickte.

»Und Montaya?«, fragte Tessa leise. »Hoffentlich ist ihr nichts zugestoßen. Es gab genug Unheil wegen des Landes …«

»Wenn jemand Cody dort draußen finden kann, dann Montaya Sun Road. Da bin ich mir sicher«, antwortete David.

Kyce nickte. »Wir fahren sofort zum Stable, dann wissen wir mehr. Du kannst bei deinem Mann bleiben, Tessa. Wir holen dich ab, wenn wir von Clifford kommen«, beruhigte Kyce sie.

Sie nickte dankbar.

»Da ist noch etwas, das mir Sorgen macht«, begann David und zeigte Kyce das Papier. Der nahm es, faltete es auseinander und begann zu lesen.

»Was ist das?«, fragte Tom.

»Ein Vertrag, der dem Coquihalla Canyon Provencial Park das Vorkaufsrecht auf das Land des alten Mannes sichert. Ein fremder Mann namens Harris war vorhin bei mir. Er hielt mich für den jetzigen Besitzer, nachdem ich ihm bestätigte, White Crow zu sein. Was er sagte, klang plausibel. Aber irgendetwas gefiel mir nicht an ihm.«

»Das lässt sich überprüfen«, meinte Tom.

David nickte.

»Das werden wir in jedem Fall«, sagte Kyce und faltete den Vertrag wieder zusammen.

»Was hast du dem Mann geantwortet, David?«

»Ich sagte, dass die Entscheidung nicht bei mir allein liegt. Ich sagte, dass ich einen Bruder habe, mit dem ich unbedingt vorher sprechen muss. Das schien ihm nicht zu gefallen. Ich habe den Vertrag schließlich nur unter der Bedingung genommen, dass ich bis übermorgen Bedenkzeit habe. Damit gewinnen wir Zeit.«

Dann berichtete David kurz über den eigenartigen Besuch. Harris' Worte klangen noch in seinen Gedanken nach.

Und wenn er nicht zurückkommt?

Eisige Kälte durchströmte Davids Körper.

»Gut. Ich nehme ihn an mich«, entschied Kyce und steckte das Papier in seine Jackentasche.

»Ich gehe mit deinem Vater. Vier Ohren und Augen sind besser als zwei«, meinte Tom.

Er grinste kurz und verließ dann hinter Kyce White Crow das Zimmer. David sah ihnen nach, als wollte er mit seinem Blick die Tür durchbohren. Die Berührung einer Hand an seiner eigenen holte ihn aus seiner Trance. Er wandte den Blick zur Seite und sah das Gesicht seiner Frau. Eine Spur Besorgnis, vielleicht sogar Angst, glaubte David darin zu erkennen.

><><><><

Staff Sergeant Clifford hatte seine Bürotür geschlossen und stand gedankenversunken vor der großen Wandkarte. Er hatte tatsächlich zwei Stecknadeln postiert. Eine rote und eine blaue, dicht beisammen. Sie brachten ihn nicht weiter. Der Mörder des alten Sheloquin war noch immer auf freiem Fuß. Das machte Clifford Angst. Ein zweiter Toter, den er nicht hätte gebrauchen können, bereitete ihm schlaflose Nächte. Der Mörder geisterte durch Wald und Berge. Clifford war sich nicht schlüssig, ob Cody den Landvermesser umgebracht hatte oder nicht. Ein Motiv dazu hätte er gehabt. Zweifel plagten den Staff Sergeant. Er hatte das Gefühl, hoffnungslos auf der Stelle zu treten. Er verfluchte seinen Job. Noch nie, solange Ben Clifford denken konnte, hatte es in Hope Scherereien gegeben. Mal einen Diebstahl, einen Nachbarschaftsstreit und hin und wieder eine Prügelei. Aber nie einen Mord. Und nun gleich zwei! Clifford schüttelte den Kopf, wobei er missmutig brummte.

Das Klingeln des Telefons erschreckte ihn furchtbar. Der Puls hämmerte im Hals, und die Hände zitterten kaum merklich, als er nach dem Hörer griff. Clifford meldete sich korrekt mit fester Stimme.

»Gulcher Club Hotel Cooperation Vancouver. Guten Tag. Einen Moment bitte. Ich stelle Sie zur Geschäftsleitung durch«, vernahm er eine freundliche Frauenstimme am anderen Ende der Leitung.

Clifford räusperte sich.

»Tag, Clifford. Barn am Apparat.«

Clifford schien es die Kehle zuzuschnüren, als er den Gruß erwiderte.

»Was gibt es Neues?«, fragte Barn.

Seine Stimme klang freundlich.

»Hm, na ja«, druckste der Staff Sergeant herum. »Eigentlich nichts.«

Clifford hörte Barns amüsiertes Lachen durch den Hörer. Dann seine tiefen Atemzüge.

»Sie klingen ziemlich niedergeschlagen. Nehmen Sie es nicht so schwer, Clifford.«

»Sie haben gut reden!«, fauchte Clifford. »Ich habe immer gute Arbeit geleistet und Hope war ein weißer Fleck in der Kriminalitätsstatistik. Ich hatte mich auf meine Pensionierung gefreut. Und nun?«

Wieder vernahm Clifford das amüsierte Lachen am Ohr. War es Spott oder Hohn? Jedenfalls spürte er aufkeimende Wut.

»Beruhigen Sie sich, Clifford. Wenn das Ihre einzige Sorge ist ... Also Sie befürchten ernsthaft, dass man Ihnen die Bezüge streicht, wenn Sie den Fall nicht vor Ihrer Pensionierung lösen können? Vielleicht könnte ich Ihnen helfen.«

Clifford verzog das Gesicht zu einer Grimasse. Als er nichts darauf sagte, redete Philip Barn weiter.

»Ich habe den perfekten Job für Sie.«

»Nein. Ich habe nicht die Absicht ...«, brach Clifford mitten im Satz ab.

In das nun folgende Schweigen knackte das Holz an der Zimmerdecke. Schweißperlen traten dem Staff Sergeant auf die Stirn. Das Schweigen war unheimlich. Es schwebte bedrohlich über Clifford.

»Ich werde Sie nicht darum bitten, Clifford«, hörte er schließlich Barns Stimme. Sie klang eisig.

»Was für einen Job?«

»Sie halten weiterhin Augen und Ohren offen und unternehmen nichts, ohne mich vorher zu informieren.«

»Wie viel ist Ihnen das wert, Barn?«, brummte Clifford unzufrieden in den Hörer.

»Wie viel ist Ihnen Ihr Leben wert?«, fragte Barn tonlos.

Clifford durchfuhr erneut ein frostiger Schauer. Kaum merklich begann sein Körper zu zittern. Dann vernahm er wieder das amüsierte Lachen Barns in der Leitung. Es verwirrte ihn. Vergeblich versuchte der Staff Sergeant klar zu denken. Es gelang ihm nicht. Große Unsicherheit griff nach ihm, zerrte ihn zu Boden und machte den kräftig gebauten Mann zu einem Zwerg.

»In Ordnung«, sagte Clifford niedergeschlagen.

»Gut«, entgegnete Barn mit triumphierender Stimme. »Ich freue mich, dass wir uns verstehen, Staff Sergeant. Auf Wiederhören.« Dann legte Barn auf.

Clifford hielt den Hörer noch in den Händen und lauschte dem monotonen Tuten.

»Wer war das?«

Clifford zuckte merklich zusammen, während er herumfuhr.

»Wie lange stehst du schon da«, fauchte er seinen Sohn Pat an.

»Lange genug«, antwortete Pat trotzig.

Clifford legte auf. »Habe ich dir nicht beigebracht anzuklopfen?«

Pat schwieg.

»Das Gespräch war dienstlich. Es geht dich nichts an.«

Noch immer starrte der junge Mann seinen Vater an. Trotzig und herausfordernd.

»Also. Was gibt es?«, fragte Clifford gereizt.

»Ich soll dir sagen: Mutter ist heute Abend nicht zu Hause. Sie hat den Chevy genommen. Du sollst die Wäsche aus der Maschine nehmen, wenn du nach Hause kommst, und sie gleich in den Trockner stecken. Du sollst nicht auf sie warten, es könnte spät werden.«

»Kannst du das nicht machen?«

»Ich bin in der Tankstelle. Mein Job.«

Pat machte eine Pause und holte tief Luft, bevor er fortfuhr. »Jean Syn Road ist überfallen worden, und Montaya ist, seitdem du draußen warst, spurlos verschwunden.«

»Vielleicht ist sie einkaufen«, meinte Ben Clifford.

»Das Haus stand offen. Ihr Rucksack hängt in der Küche, und alle Wagen stehen vor dem Haus. Sie war auch nicht im Hospital, um ihren Vater zu besuchen.«

»Vielleicht ist sie mit den Pferden unterwegs.«

»Klar! An so einem Tag macht sie einen vergnüglichen Ausritt in die Umgebung«, fauchte Pat seinen Vater an.

»Beherrsche dich, Junge! Sie wird schon zurückkommen. Sie ist schließlich da draußen aufgewachsen.«

»Und wo ist Cody?«

»Was weiß ich?«

»Seinen Bruder hat man heute Morgen in das Hospital geflogen. Jean ist überfallen worden. Die Leute sagen, es hat wieder Tote gegeben. Sie sagen, das Land des alten Mannes sei von bösen Geistern heimgesucht.«

Ben Clifford schluckte mühsam.

»Und du …«, sprach Pat verzweifelt. »Es gibt Leute, die dir helfen wollen, Vater. Ich auch! In solch einem Fall kannst du so viele Hilfstruppen gebrauchen, wie du kriegen kannst. Ich bin dabei.«

»Nicht so hastig. Den Überfall habe ich bereits aufgenommen, und bei White Crow war ich auch. Ich muss die Puzzleteile erst zusammenfügen. Das dauert seine Zeit.«

»Gut. Dann puzzle du weiter, Vater, und schicke uns als Scouts hinauf. Wir müssen Montaya und Cody finden.«

»Wie stellst du dir das vor, Pat? Du redest von einem Gebiet, das so groß ist wie ein ganzer Nationalpark. Du kennst dich da oben überhaupt nicht aus, und du bist kein Mann der Wildnis wie Cody.«

»Was soll das heißen? Nichts tun?«

»Abwarten.«

Pat schnaufte wütend.

»Du musst es wissen! Du trägst die Verantwortung für alles, nicht ich!«

Der junge Mann wirbelte herum, verließ das Büro des Staff Sergeants und knallte die Tür hinter sich zu.

Ben Clifford drehte sich unschlüssig um die eigene Achse und trat wieder auf der Stelle.

Clifford setzte sich schließlich auf seinen Bürostuhl und starrte auf die Landkarte mit den zwei Pinnnadeln. Mühsam kämpfte er gegen die Leere in seinem Hirn. Der Anruf begann ihn zu beschäftigen. Er lag wie ein schwerer Stein in seinem Bauch und bescherte ihm Übelkeit. *Oh, wenn das Ganze doch nur einen Monat später …*, dachte er und versank in Selbstmitleid. Selbst Pat hatte sich gegen ihn, seinen Vater, gestellt! Der Staff Sergeant wünschte sich, dass alles nur ein böser Traum war, aus dem er bald erwachen wollte. Doch er wusste nur zu gut, dass es real war. Ben hatte Angst. Auf was hatte er sich da nur eingelassen? Die Zeit verging, ohne dass er zu einem Schluss kam. Unschlüssig starrte er noch immer auf die Nadeln, als wüssten die eine Antwort oder eine Lösung. Ein Luftzug wehte durch den Raum. Ben erschrak. Bisher hatte er nicht an Geister geglaubt. Aber nun hielt er nichts mehr für unmöglich. Er blickte sich vorsichtig im

Raum um und erschrak noch einmal, als er plötzlich zwei Geister in Gestalt eines alten und eines jungen Indianers an der Tür stehen sah. Er starrte sie an wie zuvor die Nadeln an der Wandkarte und brachte keinen Ton heraus.

»Guten Tag, Ben«, sagte der Ältere der beiden schließlich.

»Tag, Kyce. Wen hast du mir mitgebracht?«

»Tom Looking Bear, Vertreter des Stammesrates.«

Der Staff Sergeant zuckte unwillkürlich, als er Kyces Worte vernahm und nickte.

»Guten Tag, Mr. Looking Bear. Was kann ich für euch tun?«

»Weshalb glaubst du, meine Söhne verhaften zu müssen? Sage mir nicht, dass sie den Männern, die sie in den Bergen getroffen haben, etwas getan haben.«

»Das versuche ich ja gerade herauszufinden. Aber im Augenblick sind sie diejenigen, die diese Männer zuletzt lebend gesehen haben, und damit sind sie Hauptverdächtige.«

»Was für Männer hast du angefordert, um Cody zu jagen?«

Clifford schluckte geräuschvoll und spürte die Hitze, die in seinen Körper schoss.

»Man hat mir erfahrene Leute geschickt, die sich in der Wildnis bestens auskennen und auch Spuren lesen können.«

»Wir kommen gerade von Sun Roads Stable. Codys Pferde waren im Tal, und auch die Spuren seines Hundes haben wir gefunden. Montaya ist verschwunden. Die Haustür stand offen, und ihr Rucksack hing am Küchenstuhl. Das bedeutet, dass ihm vielleicht auch etwas zugestoßen ist.«

Clifford schwieg betreten.

»Kennst du einen Mann namens Harris?«, fragte Tom.

Clifford spürte, wie sein Körper schwer in den Bürostuhl einsank. Die Hitze trieb ihm kleine Schweißperlen auf die Stirn.

»Antworte!«, sagte Kyce leise, aber fordernd.

»Nicht dass ich wüsste«, log Clifford und schwitzte immer mehr.

Kyce holte den Vertrag aus der Tasche und sagte: »Verkaufen, verkaufen, verkaufen … Jemand tötet, um an dieses Land zu kommen. Und was tust du, um herauszufinden, wer das ist? Es sind bestimmt nicht die Leute vom Provincial Park. Ruf sie an! Bitte!«

»Wie kommst du denn darauf?«

Kyce reichte Ben das Papier. »Lies!«

Clifford blieb nichts weiter übrig, als das Papier auseinander zu falten und zu lesen. Dann gab er es Kyce zurück. »Völlig irrelevant.«

»Ruf an!«, verlangte Kyce mit Nachdruck. »Dir werden sie Auskunft geben müssen. Du bist der Staff Sergeant im Amt.«

»Du hast mir nichts zu befehlen, Kyce White Crow. Wo sind wir denn?«, entgegnete Clifford aufgebracht.

»Wir werden nicht eher aus diesem Büro gehen, bevor wir wissen, was an der Sache nicht stimmt«, sagte Tom freundlich.

Clifford rann der Schweiß inzwischen am Hals herab, und er spürte die unangenehme Nässe unter seinen Armen, in der seine Dienstkleidung schwamm. Mit leicht zittrigen Händen fummelte er sein Taschentuch aus der Hosentasche und wischte sich über Stirn und Nacken.

»Aber wie stellt ihr euch das vor? So einfach geht das nicht.«

»Aber es ist auch nicht schwer. Nur ein Anruf. Mehr nicht«, sagte Tom und hielt Clifford den Dienstapparat vor die Nase.

»Das ist völlig absurd.«

Kyce schüttelte mehrmals den Kopf. »Wir werden nicht eher gehen, Staff Sergeant. Oder wir werden einen Sturm entfachen, der dir gar nicht schmecken wird.«

Clifford brummte und nahm widerwillig den Hörer in die Hand. Dann wählte er die Nummer, und eine männliche Stimme meldete sich. Clifford trug sein Anliegen vor und vergaß nicht zu erwähnen, dass er von zwei Indianern der Mission Reservation zu diesem Anruf gezwungen wurde. Daraufhin vernahm Ben deutlich ein amüsiertes Lachen am anderen Ende der Leitung. Da der Staff Sergeant den Lautsprecher angeschaltet hatte, konnten die beiden Indianer direkt zuhören.

»Wir haben zwar derzeit keine Kaufanfrage beabsichtigt, obwohl wir auch nicht abgeneigt wären, das Land zu unserem Park zu nehmen. Nur müsste in einem solchen Fall die finanzielle Seite mit dem Bundesstaat British Columbia abgeklärt werden.«

»Gibt es bei Ihnen einen Ranger namens Harris?«, fragte Tom.

Clifford verzog das Gesicht und zeigte damit deutlich, dass es ihm nicht passte, dass der Indianer ungebeten gefragt hatte.

»Einen Moment bitte. Ich sehe nach.«

Im Hörer waren deutlich die Anschläge auf einer Computertastatur zu hören. Dann Stille. »Nein. Zur Zeit niemand«, hörten alle die Antwort.

»Vielen Dank«, sagte Clifford und legte auf. Dann schnaufte er tief durch und schwieg sich aus.

»Wie ich es mir gedacht hatte. Ein Lügner!«, sagte Kyce.

»Aber wer ist Harris und für wen arbeitet er wirklich?«, fragte Tom.
Clifford schwieg noch immer.

»Das werden wir herausfinden, Tom«, antwortete Kyce. »Wenn der Kerl wirklich so gefährlich ist, wie ich denke, dann wird er früher oder später jedem die Kehle durchschneiden, der ihm begegnet ist«, fügte er mit einem Augenzwinkern zu.

Clifford griff sich unwillkürlich an die Kehle, als wollte er unsichtbare Hände lockern. Kyce und Tom hatten es bemerkt und grinsten sich an. Dann verabschiedeten sie sich knapp und verließen das Büro des Staff Sergeants genauso leise, wie sie es betreten hatten. Clifford blickte ihnen nach, als wollte er sich überzeugen, dass die beiden Indianer den Raum auch wirklich verlassen hatten. Dann seufzte er niedergeschlagen. Noch immer spürte Clifford den Würgegriff um seine Kehle. Sie hatten ihn unter Druck gesetzt. Alle! Zuerst Barn mit seinem Anruf, dann sein eigener Sohn und nun diese Indianer, die ihm mit dem ganzen Stammesrat zu Leibe rücken wollten. Der Schweiß auf der Haut war kalt geworden. Eiskalt. Clifford rubbelte mit seinem Taschentuch über Gesicht, Hals und Nacken. Seine größte Sorge aber war, dass ein Killer in seinem Distrikt unterwegs war und vielleicht schon in dieser Nacht seine Kehle aufschlitzen würde. Wieder wandte sich Clifford seiner Wandkarte zu und starrte auf die rote und die blaue Pinnnadel. Er wollte nicht darüber nachdenken, welche Farben er noch zur Verfügung hatte. Er weigerte sich, sträubte sich dagegen, kämpfte gegen solche Gedanken. Aber sie waren einfach nicht zu besiegen. Sie waren stärker als sein Wille.

Böse Gedanken folgten dem Staff Sergeant nach Hause. Sie raubten ihm zunächst den Schlaf. Dann beherrschten sie seine Träume. Unruhig warf sich sein massiger Körper hin und her. Seine eigenen Leute verfolgten ihn. Sein eigener Sohn war ihm auf den Fersen! Ben Clifford wollte davonlaufen, aber seine Beine gehorchten ihm nicht. So schwer, als hätte er Betonstiefel an den Füßen, fielen ihm seine Schritte. Nur im Zeitlupentempo konnte er sich bewegen. Es war grausam. Die Männer kamen immer näher. Er hatte keine Chance, ihnen zu entkommen. Ben spürte, wie ihm die Luft ausging. Dann hörte er die Stimme seines Sohnes Pat, der nach ihm rief.

»Du trägst die Verantwortung! Nicht ich!«

»Für was?«, rief Ben atemlos zurück.

»Du trägst die Verantwortung«, vernahm er noch einmal die scharfe Anklage seines Sohnes. Pat blickte ihn vorwurfsvoll an. Ben keuchte.

»Ich bin mitten in den Ermittlungen, Junge. Das dauert alles seine Zeit.«

Als die Stimme seines Sohnes verstummte, tauchte Barns Stimme auf. Sie jagte Ben erneut Schweißperlen aus den Poren.

»Wie viel ist Ihnen Ihr Leben wert?«, hörte er sie deutlich in seinen Ohren.

Ohne dass es Ben bemerkte, presste er im Schlaf die Hände auf die Ohren. Dann hörte er nichts mehr. Stille umgab ihn. Stille, Finsternis und frostige Kälte. Irgendjemand zerrte an seinen Armen. Irgendetwas knurrte. Erschrocken riss Ben die Augen auf und wollte schreien. Er lag rücklings auf dem Waldboden. Hilflos wie ein Käfer. Kein Laut kam über seine Lippen. Die Schreie blieben stumm. Über ihm fletschte ein großer Wolf die Zähne. Gelbe Augen starrten ihn an. Ben rang mühsam nach Luft, während er sich langsam damit abfand, dass sein letztes Stündlein geschlagen hatte. Doch der Wolf sprach zu ihm. Deutlich vernahm er nun die Stimme des jungen Indianers Cody White Crow.

»Tu du deinen Job! Ich tue den meinen.«

Ben schnappte nach Luft und wälzte sich erneut im Bett hin und her. Dann polterte er hart auf den Holzfußboden. Seine Schlafdecke folgte ihm. Verwirrt fuchtelte er um sich. Nur langsam wurde ihm bewusst, wo er sich befand. Er fragte nach seiner Frau. Sie antwortete nicht. Mühsam rappelte er sich auf und schaltete das Licht an. Er war allein. Das Bett seiner Frau war noch immer unberührt. Es war Mitternacht. Ben Clifford schüttelte sein dickes Kopfkissen auf und lehnte sich dagegen. Er bevorzugte es, sitzen zu bleiben, weil er Angst hatte, wieder einzuschlafen. Auch das Licht blieb an, als er die Decke über seine Beine zerrte. Dann schaltete er den kleinen Fernseher an. Ihm war egal, was gerade kam, Hauptsache, er war nicht allein. Menschen erzählten und lachten. Ben Clifford hing seinen eigenen Gedanken nach.

Verrat

Das Licht der aufgehenden Sonne schimmerte durch die Bäume. Es kitzelte Montaya Sun Road auf der Nase. Sie lächelte im Halbschlaf, weigerte sich, die Augen zu öffnen. Sie sog kalte, feuchte Luft durch ihre Nase und genoss die Wärme, die sie umgab. Sie spürte den Arm, der über ihrem Körper ruhte und sie sanft festhielt. Sie spürte den Körper, der dicht hinter ihr lag und sich an den ihren schmiegte. Montaya weigerte sich noch immer, die Augen zu öffnen, obwohl ihr Geist nun wach war. Sie genoss den Augenblick, in dem die Welt in Harmonie mit ihrem Körper und ihren Gedanken war, und sie wünschte sich so sehr, dass dieser Augenblick ewig dauern könnte. Geborgen, glücklich und ein wenig stolz war sie. Vorsichtig tastete sie nach der Hand, die auf ihrem Bauch ruhte. Sanft legte sie ihre eigene darauf. Die Hand bewegte sich kaum merklich. Dann spürte sie einen Atemzug in ihrem Nacken und öffnete die Augen. Nebelschwaden standen gespenstisch zwischen den Bäumen. Sie hüllten das Land ringsum in eine eigenartige Stille. Nur das Knacken einiger Zweige war zu hören. Es klang fast bedrohlich. Montaya hatte keine Angst mehr, selbst wenn dieser Shore plötzlich aus dem Nebel auftauchen würde. Cody war bei ihr! Cody und Mellow. Der lag zu Füßen der Zweibeiner und hob, als hätte er Montayas Gedanken verstanden, den Kopf und blickte kurz zu ihr. Montaya drehte sich zu Cody um. Sie schaute direkt in seine Augen. Er lächelte. Sein Lächeln sagte mehr als Worte.

»Guten Morgen«, flüsterte er.

Montaya wich seinem Blick rasch aus.

»Guten Morgen«, flüsterte sie zurück.

Eines der Pferde schnaubte durch die schwere Luft. Es klang gedämpft, unwirklich.

»Wie geht es dir?«, fragte Montaya leise.

»Siehst du das nicht?«

Montaya richtete ihren Blick wieder zu Cody und versuchte verzweifelt, sich hinter ihren schlagfertigen Worten zu verstecken. Nicht ein einziges fiel ihr ein. Als sie anhob, doch etwas zu sagen, spürte sie Codys Lippen auf ihrem Mund. Montaya wehrte sich nicht. Cody umschlang sie mit beiden Armen und zog sie sanft näher zu sich heran. Einen Augenblick lang wurde ihr schwindlig und heiß. Tausend Mal hatte sie ihn gesehen, mit ihm gearbeitet, geredet und gescherzt.

Niemals hätte sie sich vorstellen können, dass er sie küssen würde. Nicht so. Aber er tat es gerade zum zweiten Mal. Montaya spürte etwas tief in sich, das sie so noch nie gefühlt hatte. Es fühlte sich gut an. Fast atemlos lösten sie sich voneinander. Cody rang nach Luft. Beide atmeten ein paar Mal tief ein und aus. Dann lachten sie leise.

»Mir geht es so gut wie noch nie. Der Alte hatte recht«, flüsterte Cody. Montaya sah ihn fragend an.

»Hier oben im Wald, am See, in den Bergen ist die Welt eine andere. Ich wusste das. Aber ich habe bis eben nicht gewusst, was mir in dieser Welt fehlte«, grinste er.

»So? Was denn?«, fragte Montaya hintergründig.

»Eine Frau, die für mich kocht, wäscht und das Haus sauber hält.«

Montaya trommelte empört mit ihren Fäusten gegen Codys Brustkorb. Er lachte. Erst als er schmerzvoll stöhnte, hörte sie auf damit. Mellow knurrte leise.

»Willst du mich umbringen, Montaya Sun Road?«, brachte er nur mühsam hervor.

»Wenn ich das wollte, hätte ich das gestern Abend schon getan«, antwortete sie amüsiert.

Dann wollte sie aufstehen. Die Ewigkeit des Augenblicks war längst vorbei. Doch Cody hielt sie zurück, mit einer Kraft, die sie von ihm noch nicht erwartet hatte. Dann sah er ihr ernst in die Augen. So eindringlich, dass Montaya seinem Blick ein zweites Mal auswich.

»Ich liebe dich, Montaya. Nicht erst seit gestern Abend«, hörte sie seine entschlossene Stimme.

Die folgende Stille war von Erwartungen getränkt, von Hoffnungen und Ängsten. Langsam hob Montaya ihren Blick wieder. Sie betrachte das Gesicht des jungen Mannes, den sie glaubte, schon viele Jahre zu kennen. Jetzt hielt sie seinem Blick stand. Seine dunklen Augen glitzerten geheimnisvoll wie das Wasser des Sees im Dämmerlicht des anbrechenden Tages. Er war mutig genug, diese Worte auszusprechen, die er ihr sonst wahrscheinlich nie gesagt hätte. Sie wusste, dass er nicht scherzte. Sie neigte sich zu ihm und erwiderte seine Worte mit einem Kuss, der keine Zweifel aufkommen ließ, dass auch sie ihn liebte.

Stunden später hatten sie die Sachen gepackt, ihre Spuren verwischt und saßen auf den Pferden. Der Nebel hatte sich aufgelöst. Sonnenlicht flirrte durch die Blätter der Zweige.

»Gehen wir ein Stück. Ich möchte dir etwas zeigen«, lächelte Cody geheimnisvoll.

Er ging mit seinem Wallach voran. Der Wald rechts und links des Weges wurde dichter und führte weiter bergauf. Zunächst war es still ringsum. Dann lichtete sich der Wald allmählich, der Weg wurde breiter, sodass die Pferde nebeneinander gehen konnten, und endete auf einem Felsplateau. Reglos verharrten die beiden Ureinwohner, die seit Anbeginn zu diesem Land gehörten, vor dem Abgrund. Nur der Wind spielte mit Montayas langem Haar. Der Wind spielte auch mit den Mähnen und Schweifen der Pferde und brachte dürre Zweige zum Rascheln. Cody wies mit der Hand über das Tal, welches sich vor ihren Füßen ausdehnte. Das Wasser des Flusses sprang über Steine und wand sich abwärts. Leises Rauschen drang zu ihnen herauf. So weit das Auge reichte, erstreckte sich der Wald mit seinen Ahornbäumen, Zedern und Kiefern. Ihr Duft erfüllte die Luft. Am Horizont erhoben sich majestätisch einige schneebedeckte Felsen, jenseits der Vegetationsgrenze. Gegenüber ihrem Standpunkt ragte eine Felswand steil empor. Cody richtete seinen Blick suchend zum Himmel hinauf. Er hatte den schwarzen Punkt längst erblickt und beobachtete ihn aufmerksam. Der Punkt nahm die Gestalt eines großen Vogels an, der über ihnen kreiste. Er hatte seine Flügel ausgebreitet und segelte schließlich auf die Felswand zu.

»Dort oben ist sein Nest«, sagte Cody leise zu Montaya.

Sie richtete ihren Blick genau dorthin. Der Weißkopfseeadler streckte im Landeanflug die Krallen nach vorn aus und balancierte mit den Schwingen, bis er Halt gefunden hatte.

»Zauberhaft«, flüsterte sie.

»Das alles ist das Vermächtnis des alten Mannes«, antwortete Cody ebenso leise.

»Und das Geheimnis der Schöpfung und der Zauber unserer Großmutter, unseres Landes«, sagte Montaya ehrfurchtsvoll.

Cody nickte.

Der Adler hatte die Flügel angelegt und war kaum noch zu erkennen. Cody ließ den Wallach antreten.

»Gehen wir weiter.«

Der Weg, den Cody wählte, führte bergab. Sie verließen die Hochebene. Die beiden Menschen auf ihren Pferden und der Hund, der sie begleitete, traten aus dem Sonnenlicht und tauchten in den Schatten der Bäume. Irgendwann drang ein Rauschen durch die Stille zu ihren Ohren.

»Der Fluss«, sagte Cody, »… in den ich gefallen bin, als dieser Mann auf mich schoss. Er hätte mich um ein Haar getötet. Der Fluss hat mich gerettet. Weiter unten ist der Wasserfall. Dort glaubte ich zu ertrinken.«

Cody grinste triumphierend. »Aber ich lebe. Die Kleinen Leute haben mich beschützt und dich zu mir geschickt.«

Montaya lächelte.

Je weiter sie flussabwärts kamen, desto lauter wurde das Rauschen. Mit gewaltigem Tosen schoss das Wasser über den Felsvorsprung hinab. Tausende kleine Tropfen stoben durch die Luft und hüllten das hinabstürzende Wasser in einen geheimnisvollen Nebel. Stellenweise zeigte sich im Sonnenlicht das Farbspektrum des Regenbogens. Montaya lächelte glücklich, als Cody sie am Arm berührte. Sie konnte kaum den Blick davon abwenden. Langsam gingen sie weiter. Die Bäume warfen Schattenstreifen, die mit dem Licht der Sonnenstrahlen wechselten. Mellow streifte durch den Wald. Das Rauschen des Wassers wurde leiser, als sich der Wald lichtete. Dort, weiter unterhalb des Falles, durchquerten sie den Fluss an einer seichten Stelle. Friedlich plätscherte das Wasser über den Kies. Cody blickte zu Montaya und lächelte. Ihre Blicke trafen sich. Sie brauchten keine Worte. Frischer Frühlingswind blies in ihre Gesichter. Langsam gingen sie weiter. Am Mittag erreichten sie die Lichtung am See, an dem Sheloquins Holzblockhaus gestanden hatte. Codys kleines Jagdzelt, das er den Landvermessern für die Übernachtung gegeben hatte, stand noch genau an derselben Stelle. Mellow schnupperte überall herum. Er schien eine Spur gefunden zu haben und folgte dieser.

»Das ist das Herz des Landes, das der alte Mann beschützte. Es lebt. Es atmet. Es spricht zu uns«, sagte Cody, stoppte sein Pferd und ließ sich hinabgleiten.

Kaum merklich verzog er das Gesicht. Die Schmerzen waren gegenwärtig. Er hielt sich einen Augenblick am Pferd fest, atmete tief durch und richtete sich auf. Das Pferd begann an einzelnen Grashalmen zu knabbern. Montaya stieg ebenfalls ab. Cody ging langsam über die Lichtung, als würde er etwas suchen. Montaya beobachtete ihn. Dann blieb Cody stehen und winkte ihr, zu ihm zu kommen.

»Drei verschiedene Fußabdrücke, drei Männer. Schlecht zu erkennen, weil Cliffords Männer die Spuren verwischt haben.«

Mellow bellte kurz auf. Dann raschelte es im Dickicht. Kurze Zeit darauf erschien der Hund mit seiner Beute im Maul. Er brachte sie direkt zu Cody. Der nahm ihm den Stofffetzen ab und lobte Mellow überschwänglich. Der tänzelte freudig vor Codys Füßen umher und wedelte mit der Rute.

»Ein Stück blutiger Stoff. Jemand war sehr in Eile und zerriss sich das Hemd auf der Flucht. Der Stoff passt zu dem Hemd des zweiten Landvermessers. Staff Sergeant Clifford redete zunächst nur von einem Toten. Der Mann ist panisch durch das Dickicht gerannt, wie ein Hirsch, der den Jägern entkommen will«, stellte Cody fest.

»Vielleicht lebt der Mann noch. Vielleicht ist er aber inzwischen auch tot.«

Montaya blickte zum Boden und dann fragend zu Cody. Der Schatten seiner Hutkrempe reichte über beide Augen bis zu seiner Nasenspitze.

»Drei verschiedene Fußspuren. Drei Männer. Drei Mörder …«, überlegte Montaya.

Cody nickte.

»Vielleicht auch die Männer, die meinem Vater zugesetzt haben«, überlegte Montaya weiter.

Cody nickte wieder. »Dort drüben, unter der großen Gelbzeder, haben sie die Pferde geparkt. Sie haben sich nicht einmal die Mühe gemacht, die Spuren zu verwischen. Das Spiel ist noch nicht zu Ende, Montaya«, sagte er und sah ihr direkt in die Augen.

»Hast du einen der Männer erkannt?«, fragte sie.

»Ich habe alle drei Männer gesehen. Zwei sind tot. Der dritte war schwer abzuschütteln. Er war groß und wirkte wie ein typischer Westernheld aus alten Filmen. Sie nannten ihn Shore. Er hätte mich fast getötet, und er ist mir entkommen.«

Montaya wurde bleich.

»Shore«, flüsterte sie.

»Du kennst den Mann?«, fragte Cody erstaunt.

Montaya nickte abwesend und berichtete Cody von ihrer Begegnung mit diesem fremden, ihr unheimlichen Mann, den sie genau beschreiben konnte. Cody runzelte angestrengt die Stirn und beobachtete Montaya aufmerksam, während sie erzählte. Sie erwähnte auch ihren furchtbaren Traum und beendete ihre Ausführungen mit ihrer Ankunft bei ihrem Vater.

»Ich kenne diesen Mann nicht, aber ich weiß inzwischen, dass er ein Auftragskiller ist. Er arbeitet für jemanden, der mich aus dem Weg haben wollte. Ich denke, dieser Jemand ist auch der Mann, der den alten Sheloquin hat töten lassen«, schlussfolgerte Cody.

Montaya sah Cody schweigend an. In ihrem Blick lag eine Mischung aus Angst und Sorge. Cody lächelte ihr aufmunternd zu und verschwieg die Ankunft der anderen sechs Männer, die mit den Helikoptern heraufgekommen waren, um nach ihm zu suchen.

Sie seufzte.

Cody untersuchte schließlich eingehend das Innere des Zeltes. Auch hier hatten Clifford und seine Constables alle möglichen Spuren vernichtet. Cody verzog das Gesicht und schüttelte den Kopf über so viel Stumpfsinn.

Weshalb hatte Shore die Landvermesser überfallen? Weshalb Smith getötet? Wie konnte der andere Mann entkommen? Wo war der jetzt, und war er tot oder lebendig?

Das waren die Fragen, die Cody durch den Kopf schossen. Er kroch mühsam aus dem Zelt und richtete sich langsam wieder auf. Es schmerzte. Cody verzog das Gesicht und biss die Zähne aufeinander. Wer ein Interesse daran hatte, die Landvermesser aus dem Weg zu räumen, blieb ein Rätsel.

Vielleicht hatte Shore gedacht, ihn mit seinem Bruder gemeinsam darin zu erwischen?, sinnierte Cody weiter.

Ihm fiel ein, dass diese Männer in seinem Namen heraufbeordert worden waren. Es war verwirrend. Nichts passte zusammen.

Nichts ergab einen Sinn.

Montaya berührte Cody und holte ihn aus seinen Gedankengängen zurück. Cody rang sich ein Lächeln ab. Dann griff er nach Montayas Hand und zog sie sanft mit sich, vorbei an den verkohlten Resten des Hauses. Dort, wo die Veranda dem See zugewandt gewesen war, lag ein Baumstamm. Während der vom Sturm entwurzelt am Boden lag, trug die Baumkrone noch immer braune, vertrocknete Blätter. Sie setzten sich auf den Stamm. Noch immer hielt Cody Montayas Hand fest, als befürchte er, sie könnte ihm davonlaufen. Schweigend blickten sie zum See, dessen Oberfläche im Licht der Sonne glitzerte.

»Es ist wunderschön hier«, sagte Montaya leise.

Cody schwieg. Er lächelte zufrieden.

Montaya bemerkte es.

Dieses Lächeln hatte sie verzaubert. Reglos saß sie neben Cody White Crow, in dessen Bann, im Bann dieses Sees und dieses Landes. Sie glaubte, den Atem zu spüren, den Herzschlag, der von diesem Land ausging. Es schien zu ihr zu sprechen. Sie verstand, was den alten Sheloquin hier gehalten hatte. Montaya glaubte, auch Cody zu verstehen. Dieses Land lebte, war ein Teil ihrer selbst, Großvater und Großmutter. Niemand würde es jemals aufgeben. Kein Skwahla, kein Squamish, kein Ureinwohner, kein Cody White Crow. Einen Augenblick spürte sie deutlich den Stolz, eine Squamish zu sein. Sie atmete tief durch. Nicht dieses Land gehörte ihnen. Sie gehörten dem Land! Sie wusste nicht, wie lange sie dort saßen, als sich Cody schließlich erhob. Nicht ein Wort hatte er gesagt. Die Zeit hatte hier oben in den Bergen ihre Bedeutung verloren. Die Sonne stand bereits zwei Handbreit über dem westlichen Hügelkamm. Wortlos stieg Cody auf sein Pferd. Mellow gesellte sich sofort zu ihm. Montaya saß ebenfalls auf. Sie blickte zu Cody und lächelte. Doch der schaute ausdruckslos ins Nirgendwo und wandte sein Pferd.

Cody hatte beschlossen, die folgende Nacht an der Felswand zu verbringen, an der er bereits mit seinem Bruder übernachtet hatte. Es schien ihm noch immer der beste Platz dafür zu sein. Shore würde mit Sicherheit in dieser Nacht nicht wieder hier auftauchen. Montaya folgte Cody. Noch bevor die beiden die Lichtung bei der Felswand erreicht hatten, stoppte er sein Pferd und stieg ab. Auch Montaya ließ sich vom Pferd gleiten. Dann sah sie sich um. Nichts als unzählige Bäume, einige Sträucher und unberührter Waldboden ringsum. Durch die frischgrünen Blätter flirrte das abendliche Sonnenlicht. Zwischen den Baumstämmen, die hangabwärts standen, schimmerte das blaugrüne Wasser des Sees. Eine Hummel schwirrte brummend umher und verschwand wieder. Vögel zwitscherten in den beginnenden Abend. Einen Augenblick lang fühlte sich die junge Squamish um Hunderte von Jahren zurückversetzt.
»So müssen meine Vorfahren dieses Land gekannt haben, in das ich hineingeboren wurde, als ein Teil des großen Landes, des Wassers und der klaren Luft«, sagte Montaya zu sich selbst.
»Nun studiere ich diese Dinge, um sie vor dem Vergessen zu schützen. Vielleicht schreibe ich eines Tages Bücher darüber, halte Vorträge und unterrichte Kinder.«
Es war ein großer Gedanke. Es war ein schöner Gedanke. Mellow war wieder aufgetaucht und stupste Montaya mit seiner feuchten

Nase aus ihrem Tagtraum. Sie lächelte und begann, sein Fell zu kraulen. Das schien dem Hund zu gefallen und er gab ein gurgelndes Geräusch von sich.

»Deine Worte gefallen mir«, schmunzelte Cody.

Montaya fühlte sich ertappt, als ihr bewusst wurde, dass sie ihre Gedanken ausgesprochen hatte. Sie lächelte scheu zu ihm.

»Wir werden heute Nacht hier schlafen«, sagte Cody. »Hier riecht es stark nach Zedern. Das überdeckt unseren Geruch.«

Montaya nickte.

Die Sonne stand bereits tief und berührte den Bergkamm. Ihre Strahlen malten Streifen auf den Staubboden vor dem Felsvorsprung an der Steilwand. Mellow war wieder aufgetaucht und suchte sehr gründlich den Platz ringsum ab. Als auch er zufrieden schien, verlangte er seinen Hut von Cody. Cody lachte und warf ihn zu dem Hund, der sofort seine Pfoten darüber kreuzte. Montaya schmunzelte über dieses eigenartige Ritual der beiden. Dann schickte sich Cody an, ein paar Zweige zusammenzutragen. Ohne zu fragen, half ihm Montaya. Dann entfachte er sein kleines Feuer.

»Glaubst du nicht, dass uns das Feuer verraten könnte?«, fragte Montaya verwundert.

Cody nickte. »Aber es ist romantischer als der Gaskocher«, grinste er süffisant.

Montaya kicherte.

»Sehr trockenes Holz kleiner Zweige verursacht kaum Rauch, und manche Suchende sind blind«, fügte Cody hinzu.

»Shore glaubt, dass ich tot bin. Er hat mich schwer verletzt und er hat mich in den reißenden Fluss stürzen sehen. Niemand überlebt so etwas.«

»Außer einem verrückten Outlaw, der mit einem Hund und einem alten Filzhut zu Fuß durch die Berge streift«, grinste Montaya.

Cody schmunzelte. »Und den niemand in den Bergen finden kann – außer einer verrückte Squamishfrau, die eine Vision hatte. Ich möchte dich nicht zum Feind haben.«

Codys Humor, den Montaya nur zu gut kannte, den sie immer gemocht hatte, verunsicherte sie in dieser Situation. Cody schien das gerade in diesem Moment bemerkt zu haben und lachte leise. »Mir geht es gut, wirklich. Die Schmerzen sind erträglich, und ich bin durchaus in der Lage, für uns zu sorgen.«

»Ich habe keine Angst«, log Montaya.

Auch das schien Cody bemerkt zu haben.

»Niemand macht sich die Mühe, uns diese Nacht hier zu suchen. Sie tragen die Schlacht nunmehr an ihren Schreibtischen aus«, sagte er leise. »Hast du noch etwas von deinen Dosensuppen? Ich habe Hunger.«

»Natürlich.«

Montaya kochte die Suppe auf dem kleinen Campingkocher. Das ging schneller. Währenddessen teilte sie den Rest des Brotes auf.

Nach dem Essen lehnte sich Cody White Crow entspannt gegen den Felsen, immer darauf bedacht, nicht an seine Verletzungen zu kommen. Sein Blick war auf das kleine Feuer gerichtet. Leise knackten die Zweige darin. Die Sonne war inzwischen hinter dem Hügelkamm verschwunden. Das Tageslicht wich langsam der Dämmerung. Mit dieser zog die kalte, feuchte Luft wieder auf. Montaya saß Cody gegenüber und kroch in ihre Steppjacke. Sie spürte das heimliche Verlangen, zu ihm hinüberzukriechen, in seine Arme, um sich an seinem Körper zu wärmen. Der schwache Schein des Feuers beleuchtete das Gesicht des jungen Mannes, der davor saß und hineinblickte, als könne er darin lesen.

»Was denkst du?«, fragte Montaya leise.

»Ich habe mir gerade gewünscht, dass wir beide für immer hier bleiben«, sagte er leise.

Stille.

Nur das Feuer knisterte.

Cody starrte noch immer in die kleinen, züngelnden Flammen. Er wartete gebannt auf Montayas Reaktion. Er wagte nicht, sie anzusehen.

Montaya schwieg.

»Du?«, fragte sie nach langer Zeit.

»Du bist … Du bist der Erbe des alten Mannes?«, flüsterte sie, als ob sie befürchte, es könnte sie jemand hören.

Cody nickte kaum merklich.

»Bist du dir sicher?«, fragte Montaya.

»Mellow hütet das Geheimnis seit Jahren«, sagte Cody leise. »Ich habe dem Alten mein Wort gegeben, dass ich den Brief erst an dem Tag öffne, wenn ich bereit bin sein Erbe anzutreten.«

Montaya sah unwillkürlich zu dem Hund, der auf dem braunen Cowboyhut lag. Natürlich! Entweder trug Cody seinen Hut auf dem Kopf oder der Hund bewachte ihn akribisch. Bisher hatte sie das immer belächelt, so wie die meisten anderen, denen dieses eigenartige Ritual der beiden aufgefallen sein musste. Jetzt wurde ihr einiges klar. Sie lächelte. Dann lachte sie leise.

»Ich will nicht allein sein. Nur mit dir an meiner Seite werde ich das Erbe antreten«, sagte Cody entschlossen.

Dann blickte er Montaya an. Ihre Blicke trafen sich. Montaya zögerte. Doch dann kroch sie zu Cody, setzte sich neben ihn und zog den Schlafsack über ihre Füße.

»Wirst du mich wärmen, wenn mir kalt ist?«, fragte sie.

Cody legte den Arm um sie, zog sie ein Stück näher zu sich heran und sah ihr direkt in die Augen.

»Ja«, antwortete er. »Und wirst du mir Dosensuppe kochen, wenn ich hungrig bin?«

Montaya kicherte. »Nein! Sie schmeckt furchtbar.«

Montaya fuhr mit ihren Händen unter sein Hemd und strich ihm sanft über die Haut.

»Du hast kalte Hände«, stellte er fest.

»Sie sind auf der Suche.«

»Wonach?«

»Nach dem Feuer, das sie wärmen kann.«

Cody schmunzelte.

Er wandte sich ganz zu Montaya um, schlang vorsichtig beide Arme um ihren Körper und begann sie zu küssen. Er konnte ein leises Stöhnen nicht unterdrücken, während er versuchte, seine Schmerzen zu verdrängen. Wohlige Wärme durchströmte seinen Körper, als sich ihre Zungen berührten. Alles ringsum schien sich plötzlich zu drehen. Langsam neigte sich Cody über Montaya. Er spürte ihre kalten Hände vorsichtig über seinen Rücken gleiten. Die Haut zog sich fröstelnd zusammen.

»Okay. Zieh dich aus«, sagte Cody. Er schmunzelte, als er Montayas erschrockenem Blick begegnete. Auffordernd nickte er. »Ich werde dich wärmen, aber ohne störende Kleidung ist das effektiver«, flüsterte er. »Das wussten schon unsere Vorfahren.«

Montaya schluckte schwer, widersprach aber nicht. Ihre Wangen erröteten unwillkürlich. Doch Cody beachtete sie kaum, denn er entkleidete sich selbst. Dann schob er sich vorsichtig auf Montaya und zog den Schlafsack zu.

»Hättest du das mit einem Mann auch gemacht?«, fragte sie leise.

»Nur im Notfall.«

Montaya kicherte leise.

»Aber du, Montaya Sun Road, verwirrst meine Gedanken.«

Cody atmete heftiger, während er Montaya betrachtete und mit seinem Finger den Träger ihres BH's herabzog.

Wieder schluckte Montaya schwer. Sie konnte den Blick nicht von ihm wenden. Sie wollte es auch nicht. Der Boden unter ihr schien nachzugeben, als sie selbst aus dem BH kroch. Dann legte sie die Hand auf Codys Finger und führte diese zu ihrer Brust.

»Vorsicht. Das könnte ungeahnte Folgen haben«, murmelte Cody, während er sie zu küsste.

»Hmhm …«, seufzte Montaya und strich mit ihren Händen an seinem Körper herab, bis zu seinen Boxershorts.

Cody sog scharf die Luft durch seine Nase ein. Es wurde heiß im Schlafsack und eng. Cody öffnete ihn. Während die Flammen des Feuers die Zweige längst verschlungen hatten, glühte die rotgelbe Glut in der Dunkelheit. Mellows Kopf lag auf dem Hut. Er blinzelte. Gelangweilt beobachtete er das eigenartige Treiben der beiden Menschen. Das Feuer in ihren Herzen begann lichterloh zu brennen und ergriff ihre Körper. Die Nacht zog über sie, wie eine schwarzblaue Decke mit Sternenpunkten. Die Kälte konnte ihnen nichts mehr anhaben.

Montaya wich auch am folgenden Tag nicht von Codys Seite. Seine Wunden heilten gut und schienen ihn kaum noch zu behindern.

»Dort unten ist der See«, sagte Cody und wies mit dem Kopf in besagte Richtung. »Ich will dir etwas zeigen.«

Cody griff nach Montayas Hand. Dann zog er sie mit sich den Hang hinab bis zum Ufer. Mellow hatte das Ufer bereits vor ihnen erreicht und sprang in das Wasser. Mehrere alte, knorrige Bäume standen dort. Durch die graue Rinde wirkten die Stämme wie versteinert. Einige ihrer Zweige hingen bis zur Wasseroberfläche herab und bewegten sich kaum merklich. Cody ging langsam, setzte jeden Fuß mit Bedacht auf den weichen Boden. Er schien etwas zu suchen. Dann blieb er stehen, ließ Montayas Hand los und ging in die Hocke.

Vorsichtig begann er mit den Händen verwelkte Blätter und Zweige zur Seite zu schieben. Ein Stück Plane kam zum Vorschein. Er hob sie an und vergewisserte sich, dass das, was er darunter vermutete, auch dort war. Dann winkte er Montaya, sich das anzusehen. Sie hockte sich neben ihn.

»Ein Boot«, stellte sie fest.

Cody nickte zufrieden.

»Es gehörte dem alten Mann. Er hat es hier versteckt, für alle Fälle«, sagte Cody leise.

Der Hund kam aus dem Wasser und schüttelte sich. Wassertropfen flogen umher. Dann kam er zu Cody und sah diesen erwartungsvoll an, als wollte er ihn fragen, was er tun sollte.

»Geh zu den Pferden«, sagte Cody. »Pass auf.«

Mellow verschwand hangaufwärts im Gesträuch.

»Präge dir diese Stelle gut ein, damit du sie jederzeit wiederfinden kannst«, sagte Cody zu Montaya. »Der See hat einen Zufluss zwischen den Felswänden gegenüber und einen Abfluss, der nur schwer zu finden ist. Wenn du in die Strömung des Sees kommst, treibt sie dich genau dorthin. Der Abfluss gleicht einer Lagune und mündet weiter unten im Tal in den Fraser River. Das zeige ich dir später.«

Montaya nickte mehrmals.

Sie hatte Cody ihr Wort gegeben, bei ihm zu bleiben, hier in den Bergen, auf Sheloquins Land, das nun Codys Land war und damit auch ihr neues Zuhause. Im nächsten Sommer, wenn sie ihr Studium beendete, dann würde sie Codys Frau sein. Das Gestern hatte ihr Leben verändert. Sie war Cody in die Berge gefolgt, weil sie sich um ihn sorgte. Was geschehen war, war nicht vorauszusehen gewesen. Oh, Montaya liebte diesen Mann, auch wenn sie es nicht für möglich gehalten hätte, sich in ihren besten Freund zu verlieben. Während sie ihren Gedanken nachhing, beobachtete sie, wie Cody die Plane über dem Kanu wieder mit Laub und kleinen Zweigen bedeckte und darüberwischte. Dann pustete er einige Blätter von seiner Hand über das Versteck. Schließlich erhob er sich und warf einen letzten prüfenden Blick darüber.

»Gut. Gehen wir«, sagte Cody leise.

Er sprach überhaupt immer leise, seitdem sie hier oben waren. Gerade so, als würden unbekannte Ohren mithören. Das war Montaya längst aufgefallen.

Plötzlich hielt Cody inne und lauschte. Er bemerkte Montayas fragenden Blick auf sich gerichtet. Eine Haarsträhne hatte sich aus ihrem Zopf gelöst und hing frech über ihr Gesicht. Ein Schwarzbär trottete am Ufer des Sees entlang. Sein Fell schimmerte unauffällig zwischen Ästen und Blättern, sodass der menschliche Blick ihn erst suchen musste. Der Bär soff in aller Ruhe und fuhr immer wieder mit seiner Pranke durch das Wasser. Montaya war wie gelähmt. Sie starrte zu der Stelle, wagte nicht, sich zu bewegen. Cody beobachtete den Bären. Ein Lächeln erschien auf seinem Gesicht, als sich schließlich Montayas und sein Blick trafen. Der Bär hatte Zeit. Vorsichtig zogen sich die beiden Menschen zurück. Mellow lag bei den Pferden. Er hob den Kopf, als Cody und Montaya auftauchten. Dann packten sie ihre Sachen. Mit größter Sorgfalt verwischte Cody alle Spuren, als sie ihren Lagerplatz aufgaben.

Montaya beobachtete ihn aufmerksam dabei.

Cody hatte beschlossen nach Hause zu gehen. Er hatte keine Beweise für seine Unschuld gefunden. Beide zweifelten daran, dass das von Mellow gefundene Stück Stoff helfen würde. Doch der Staff Sergeant konnte es zur Untersuchung der Blutspuren schicken. Cody würde sich stellen müssen. Angst begann in Montaya zu keimen. Sie versuchte, diesen Gedanken beiseite zu wischen. Cody wusste genau, was er tat, beruhigte sie sich.

Mellow streifte umher und bewachte so die Menschen und Pferde auf seine Weise. Eines der Pferde schnaubte hin und wieder entspannt. Ein Zeichen dafür, dass alles in Ordnung war. Montaya, die voran ritt, wandte sich zu Cody um. Er lächelte und gab ihr in Zeichensprache zu verstehen, dass sie sich rechts halten sollte. Sie nickte und tat das. Keinen Weg, keinen Pfad und keine Brücke gab es in diesem Stück Land. Es schien gerade so, als ob nie ein menschlicher Fuß es je berührt hätte.

Die Sonne neigte sich bereits den westlichen Bergketten zu, und noch immer irrten zwei Menschen mit drei Pferden durch den dichten Wald, fast immer bergauf. Als der Busch sich lichtete, führten sie die Pferde langsam über glatte Felsplatten.

»Bist du dir sicher, dass wir in die richtige Richtung laufen?«, fragte der junge den älteren Mann.

Der schnaufte nur unschlüssig. Dann blieb er stehen und sah sich hilfesuchend um.

»Wozu gibt es mobile Telefone, wenn man nirgendwo Empfang hat?«, fluchte er. »Es könnte ja so einfach sein. Nur ein Anruf vom Schreibtisch aus.«

»Es gibt Gebiete, die im Schatten der Berge liegen. Außerdem hatte ich dir gesagt, dass es besser ist, das Funkgerät mitzunehmen, Vater. Aber du weißt ja immer alles besser.«

Der Dicke murrte nur unwillig.

»Ich denke, du warst schon zweimal bei dem Haus des Alten?«, fragte Pat Clifford scharf.

»Ja, war ich. Aber mit dem Helikopter! Es sieht hier alles so verdammt gleich aus. Und du, Junge, kennst dich hier genauso wenig aus. Vielleicht sollten wir besser umkehren.«

Der Angesprochene blieb so abrupt stehen, dass sich sein Pferd erschreckte, und stemmte die Hände provokant in die Hüften.

»Niemals!«, fuhr er den Dicken an. »Wenn du gehen willst, dann geh! Aber ohne mich, Vater!«

Ben Clifford erstarrte und schluckte. Er konnte seine Wut kaum noch zügeln. Was machte er eigentlich hier? Er sollte die Füße still halten. Er hatte mühevoll verhindern können, dass sein Sohn ein paar Mounties oder gar eine Bürgerwehr mobilisieren konnte. Stattdessen hatte er sich persönlich und Kraft seines Amtes bereit erklärt, mit diesem Sturkopf in die Berge zu reiten. So hatte er seinen Sohn wenigstens im Auge.

»Halte Augen und Ohren offen. Hier muss irgendwo der Fluss sein«, sagte Ben schließlich eine Spur versöhnlicher.

Pat nickte und ging weiter.

Eine Stunde lang ritten sie weiter steil aufwärts, ohne ein Wort miteinander zu reden. Dann hatten sie den Kamm erreicht und konnten das Tal zu ihren Füßen überblicken. Ein großes, breites Tal zwischen den Bergen. Die Sonne blendete ihre Augen. Irgendwann stieß Pat seinem Vater gegen den Arm und wies mit dem Finger hinunter.

»Der Fluss«, sagte er.

Bens Blick streifte suchend über das Tal, in der Richtung, in die sein Sohn zeigte.

»Tatsächlich«, bestätigte er.

Bevor sie den Abstieg in das Tal und den Weg zum Fluss bewältigten, sollte es wieder Abend werden. Am Ufer des Flusses mussten sie eine weitere Nacht unter freiem Himmel verbringen. Mondlicht spiegelte sich auf der Wasseroberfläche. Es schien darauf zu tanzen. Das Spiegelbild der Bäume glich schwarzen Gestalten und wirkte unheimlich. Das Flusswasser glitt fast lautlos vorbei. Nur das leise Murmeln, während es über eine Handvoll Steine stolperte, war zu hören. Pat machte ein Feuer, an dem sie die steifen Glieder wärmen konnten. Er war der Hoffnung, dass Cody es sehen könnte. Die Nacht war kalt, aber fast windstill.

Der nächtliche Sound der Wildnis jagte Pat noch immer einen kalten Schauer über den Rücken. Er erschreckte bei jedem knackenden Zweig und jedem Rascheln am Boden. Selbst sein Vater horchte jedes Mal auf und blickte nervös umher. Bären, Luchse, Berglöwen und Wölfe teilten sich das Gebiet. Sie hatten ihre eigenen Grenzen und ihre eigenen Regeln. Sie kannten keine Furcht. Die Jäger der Nacht waren die uneingeschränkten Herren der Wälder. Sie fürchteten nur einen Feind: den Menschen. Sie konnten ihn kilometerweit riechen und waren klug genug, ihm rechtzeitig aus dem Weg zu gehen. Aber manchmal kreuzten sich ihre Wege dennoch, denn der Mensch nahm ihnen immer mehr von ihrem Jagdgebiet, ihrem Lebensraum weg. Pat fühlte sich schuldig. Er wusste nicht, warum. Er war kein Jäger. Cody war der Jäger. Und trotzdem schien der solche Gedanken nicht zu haben. Die Tiere des Waldes zeigten sich ihm, als hätten sie keine Furcht vor diesem Menschen. Der Schrei einer Eule riss Pat jäh aus dem Gedankennetz, in das er sich verstrickt hatte. Sein Vater hatte sich bereits in den Schlafsack eingerollt und den Hut über seinen Kopf gezogen. Ben schien zu schlafen. Das Feuer war inzwischen fast herabgebrannt. Pat legte noch einige Holzstücke darauf, rollte sich dann ebenfalls in seinen Schlafsack und blinzelte in das Feuer. In Gedanken betete er, dass Cody und Montaya nichts zugestoßen sei und dass Cody ihn und seinen Vater bald finden würde.
Dann beobachtete er die Pferde. Sie waren ruhig und schienen keine Gefahr zu wittern. Aber keines der Tiere legte sich zum Schlafen nieder. Pat brannten die Augen. Mühevoll versuchte er, sie offen zu halten. Er wollte auf die Pferde aufpassen. Er hatte Angst zu schlafen. Irgendwann schloss er die Lider. Das Brennen in den Augen ließ nach. Doch sein Geist blieb wach. Pat lauschte weiter auf jedes Geräusch. Dann hörte er sie, die Wölfe. Sie waren weit genug weg, aber sie waren da. Sie hatten ihn auch in der Nacht zuvor in den Schlaf gesungen. Pat spürte die Gänsehaut im Nacken, bevor der Schlaf ihn übermannte.

><><><><

Ein heller Schimmer am östlichen Horizont kündigte den neuen Tag
an. Dunkle Silhouetten der Bäume hoben sich vom Hintergrund
ab. Sie wirkten wie stille, reglose Waldgeister. Ein Vogel saß in deren Zweigen und zwitscherte vorsichtig, allein. Nebel lag über dem
Fluss. Das Gras war nass. Die wenigen Blumen, die am Ufer standen,
hatten ihre Kelche geschlossen. Zwei Bündel lagen, kaum erkennbar,
in Decken eingerollt. Sie schienen noch fest zu schlafen. Zwischen ihnen lag ein Häufchen Asche. Die Dämmerung beherrschte das Land.
Eines der Pferde erhob sich, streckte die Nüstern in die kalte Morgenluft und wackelte mit den Ohren. Die anderen Tiere beobachteten das. Zufriedenes Schnauben drang durch die schwere Luft. Nach
und nach begannen die Tiere, an den jungen Grashalmen, die der
Frühling bereits hervorgebracht hatte, zu knabbern. Das Pferd, das
sich gerade erhoben hatte, trottete zum Flussufer. Vorsichtig tastete
es sich weiter, um zu saufen. Ein zweiter Vogel stimmte in den Gesang des ersten ein. Das leise Rascheln unter den winzigen Mäuse-
pfoten war kaum zu hören. Es wurde heller. Mit dem Licht des Tages
kamen die Farben zurück. Blauer Himmel zeichnete sich zwischen
einzelnen Wolken ab. Graue Nebelschwaden färbten sich weiß.
Grüntöne zeigten ihre Vielfalt. Die Zahl der Vogelstimmen wurde
größer und lauter. Sie weckten die Bewohner des Waldes mit ihrem
Gesang, während sich die Jäger der Nacht zurückzogen. Das laute
Gezwitscher rüttelte auch an den Sinnen der beiden Menschen. Zwischen Wachen und Träumen hörte Pat eigenartige Geräusche.
Rascheln?
Atemzüge?
Schnüffeln!
Vorsichtig öffnete er die Augen. Pat erstarrte vor Schreck, war wie
gelähmt, zu keiner Bewegung fähig. Nicht mal zu einem Schrei. Kalte Schweißperlen krabbelten auf seiner Stirn. Das Erste, was Pat sah,
als er die Augen aufschlug, war ein Wolf. Er starrte das Tier an. Es beendete die Schnüffelei und hob schließlich ein Bein über den Asche-
haufen. Dann hörte Pat deutlich, dass jemand lachte. Ausgelassen.
Amüsiert. Menschlicher Natur. Es war nicht die Stimme seines Vaters, der noch immer im Schlafsack eingerollt vor sich hin schnarchte.
Erschrocken fuhr Pat herum und schrie kurz auf, als er in die Mün-
dung eines Gewehres blickte. Dann schnappte er nach Luft, während

sich Ben Clifford schlaftrunken aufsetzte. »Was ist los ...«, fragte er, ohne seinen Satz zu beenden.

»Guten Morgen. Gut geschlafen?«, fragte der Mann, der den Staff Sergeant und seinen Sohn offensichtlich gerade zum Narren hielt. Der Wolf saß neben ihm. Schmunzelnd ließ der Indianer das Gewehr sinken.

»Cody! Du hast mich zu Tode erschreckt!«, rief Pat und sprang auf.

Eine andere Stimme lachte hell durch die sich aufklarende Morgenluft. Der Nebel verflüchtigte sich mit dem aufsteigenden Dunst aus dem Wald. Eine junge Frau erschien und stellte sich zu Cody. Noch immer kicherte sie.

»Habt ihr euch verlaufen?«, fragte Cody.

Ben Clifford gab einen grunzenden Laut von sich und wühlte sich umständlich aus dem Schlafsack. Seine Wut verflüchtigte sich sofort. Erleichtert atmete er auf.

»Wir hätten euch schon gefunden, früher oder später«, antwortete er. Cody grinste breit.

Dann wurden seine Gesichtszüge ernst, als er fragte: »Bist du gekommen, um mich zu verhaften, Staff Sergeant Ben Clifford? Oder bist du gekommen, um mir zu sagen, dass du den Mörder des alten Mannes gefunden hast?«

»Ich habe euch gesucht«, antwortete Pat. »Ich dachte, es sei euch etwas zugestoßen. Ich dachte, ihr braucht Hilfe. Mein Vater hat mich nur begleitet, weil er meinte, er müsse mir noch immer die Windel wechseln.«

Pat und Montaya lachten amüsiert auf, während Ben missmutig das Gesicht verzog und Cody wie auch Mellow auf Beobachtungsposten verharrten.

»Hast du etwas von meinem Vater gehört, Pat?«, fragte Montaya hoffnungsvoll.

»Er war noch im Hospital, als wir aufbrachen. Es geht ihm gut. Er hat übrigens Kyce mit einem anderen jungen Mann dort getroffen, als der zu seinem Sohn wollte. Kyce und sein indianischer Begleiter haben die Spuren am Stable untersucht, als auch du, Montaya, verschwunden warst.«

Cody horchte auf und blickte abwartend zu Pat. Der aber fügte dem nichts hinzu. Cody fragte nicht. Woher sollte Pat auch Näheres über den Gesundheitszustand seines Bruders wissen? Betretenes Schweigen folgte. Mellow wich Cody nicht von der Seite und beobachtete die beiden Männer argwöhnisch.

»Jemand hat auf Cody geschossen. Jemand wollte ihn umbringen«, sagte Montaya schließlich.

Pat blickte sichtlich überrascht zu Cody.

»Also waren meine Befürchtungen nicht unbegründet.«

»Und es ist noch nicht vorbei«, nickte Cody.

»Du solltest mit nach Hope kommen, Cody. Hier oben werden wir nichts mehr finden, was uns weiterbringt«, meinte Ben Clifford, während er vor seine eigenen Stiefelspitzen starrte.

»Vielleicht sollten wir reden. Kyce war auch in Begleitung des jungen Mannes, Looking Bear, bei mir im Büro. Wir haben etwas herausgefunden.«

Cody richtete seinen Blick zum Staff Sergeant.

»Kaffee?«, fragte Pat.

»Auf jeden Fall«, meinte Montaya. »Bring dein Feuer in Gang. Ich hole Wasser.«

Cody ließ sich dem Staff Sergeant gegenüber auf dem Schlafsack nieder. Er wollte sich anhören, was dieser zu berichten hatte. Der Staff Sergeant plumpste auf seinen Platz zurück. Während Pat das Feuer entfachte, begann Ben von Kyces und Looking Bears Besuch zu berichten. Er erzählte von dem Mann, der sich als Ranger ausgegeben hatte, und dem Kaufvertrag, den Kyce ihm vor die Nase gehalten hatte. Der Staff Sergeant schien immer wieder nach den passenden Worten zu suchen, so, als wollte er nichts Falsches sagen. Dann berichtete er von dem Anruf im Provincial Park und den Kaufabsichten, die es nicht gab. Lügen! Nichts als Lügen! Der Duft des frischen Kaffees schien die vernebelten Gedanken zu klären. Die Wärme im Bauch zu spüren und wie diese in die steifen Glieder fuhr, weckte die Lebensgeister. Die frische, klare Bergluft, die tief in die Lungen drang, tat ihr Übriges. Der Nebel, der über dem Fluss gestanden hatte, hatte sich im Nichts aufgelöst, während die Menschen miteinander diskutierten und überlegten.

»Ich denke, der Mörder des alten Sheloquin ist derselbe Mann, der Sun Road überfallen hat und uns an der Nase herumgeführt«, meinte der Staff Sergeant.

»Ich habe ihn gesehen«, sagte Cody ruhig.

»Du hast was?«, fuhr Clifford auf.

Pat blickte fragend zu Montaya.

Cody nickte. »So ist es.«

»Hat der auf dich geschossen?«, fragte Clifford.

Cody nickte.

»So ist es. Und du hast mir obendrein diese Typen mit den Gewehren, diese angeblichen Gehilfen, mit Helikoptern auf den Hals gehetzt!«

»Nein! Ich konnte nicht wissen, dass … Und wo sind die jetzt?«

Cody zuckte mit den Schultern. »Für wen arbeiten die? Für dich, Clifford?«, fragte er scharf.

Clifford wurde es heiß. Verräterischer Schweiß trat auf seine Haut und begann zu krabbeln. Er brummte unzufrieden, während er sein Taschentuch aus der Hose fummelte.

»Und du, Pat, hast Shore auch gesehen«, sagte Montaya.

»Dieser undurchsichtige Typ, der dir nachgestellt hat«, nickte Pat.

»Er ist noch gefährlicher, als ich dachte«, sagte Montaya.

Cody berichtete im Gegenzug von der Jagd auf sich, dass er getroffen wurde und in den Fluss gefallen war.

»Montaya hat mich gefunden, sonst wäre ich jetzt mit Sicherheit tot«, beendete Cody seine Ausführungen.

Dann richteten sich alle Augenpaare auf den Staff Sergeant. Nur Mellow blickte zu Cody, der seinen Hut noch immer auf dem Kopf trug. Der Hut war inzwischen aus der Form geraten, zerdrückt, zerknittert und schmutzig. Verräterisches Rot stieg in Ben Cliffords Gesicht. Es war zu einer ratlosen Schnute verzogen.

»Kennst du ihn?«, fragte Cody scharf.

Der Staff Sergeant schien zu überlegen.

Anstatt seiner, antwortete Pat. »Natürlich! Du hast den Mann mit zum Verhör genommen, Vater, an dem Abend, als er Montaya in seinen Jeep zerren wollte.«

»Stimmt«, bestätigte Ben.

»Und?«, fragte Pat herausfordernd.

»Ich hatte nichts gegen ihn in der Hand. Es war schließlich nichts passiert. Ich musste ihn gehen lassen«, rechtfertigte sich Clifford.

Pats Augen funkelten böse. Er war im Begriff, aufzuspringen, als Cody sagte: »Schon gut. Auch solche Leute haben Rechte.«

Pat schluckte seine Einwände tapfer herunter und nickte niedergeschlagen.

»Aber nun ist etwas passiert«, sprach Cody weiter.

Clifford sah auf und blickte zu Cody und Montaya. Kaum merklich nickte er.

»Ich habe dir diesen Mann nicht auf den Hals geschickt, Cody. Das musst du mir glauben! Ich habe Hilfe angefordert, als wir mit deinem Bruder zum Hospital flogen. Das war meine verdammte Pflicht. Die Zentrale bestätigte, dass sie zwei Helikopter mit Mounties und

Scouts hinauf geschickt haben. Sie sollten nach dir suchen.«

Auf Codys Gesicht erschien ein spöttisches Grinsen. »Du wusstest, dass du keine Chance hattest, mich zu finden, geschweige denn, zu verhaften«, stellte Cody klar.

»Aber diese Männer haben dich auch nicht gefunden ...«, sinnierte Pat.

»Sie sind flussabwärts gegangen. Einer hätte mich fast noch erwischt. Unterhalb des Wasserfalls habe ich gestern einige Fußspuren und eine leere Zigarettenschachtel gefunden«, berichtete Cody.

»Und wo sind sie jetzt?«, fragte Pat.

»Dein Vater wird dir sagen können, wo diese sechs Männer jetzt sind.«

Pat blickte verständnislos zu Ben. »Weshalb wolltest du Cody verhaften, Vater!?«, fuhr ihn sein eigener Sohn an.

Auch Montayas Blick stellte diese Frage.

Ben Clifford seufzte.

Sein flehender Blick, ihm diese Antwort zu ersparen, fand keine Gnade. Also erzählte er, was sich zugetragen hatte. Pat schüttelte immer wieder den Kopf. Seine Mimik sprach Bände. Aber er wagte es nicht, seinen Vater zu unterbrechen. Montaya lauschte reglos, während Cody seinen Hund kraulte. Er schien angestrengt dabei zu überlegen.

»Mein Sohn hat mich gedrängt, euch zu suchen. Er wollte mir tatsächlich mit einer Bürgerwehr auf den Leib rücken. Das hätte ein heilloses Durcheinander und unvorhersehbare Folgen haben können. Es hätte die ganze Sache nur unnötig aufgeputscht, vielleicht noch die Presse oder das Fernsehen auf den Plan gerufen. Wer braucht das schon? Ich glaube nicht, dass dich zwei oder sechs Männer hier oben in den Bergen finden können, wenn du das nicht willst, Cody. Und auch nicht fünfzig. So habe ich mich von Pat breitschlagen lassen, mich mit ihm auf die Suche zu machen, auch wenn wir wahrscheinlich nicht die geringste Chance hatten. Zwei Tage waren wir unterwegs und haben zwei Nächte in der Kälte verbracht. Aber manchmal ist das Küken schlauer als die Henne«, schmunzelte Ben.

»Pat hat behauptet, wenn wir dich nicht finden, wirst du uns finden.«

Pat grinste selbstzufrieden, denn er hatte Recht behalten.

»Langsam wird mir einiges klar«, sagte Cody ruhig, als der Staff Sergeant schwieg. »Dieser Shore will mich aus dem Weg haben, egal wie und auf welche Art. Er hält mich für den neuen Eigentümer des Landes. Er weiß, dass ich nicht verkaufen will, und er hat nichts unversucht gelassen. Zunächst wollte er mich im Gefängnis wissen, damit ich nichts dagegen unternehmen kann. Das lief nicht nach Plan, also musste er mich töten. Die Männer kamen nicht hier herauf, um zu reden oder zu verhandeln. Ich wehrte mich meiner Haut, und Shore tötete mich.«

Alle blickten verwundert zu Cody.

Der schmunzelte. »Nun bin ich tot, und Shore macht sich an meinen Bruder heran, der im Krankenhausbett liegt. Mein Vater hat dir den Vertrag gezeigt und du selbst hast herausgefunden, dass Shore ein Lügner und Betrüger ist. Shore hat auch den alten Sheloquin getötet«, behauptete Cody.

In regloser Spannung wagte niemand etwas dazu zu sagen oder zu fragen. Nicht einmal der Staff Sergeant. Er schien wie von einem Bann ergriffen zu sein, während seine Gesichtsfarbe ständig zwischen Kreideweiß und Scharlachrot wechselte.

»Aber Shore ist es nicht, der dieses Land haben will. Es interessiert ihn überhaupt nicht«, fügte Cody schließlich hinzu.

Cody genoss die Verwunderung seiner Zuhörer und Mellow die Streicheleinheiten seines zweibeinigen Freundes.

»Du meinst, jemand ganz anderes steckt dahinter?«, fragte Pat.

Cody nickte.

»Wer?«, fragte Ben, als erwarte er tatsächlich die Auflösung des Rätsels.

Cody kniff die Augen zu kleinen Schlitzen zusammen, legte den Kopf schräg und tastete Cliffords Mimik ausgiebig mit seinem Blick ab. Cody glaubte, Angst darin zu lesen.

»Jemand, der dafür über Leichen geht«, sagte er schließlich. »Jemand, der das Land auch stehlen würde, um es abzuholzen, um Straßen hier hinauf zu bauen, Häuser, Hotels. Ein Mann mit viel Macht. Ein Mann, der glaubt, er kann mit Geld alles kaufen. Und weil er trotzdem das Land nicht kaufen kann, kauft er sich Leute, die alle Hindernisse aus dem Weg räumen. Ich habe diesen Mann ein einziges Mal gesehen, als er Sheloquin besuchte.«

Die Luft schien in der Anspannung zu knistern. Keiner wagte sich zu rühren. Ben Clifford starrte Cody White Crow mit offenem Mund an. Er wirkte wie ein Karpfen, der nach Luft schnappte. Cody musste lächeln. Clifford schüttelte sich schließlich. Dann sagte er: »Das sind Thesen, Vermutungen, aber doch keine stichhaltigen Beweise.«

»Das ist nur meine Aussage. Ein Teil in deinem Puzzle, Staff Sergeant, damit du den Fall zu Ende bringen kannst, bevor du in die Pensionierung gehst.«

Der Staff Sergeant fühlte sich offensichtlich unbehaglich in seiner Haut. Alle Blicke waren auf ihn gerichtet. Er schluckte, kratzte sich am Kopf und schien nach Worten zu suchen.

»Gut«, meinte er schließlich. »Gut«, wiederholte er.

Zwei Stunden waren inzwischen vergangen. Die Sonne stand über dem Bergkamm. Es schien, als ob sie die Wipfel der Bäume berührte. Ihr grelles Licht blendete Cliffords Augen. Er kniff sie zusammen. Der Fluss murmelte leise im Hintergrund. Die Menschen schwiegen. Mellow gab ein gurgelndes Geräusch von sich.

Ben Clifford räusperte sich.

»Ich brauche deine Hilfe, Cody. Wir müssen Beweise sammeln. Dass Shore glaubt, du seist tot, ist unser Vorteil. Dann wiegt er sich in Sicherheit. Er wird uns zu seinem Auftraggeber führen.«

»Ein gefährliches Spiel. Shore ist nicht dumm«, gab Cody zu bedenken.

»Vielleicht solltest du lieber die Leute aus Aggassiz um Hilfe bitten, Vater. Frag doch mal Chief Superintendent Anderson«, meinte Pat besorgt.

»Nein«, antwortete der Staff Sergeant ein wenig vorschnell.

»Und die Männer, die du geschickt hast? Was ist mit denen? Wo sind sie? Glauben die auch, dass Cody tot ist?«, bombardierte Pat seinen Vater mit Fragen.

»Ich weiß es nicht, Junge. Ich war seit vorgestern nicht mehr in meiner Dienststelle«, blaffte Clifford ihn an. »Komm mit uns nach Hope, Cody. Ich werde alles tun, was in meiner Macht steht«, versprach Clifford. »Hier oben in den Bergen können wir gar nichts ausrichten. Wir müssen zu den richtigen Leuten gehen, um mit ihnen zu verhandeln.«

Cody verzog das Gesicht.

Verhandeln wollte er nicht. Er wollte sein Recht. Er wollte das Land. Und Cody White Crow wusste längst, dass er hier oben in den Bergen im Augenblick wirklich nichts ausrichten konnte. Bevor wieder jemand hier raufkam, würde alles an irgendeinem Schreibtisch ausgefochten sein. Deshalb war er gerade mit Montaya auf dem Weg zum Stable ihres Vaters.

»Ja. Ich muss zu meinem Bruder«, nickte Cody, ohne Clifford seine Gedanken zu offenbaren. Er traute ihm nicht, weil er wusste, dass der Staff Sergeant Angst hatte. Und er wusste, dass der sich möglichst unbeschadet in seinen Ruhestand retten wollte.

Clifford hingegen schien tatsächlich überrascht über Codys plötzliche Vernunftsanwandlung und atmete sichtlich erleichtert auf. Kurze Zeit später brachen vier Menschen, sechs Pferde und ein Hund gemeinsam auf, um in die Zivilisation zurückzukehren.

Erst gegen Abend erreichten die Reiter den Stable Sun Roads. Die wandernden Schatten hatten das Tal längst erreicht. Blauer Nebelrauch zog herein. Über den Gipfeln glühten die Farben der Sonne in ihrer einzigartigen Vielfalt. Während sich beide Cliffords verabschiedeten, blieb Cody bei seinen Freunden. Jean war zu Hause und freute sich herzlich, Cody White Crow und seine Tochter unversehrt wiederzusehen. Er schloss den jungen Indianer in seine Arme, so wie er ihn längst in sein Herz geschlossen hatte. Die Pferde wurden abgesattelt und versorgt. Dann gingen die drei mit dem Hund in das Haus. Im Kamin knisterte das Feuer, und es roch verführerisch nach Braten. Beim gemeinsamen Essen gab es viel zu erzählen. Jean schüttelte mehrmals ungläubig den Kopf. Cody berichtete schließlich, dass er am nächsten Morgen in das Büro des Staff Sergeants kommen sollte, um seine Aussage zu Protokoll zu geben. Jean hob zweifelnd die Augenbrauen.

»Sei vorsichtig, Cody. Sobald du in Hope auftauchst, weiß dieser Shore, dass du lebst.«

»Ja ich weiß, mein Freund, aber ich kann mich nicht ewig verstecken, wenn ich mein Recht einfordern will.«

Jean atmete tief ein und aus. »Was hast du vor, Junge?«

»Zunächst muss ich mit David reden«, antwortete Cody.

Dann blickte er Jean direkt in die Augen und grinste. »Oder doch lieber zuerst mit dir ...«, sagte er und griff nach Montayas Hand.

»So?«, meinte Jean und legte misstrauisch den Kopf schräg, während er den jungen Indianer aus seinen scharfen Geieraugen musterte.

Cody lachte leise. »Versuche nicht, mir Angst einzujagen, mein Freund. Deine Tochter hat mir das Leben gerettet, in jeder Hinsicht. Nun sind wir Mann und Frau.«

»Na endlich«, knurrte Jean.

Dann erschien ein Lächeln auf seinem Gesicht. »Ich befürchtete schon, dass ich das nicht mehr erleben darf. Aber jetzt schon. Ihr wart ziemlich begriffsstutzig, ihr zwei. Dabei wusste die ganze Welt, dass ihr zusammengehört.«

Cody und Montaya lachten amüsiert.

»Also gibst du mir deine Tochter kampflos zur Frau«, stellte Cody erleichtert fest.

Jean lachte. »Nimm sie dir. Sie wollte es schließlich so.«

Montaya erhob sich, ging zu ihrem Vater und legte die Arme um ihn. Dann küsste sie ihn auf die Stirn und hauchte ihm ein rührendes *Danke* zu.

»Ich werde dich immer lieben, Dad.«

»Das will ich doch hoffen, Kleines. Ich dich auch. Niemandem auf der ganzen Welt würde ich dich lieber anvertrauen, als diesem Kerl da.«

Cody grinste triumphierend.

Dann redeten die drei Menschen weiter von den Ereignissen der letzten Tage, die ihre Gedanken mehr und mehr beschäftigten. Erst kurz vor Mitternacht gingen sie zu Bett. Eng umschlungen lagen Cody und Montaya schließlich in ihrem Zimmer, in ihrem warmen, weichen Bett, und flüsterten miteinander. Was würde der neue Tag ihnen bringen? Neue Erkenntnisse oder neue Rätsel? Die Antwort darauf würde sich am Morgen in Hope zeigen. Hope heißt Hoffnung. Codys Hoffnung gab ihm Kraft, um sein Vorhaben durchzusetzen.

Am Morgen darauf fuhr Cody nach Hope. Der Staff Sergeant erwartete ihn. Montaya begleitete Cody. Sie wollte an seiner Seite stehen, für ihn sprechen und, wenn es sein musste, auch mit ihm kämpfen. Wieder stand der Silverado Pickup-Truck vor dem Büro des Staff Sergeants und beschäftigte die Leute von Hope. Der Hund lag unbemerkt auf der Ladefläche und schien zu schlafen. Ein fremder Polizeiwagen parkte neben dem Silverado. Cody ahnte nichts Gutes, als er mit Montaya Cliffords Büro betrat. Ein Mann, der beim Staff Sergeant saß, sah den Eintretenden gleichgültig entgegen. Zwei Officer in Uniform standen wie eine Eskorte am Eingang. Cody erkannte diesen Mann sofort. Es war jener, der mit Cody und David am Feuer gesessen und gescherzt hatte! Der, der plötzlich spurlos verschwunden war. Cody glaubte zu träumen. Er blickte fragend zu Clifford, dann fragend zu dem Mann. »Setz dich!«, befahl Clifford.

Montaya spürte sofort die Spannung im Raum. Sie blieb dicht neben Cody stehen, sodass sich ihre Arme berührten und wagte nicht, sich zu rühren.

»Danke. Ich ziehe es vor zu stehen«, antwortete Cody kühl.

»Kennst du diesen Mann?«, fragte Clifford, ohne Montaya zu beachten.

»Ja.«

»Er kann bezeugen, dass du seinen Freund getötet hast«, begann der Staff Sergeant mit wichtiger Miene.

»Das ist nicht wahr!«, zischte Cody.

»Es gibt inzwischen stichhaltige Beweise und Zeugen, Cody. Blutige Decken, Fingerabdrücke und Spuren«, sprudelte Clifford mit ausgreifenden Gesten hervor.

Cody konnte das blutige Stück Stoff förmlich spüren, das noch immer in seiner Hosentasche steckte, hielt es aber im Augenblick für klüger, es dort zu lassen.

»Und du warst dort oben, mit deinem Bruder. Und dieser Mann hat genau gesehen, dass du seinen Freund umgebracht hast, während dein Bruder ihn angegriffen hat. Aber dieser Mann konnte euch entkommen und floh.«

Cody spürte unbändige Wut in sich. Ihm wurde schwindlig. Er presste die Lippen hart aufeinander und rang nach Luft.

»Er lügt!«, schrie er schließlich.

Die beiden Uniformierten hielten sich zunächst zurück.

»Man hat euch schließlich auf frischer Tat ertappt. Dich und deinen Bruder. Deine Flucht vor uns, am darauffolgenden Morgen, spricht gegen deine Unschuld, Cody. Tut mir leid«, entgegnete Clifford ungerührt.

Der Mann indessen schwieg. Er rührte sich nicht und tat, als wäre Cody Luft.

»Sie wissen genau, dass das Land umkämpft ist, dass der Besitzer dafür umgebracht wurde und dessen Mörder noch immer frei herumläuft«, sagte Montaya scharf.

»Und deshalb meint ein Indianer, das Land mit seinem Gewehr beschützen zu müssen. Der Krieger, der einen Guerillakrieg wegen eines Gartengrundstückes anzettelt«, meinte Clifford überlegen, fast eine Spur spöttisch.

Montaya konnte nicht glauben, welchen Standpunkt Staff Sergeant Clifford hier vertrat. Er schien ein völlig anderer Mensch zu sein als der Mann, der gestern noch mit ihnen in den Bergen gesessen hatte.

»Es ist nichts bewiesen. Im Augenblick steht hier allenfalls Aussage gegen Aussage«, konterte Montaya.

»Verlassen Sie bitte das Büro, Miss Sun Road. Sie sind nicht seine Anwältin.«

»Oh nein, Clifford! Auch wenn Sie der Staff Sergeant sind. Ich bleibe!«

Montaya verschränkte ihre Arme und baute sich demonstrativ neben Cody auf. Der verharrte reglos und starrte auf seine Füße. Clifford brachte unterdessen fadenscheinige Beweise und einen fragwürdigen Zeugen, der genau wusste, dass er log. Cody meinte, vor Wut platzen zu müssen.

Er atmete schneller.

Was spielt Clifford für ein falsches Spiel?

Montaya protestierte.

Cody hörte ihre Worte weit fort von sich. Es half nichts. Die Polizisten traten hinter Cody und legten ihm die Handschellen an. Der Staff Sergeant ließ Cody tatsächlich vor Montayas Augen abführen.

Tag der Wahrheit

Cody wurde in das Untersuchungsgefängnis in Vancouver gebracht. Als man ihn zu seiner Zelle führte, begegnete ihm, wie zufällig, sein Bruder David. Er war also ebenfalls verhaftet worden. Cody unterdrückte seine Wut nur mit Mühe. Als sollte diese Begegnung sein, dachte er. Er kannte die eigenartigen Methoden der weißen Polizisten, um an Informationen zu kommen. Diese gingen tatsächlich sehr langsam, beobachteten jede Regung ihrer Häftlinge sehr aufmerksam. Cody sah David ausdruckslos an. Ihre Blicke begegneten sich.

»Wieder gesund?«, fragte Cody tonlos.

»Ja«, antwortete David knapp.

Dann ging alles ziemlich schnell. Cody ging auf seinen Bruder David los und beschimpfte ihn.

»Sieh zu, dass du Land gewinnst«, fauchte Cody ihm ins Ohr. »Bevor ich dich zwischen die Finger kriege, du Verräter!«

Die Polizisten gaben sich nur mäßig Mühe, die beiden auseinanderzubringen. Das Vorkommnis würde im Protokoll stehen. Dessen war sich Cody sicher. David verzog das Gesicht und spuckte auf den Boden. Widerstandslos ließ er sich von den Polizisten zurückziehen.

»Wir werden ja sehen, wer den längeren Atem hat«, antwortete David seinem Bruder.

David war ruhig geblieben. Er wirkte besonnen, fast ein wenig überlegen. Dann führte man die beiden Indianer in ihre Zellen. Jeder bekam seine eigene, zwei mal vier Schritte groß. Cody lief auf und ab wie ein Tiger im Käfig. Nur langsam beruhigte er sich.

Diese Neuigkeit verbreitete sich wie ein Lauffeuer unter den Skwahla. Jeder in der Mission Reservation wusste, dass die Brüder White Crow in Untersuchungshaft waren. Niemand glaubte an ihre Schuld, auch wenn die Stiefbrüder sich oft gestritten hatten. Jeder der beiden Männer hatte in der Ratsversammlung eine andere Meinung vertreten. *Was war in den Bergen geschehen*, fragten sie sich. Ihr Misstrauen verstärkte sich, denn sie glaubten an Verrat. Auch in Hope gab es kaum jemanden, der nicht davon redete.

Ein allgemeiner Protest entflammte. Obwohl sich die Meinungen teilten, wuchs daraus ein großes Feuer. Wie auch immer. Alle, selbst die Nichtindianer, hielten es für ein schlechtes Zeichen. Staff Sergeant Clifford wagte sich kaum noch unter die Leute und verbarrikadierte sich hinter seinem Schreibtisch. Er verweigerte jede Aussage, jede Rechtfertigung und jede Erklärung. Damit war er gestern nicht weit gekommen, und heute waren ihm schlichtweg die Argumente ausgegangen. Selbst sein Sohn Pat hatte sich gegen ihn gestellt. Mehr noch. Er hatte seinem Vater Betrug und Verrat vorgeworfen. Der Junge hatte doch keine Ahnung! Ben Clifford war wütend. Er war das Gesetz hier, und er hatte das Sagen! Niemand hatte seine Entscheidung infrage zu stellen. Schon gar nicht sein Sohn. Niemand! Und was sich diese Indianer herausnahmen! Das durfte er nicht dulden. Aber irgendwann kam Clifford zu dem Schluss, dass er völlig allein dastand.

Sämtliche Zeitungsverlage schrieben darüber, dass der Staff Sergeant, Ben Clifford, die Brüder White Crow wegen Mordverdachts in das Untersuchungsgefängnis hatte bringen lassen. Die Presseartikel darüber schürten damit die Proteste der Indianer. Immer mehr Nichtindianer gesellten sich zu ihnen und vertraten das, was sie Recht und Ordnung nannten. Die Massen wuchsen und gerieten bedrohlich in Bewegung. Clifford konnte nichts tun. Er durfte nicht. Als seine Wut verflogen war, blieb die Angst.

Kaum zwei Stunden später bekam David White Crow Besuch von dem Mann namens Harris. Der kam in Begleitung eines fremden Mannes, den er David als Anwalt T. M. Mayers vorstellte. David blieb skeptisch. Schweigend hörte er zu, was die Männer zu sagen hatten. Sie hielten David White Crow für einen vernünftigen Indianer und boten ihm an, die Kaution für ihn zu hinterlegen. Als Gegenleistung sollte er allerdings den Kaufvertrag unterzeichnen.
Nun also mit Erpressung, dachte David.
»Mein Bruder lässt nicht mit sich reden. Ohne seine Zustimmung kann ich den Vertrag nicht unterzeichnen«, wich David zunächst aus.
Harris verzog das Gesicht.

»Aber ich könnte mit meinem Vater darüber reden. Er wird meine Beweggründe zum Wohl unserer Leute verstehen, und er ist einer der Ältesten im Stammesrat«, fuhr David fort.

Auf den Gesichtern der beiden Männer erschien ein zufriedenes Lächeln.

»Wenn er zustimmt, dann haben Sie das Wohlwollen unserer Leute hinter sich und auf ihrer Seite. Das wird einer Zusammenarbeit sehr von Nutzen sein«, erklärte David.

»Sie sind ein Fuchs«, meinte Mayers anerkennend.

David fühlte sich ertappt. Er schwieg abwartend.

Harris redete. »Schön, dass Sie unser Angebot annehmen, White Crow. Sehr vernünftig. Sie werden es nicht bereuen. Ihre Leute werden Ihnen eines Tages dankbar dafür sein, die richtige Entscheidung getroffen zu haben.« Dann stand er auf.

»Gehen wir. Wir werden Sie begleiten, White Crow«, sagte Mayers und erhob sich ebenfalls.

»Bin ich frei?«, fragte David überrascht.

»Zunächst auf Kaution, ja«, erklärte Mayers.

»Wenn der Vertrag rechtskräftig ist und Ihre Leute dem Unternehmen wohlgesonnen sind, dann wird das Verfahren gegen Sie eingestellt«, fügte Harris hinzu.

David lächelte bitter.

»Ist das nicht Erpressung?«, fragte er spitz.

»Nennen Sie es, wie Sie wollen. Es ist Ihre Chance«, antwortete Mayers.

Und Cody?, fragte sich David. *Was wird aus ihm?*

David musste gehen. Er musste raus. Er wusste genau, dass er hier drin nichts ausrichten konnte. Cody wusste das ebenfalls. Nicht umsonst hatte er ihm zugeraunt, dass er verschwinden solle. Es gab keinen anderen Weg, kein Zurück. Es gab auch keine Möglichkeit, mit seinem Bruder zu reden. David erhob sich ebenfalls. Gemeinsam mit Harris und Mayers verließ er die Zelle. Frei fühlte er sich deshalb nicht. Die imaginären Fesseln um seinen Körper schienen sich nur noch enger zusammenzuziehen. Sie ließen ihn kaum atmen und schnitten in seine Eingeweide.

Kyce White Crow saß auf der alten Holzbank vor dem Eingang des großen Versammlungshauses. Er betrachtete das noch immer unfertige Kunstwerk. Vielleicht träumte er auch, denn er war allein. Er schien nicht einmal das heraufziehende Gewitter zu bemerken. Der Wind frischte auf, trieb die Wolken zu dunklen Haufen zusammen und spielte mit seinem Haar. Wie lange er dort gesessen hatte, wusste er wahrscheinlich selbst nicht. Als er das Lachen der jungen Frauen vernahm, regte er sich aus seiner Starre. Er sah auf und beobachtete Montaya und Tessa. Montaya kämpfte mit Mellow, der ihr Codys Hut gestohlen hatte und ihn nun um jeden Preis verteidigte. Es glich einem fröhlichen Spiel. Montaya redete auf den Hund ein. Tessa lachte amüsiert. Auch Kyce lachte schließlich, während er sie beobachtete. Obwohl Mellow mehr Wolf als Hund war, blieb er friedlich. Aber er besaß eine beneidenswerte Ausdauer. Es schien geradezu, dass er das Spiel genoss. Montaya war den Bruchteil einer Sekunde schneller als Mellow und drückte sich schließlich Codys Hut auf den Kopf. Mellow sprang an ihr hoch. Doch Montaya hielt den Hut mit beiden Händen fest. Er war ihr etwas zu groß.

»Auch eine Möglichkeit, sich zu verstecken«, meinte der alte Mann. Während Tessa die flatternde Wäsche von der Leine direkt vor ihrem Haus nahm, setzte sich Montaya neben Kyce auf die Bank. Mellow hatte sich beruhigt und ließ sich zu ihren Füßen nieder. Ihr Blick fiel auf das unfertige Schnitzwerk.

»Ich verstecke mich nicht, Kyce«, schmunzelte sie. »Ich versuche nur, den Hut zu retten.«

Kyce lachte leise. »Er gehört Cody und Mellow. Cody ist nicht da, um ihn zu tragen, und ein Hund trägt gewöhnlicherweise keine Hüte«, meinte er.

»In seiner Schnauze. Der Hut löst sich bald auf! Cody aber sagte, ich soll ihn tragen, solange …«

»Er wird sich einen neuen Hut kaufen müssen«, entgegnete Kyce, während er zu dem Pfahl blickte, der auf seine Vollendung wartete. Montaya zuckte nur mit den Schultern.

Kyce wandte den Kopf zu ihr. Seine Augen leuchteten lebendig, als er fragte: »Was hältst du von einer Schlange?«

»Hm«, meinte Montaya unschlüssig. Dann schüttelte sie entschieden den Kopf. »Ein Wolf ist besser, glaube ich. Sie sind beide Jäger. Der Bär und der Wolf.«

Kyce lachte. Schließlich stützte er seine Hände auf die Bank und erhob sich.

Montaya stand ebenfalls auf. Mit ihr der Hund. Der folgte jedem ihrer Schritte.

»Ist das Cody White Crows Kunstwerk?«, fragte sie.

»Nein. Davids.«

»Und was meint er?«

»Er will warten, bis ihm das Holz des Stammes verrät, was daraus werden soll«, antwortete Kyce.

Donnergrollen erinnerte die beiden, dass das Gewitter begann, sich zu entladen. Der Wind fauchte um sie herum und wirbelte Staub und vertrocknetes Gras auf. Eine Böe riss Montaya den zu großen Hut vom Kopf. Der Wolfshund schnappte ihn sofort und trug den Hut zu seinem Platz. Die Kuhle neben der Treppe vor Kyces Haus, in dem sein Freund Cody wohnte, gehörte ihm allein. Er legte sich schützend auf den Hut. Montaya wandte sich noch einmal um und schmunzelte.

Eine fremde Limousine kam angefahren und stoppte direkt vor David White Crows Haus. Tessa, die gerade mit ihrem Wäschekorb hineingehen wollte, hielt inne. Argwöhnisch betrachtete sie den schwarzen Mercedes. Auch Kyce und Montaya waren wie angewurzelt stehen geblieben. Ein fremder Mann stieg aus und mit ihm David. Der lächelte Tessa kaum merklich zu und nickte nur zur Begrüßung. Obwohl sich Tessa sehr freuen musste, ihren Mann zu sehen, hielt sie sich zurück. Auch Kyce und Montaya wirkten eher unbeeindruckt. Sie waren misstrauisch. Etwas Gutes konnte das nicht bedeuten. Der Himmel hatte sich inzwischen schwarz gefärbt. Die ersten großen Regentropfen prallten auf ihre Köpfe.

»Kommt in mein Haus«, rief Kyce.

Eilig folgten die Menschen dem alten Mann in dessen Haus. Sie hatten die Tür gerade erreicht, als der Regen herunterprasselte. Die Wassertropfen sprangen wie Kieselsteine über den harten Boden. Beinahe unbemerkt huschte ein Schatten mit ihnen in das Haus hinein. Kyce warf die Tür hinter sich ins Schloss und schaltete das Licht an. Er atmete schwer.

»Setzt euch!«

Montaya sah zum Fenster hinaus. Die Wassermassen schütteten herab, sodass nichts mehr zu erkennen war. Mit lautem Getöse trommelte der Regen gegen die Scheiben und auf das Dach. Es donnerte lauter. Irgendwann zuckte das Licht der Blitze durch die Dunkelheit. Mellow schüttelte sein nasses Fell aus und blieb abwartend neben Montaya stehen. Er trug den Hut im Maul und knurrte leise.

»Schon gut«, versuchte sie ihn zu beruhigen und strich ihm über den Kopf.

Die Männer setzten sich mit dem Fremden an den Tisch. Der schob die Tasche unter den Stuhl, auf dem er Platz genommen hatte.

»Mayers«, stellte er sich vor. »Ich vertrete Philip Barn und damit die Interessen des Käufers des Landes am Isollilock Peak, das nun Ihnen gehört.«

Montaya ließ sich auf die Bank am Fenster gleiten und sah erschrocken zu Tessa.

»Also?«, fragte Kyce und sah seinen Sohn eindringlich an.

»Mein Bruder lässt nicht mit sich reden. Ohne seine Zustimmung kann ich den Vertrag nicht unterzeichnen«, begann David.

Tessa und Montaya wechselten fragende Blicke. Mellow knurrte noch einmal leise. Den Hut legte er nicht ab. Kyces Blick wanderte von seinem Sohn zu dem Fremden und zurück zu David. Mit keiner Regung seiner Mimik ließ er erkennen, was er dachte.

»Deshalb will ich mit dir reden, Vater. Du wirst mich verstehen.« David atmete tief durch.

»Ihr Sohn sagte, dass Sie berechtigt seien, den Vertrag zu unterzeichnen«, zweifelte Mayers.

Kyce verzog das Gesicht. Er schien zu überlegen. »Barn?«, fragte er dann.

»So ist es. Philip Barn. Er zahlt einen fairen Preis und stellt Ihren Leuten Arbeitsplätze in Aussicht. Gut bezahlte Arbeit.«

Mayers sah den alten Indianer abwartend an, doch der schwieg. Donner krachte laut in dieses Schweigen, als hätte er die Entscheidung gefällt. Das Licht der Glühbirne flackerte kurz. Der heftige Regen trommelte unvermindert auf das Wellblechdach und gegen die Scheiben. Eine Holzdiele knackte laut. Mellow hatte sich gesetzt und lehnte mit seinem Rücken an Montayas Beinen. Er hatte den Hut tatsächlich abgelegt. Unscheinbar und verunstaltet klemmte der zwischen der großen Vorderpfote und dem Holzfußboden.

»Das ist wirklich ein sehr gutes Angebot. Den Menschen hier würde es sehr viel besser gehen. Ich habe gesehen, wie arm dran manche Leute in den Reservaten sind«, erklärte Mayers.

Kyce nickte.

»Dann ist es wohl nur vernünftig, ihr Angebot ernsthaft zu überdenken«, sagte er schließlich.

»Das denke ich auch«, entgegnete Mayers.

»Allerdings drängt Mr. Barn auf eine rasche Entscheidung. Es geht um Investitionen in Millionenhöhe.«

Kyce lachte leise. Es klang heiser. »Mein Sohn David wird unterschreiben, aber unter zwei Bedingungen.«

»Die da wären?«, fragte Mayers.

Der Anwalt verstand es sehr gut, seine Erregung zu verbergen. Jedoch nicht vor Kyce.

»Sie werden meinen anderen Sohn, Cody White Crow, ebenfalls sofort aus der Untersuchungshaft holen und die Anklage gegen ihn aufheben lassen. Er ist kein Mörder. Jeder weiß das. Sobald das erledigt ist, Mayers, kommen Sie mit ihrem Auftraggeber zu uns. Bei uns ist es Sitte, dass man Geschäfte persönlich abschließt. Ich will diesem Barn in die Augen sehen, wenn der Vertrag unterzeichnet wird.«

Mayers lehnte sich zurück und nickte. »Sie sind ein gerissener Geschäftsmann, White Crow. Habe ich Ihr Wort darauf, dass Sie nach der Erfüllung Ihrer Bedingungen unterzeichnen?«

Kyce lächelte. »Selbstverständlich.«

Nun ergriff David das Wort. Er bot Mayers Kaffee an. Im Augenblick, solange das Gewitter draußen noch tobte, war es unhöflich, einen Gast hinauszuschicken. Währenddessen saßen sie alle gemeinsam am Tisch, und Kyce White Crow erzählte Geschichten.

Philip Barn hatte bereits seine Geschäftspartner informiert. Sie waren sofort gekommen, denn es gab niemanden, der nicht von Barns Geschäften profitierte. Anwälte, Banker und Senatoren befanden sich darunter, genau wie Holzfäller, Straßenbauer und Cowboys, wie Harris Shore einer war.

Noch am selben Abend trafen sie sich in seiner Villa, um Einzelheiten zu besprechen. Philip Barn freute sich sehr über die Neuigkeiten. Er lächelte Shore unverfroren an und zeigte tatsächlich eine Spur Anerkennung.

»Eins noch«, raunte Barn Shore zu.

»Dieser andere Bruder, dieser Cody White Crow, könnte die ganze Sache noch kippen, wenn er bei der Vertragsunterzeichnung auftaucht. Das will ich auf keinen Fall! Verstanden? Ich kann und will kein Risiko mehr eingehen.«

Shore nickte ungerührt und zog sich, ohne ein Wort zu sagen, zurück. Er hatte verstanden. Der Baubeginn rückte in greifbare Nähe. Es galt, keine Zeit mehr zu verlieren. Jeder Tag Bauverzögerung kostete Barn Unsummen.

»Der Bebauungsplan ist bereits fertig«, teilte der den anwesenden Damen und Herren mit.

»Der Vertrag wird endlich unterschrieben. Die Indianer sind sehr kooperativ und freuen sich auf eine gute Zusammenarbeit.«

Wohlwollendes Gemurmel durchstreifte den Raum. Köpfe nickten zustimmend, einige auch verwundert.

»White Crow, der rechtmäßige Erbe des Landes, hat zu seinem Volk gesprochen, und er hat dem Vertrag zugestimmt. Wir sichern den Indianern im Gegenzug lukrative Jobs zu. Die Künstler unter ihnen bekommen Aufträge, Totempfähle zu schnitzen. Diese werden unsere Clubs zieren und die Touristen anlocken. Aber sie sind auch weltweit sehr begehrt, da nur unsere Indianer sie anfertigen.«

Philip Barn machte eine Pause, damit seine Zuhörer Gelegenheit hatten, sein Engagement zu bewundern. Beifall folgte.

Zwei der Zuhörer flüsterten miteinander.

»Wie der alte Gauner das nun wieder geschafft hat, weiß nur der Teufel allein.«

Der andere Mann lachte leise.

»Und er steht am Ende wieder als Gönner in der Öffentlichkeit und kassiert schamlos Milliarden, ohne dass seine weiße Weste auch nur einen Schmutzfleck abbekommt.«

»Wie immer. Davon lebt er in Saus und Braus – und wir schließlich auch.«

Er nickte. »Barn ist ein Geschäftsmann. Eiskalt und berechenbar. Aber ein Geizkragen ist er nie gewesen.«

Champagner und Odeuvres wurden serviert.

Dann setzten sich die Männer an den großen, ovalen Rosenholztisch. Die geschäftliche Besprechung und Planung dauerte fast bis Mitternacht.

Das Gewitter hatte sich längst verzogen. Es war so schnell verschwunden, wie es gekommen war. In die nächtliche Stille tropfte

Wasser von den jungen Blättern der Bäume. Sanft und beruhigend. Der Fremde war gegangen. David und Tessa auch. Montaya war geblieben. Sie schlief mit Mellow in Kyces Haus. Den Hut benutzte der Hund als Kopfkissen. Er schnarchte leise. Montaya träumte von den Kleinen Leuten. Sie waren heimlich gekommen. Sie bewunderten der unfertigen Pfahl, der mitten im Dorf stand. Sie hörte ihr leises Kichern. Montaya lächelte im Schlaf.

Cody White Crow stand unterdessen in seiner Zelle und sah unentwegt zum Fenster hinaus. Es war nur ein kleines Fenster, das kaum einen Blick in die Welt außerhalb des Untersuchungsgefängnisses zuließ. Nur den nachtblauen Himmel mit den blassen Sternen konnte er sehen. Das Fenster war vergittert. Der Mond schimmerte durch Wolkenschleier. Er sah geheimnisvoll aus. Mystisch. Lange stand er da. Reglos. In Gedanken hörte er die Wölfe aus den Bergen. Aber sie waren zu weit weg von der großen Stadt. Die Wolkenschleier zogen langsam weiter. Das Licht wurde heller. Hellgelb. Ein hellgelbes Ei mit weißem Lichtkranz ringsum. Cody lauschte. Ein leises Knacken drang durch die Stille. Angespannt wartete Cody, was geschehen würde.
Nichts geschah.
Niemand kam.
Niemand ging.
Es blieb still.
Langsam drehte sich Cody um und ging zur Tür. Sie war nicht mehr verschlossen. Cody wurde heiß. Die Gedanken schwirrten wirr durch seinen Kopf. Jemand hatte ihm die Tür aufgeschlossen! Nein. Cody hatte keine Freunde hier, die das hätten tun können. Es war nicht richtig. Es war eine Falle. Codys Gedanken wurden rasch klarer. Wenn er flüchten würde, würde er auf der Flucht ertappt. Vielleicht erschossen. Wenn er bliebe, würde sein Mörder wahrscheinlich in die Zelle kommen. Was Cody auch tun würde, er hatte keine Chance. Er saß in der Falle! Niemand wusste davon, außer ihm und seinem Mörder. Niemand konnte ihm helfen. Nur er selbst. Die Kleinen Leute waren nicht hier. Sie lebten im Wald und in den Bergen. Ihm musste etwas einfallen, um aus dieser Situation zu entkommen,

ohne dass er gegen das Gesetz verstieß. Codys Kopf begann wieder zu schmerzen, je angestrengter er nachdachte. Die Zeit arbeitete gegen ihn. Cody atmete tief durch. Er flüsterte nur ein Wort zu sich selbst.

»Ts'ewut.«

Hilf mir.

Dann zog er seine Stiefel aus, biss auf seine Unterlippe und verschwand barfuß durch die offene Tür. Im Flur schimmerte die Nachtbeleuchtung. Eine der grünen Lampen flackerte. Vorsichtig tastete Cody sich an der Wand entlang, ohne zu wissen, wohin ihn seine Füße trugen. Als er Schritte vernahm, blieb er stehen. Er wagte kaum zu atmen. Rasch flüchtete er um die Ecke. Dort drückte er den Rücken gegen die Wand und bemühte sich, langsam zu atmen. Das Geräusch der Schritte schien sich zu entfernen. Cody atmete erleichtert auf. Vorsichtig löste er sich von der Wand. Die große Uhr an der Wand des Ganges klackte laut. Es war kurz vor Mitternacht. Die Nacht war also noch lang. Zu lang, um nichts zu unternehmen. Cody fuhr unbedacht mit der Hand über die Wandfläche hinter seinem Rücken, während er sich umsah. Da war ein Schalter. Cody wandte sich ganz um und sah auf das Ding, das er gerade berührt hatte. Er lächelte.

Danke, riefen seine Gedanken triumphierend.

Dann schlug er mit aller Wucht dagegen. Zunächst geschah nichts. Die modernen Alarmgeber liefen über das Computersystem der Gebäude und gingen im selben Augenblick bei der Feuerwehr ein. Sekunden später flackerten die Neonröhren an den Decken auf. Das grelle Licht blendete die Augen. Cody kniff sie reflexartig zusammen. Dann vernahm er aufgeregte Stimmen. Wachleute tauchten auf. Sie kamen mit eiligen Schritten heran. Als sie am Feuermelder ankamen, war niemand dort, und sie fragten sich, wer den Alarm ausgelöst hatte.

Cody war längst in seiner Zelle verschwunden und wartete hinter der Tür auf die Evakuierung des Gebäudes. Tatsächlich klackten wie von Zauberhand alle Türen auf, als er gerade seine Stiefel wieder anzog. Eine Durchsage befahl die sofortige Räumung der Zellen. Alles lief automatisch. Für solche Notfälle gab es eindeutige Verordnungen. Männer versammelten sich auf den Fluren und gingen zu den Treppen. Die Notausgänge waren eindeutig ausgeschildert und beleuchtet. Es kam keine Hektik auf. Das Sirengeheul der Einsatzfahrzeuge der Feuerwehr klang wie Musik in Codys Ohren.

Niemand schien zu wissen, wo es brannte oder ob überhaupt. Jeder dachte im Augenblick wahrscheinlich an eine Übung. Cody verschwand unauffällig in der Menschenmenge, die sich ins Freie bewegte.

Draußen war es feucht und kalt. Die Atemluft rauchte vor Mund und Nase. Blinkende Lichter zuckten durch die Nacht wie Blitze. Cody sah sich um. Schätzungsweise an die zwanzig Mann standen auf dem Hof. David war nicht unter ihnen. Die Wachleute, die die Untersuchungshäftlinge umringten, waren bewaffnet. An eine Flucht zu denken, war töricht. Cody verschränkte die Arme und wartete. Die Kälte machte ihm nichts aus. Einer der Gefangenen raunte seinem Nachbarn etwas zu. Er fragte nach einer Zigarette. Eine andere Stimme antwortete.

»Nein.«

Diese Stimme hatte Cody schon einmal gehört. Unauffällig blickte er zu den Männern, die nur wenige Meter von ihm entfernt standen. Hitze durchströmte Codys Körper von Kopf bis Fuß, als er den Mann erkannte, der gekommen war, um ihn zu töten. Shore!

Cody verlangte seiner Selbstbeherrschung alles ab, um nicht aufzufallen. Er atmete heftiger und schneller, als er sich kaum merklich von dem Mann fortbewegte, der sein Todfeind war. Blanke Wut bohrte tief in seinen Eingeweiden, als ihm bewusst wurde, welche Macht Barn tatsächlich hatte. Cody tat so, als hätte er Shore nicht bemerkt. Etwa eine Viertelstunde später gab die Stimme durch den Lautsprecher bekannt, dass es sich um eine Übung gehandelt habe und jeder nun sofort in seine Zelle gehen solle. Auch das geschah in aller Ruhe. Die Männer waren müde und durchgefroren. Als Cody schließlich wieder in seiner Zelle stand, klackte die Tür hinter ihm in das Schloss. Er vergewisserte sich, dass sie auch wirklich fest verschlossen war. Dann legte er sich auf sein Bett und verschränkte die Arme hinter seinem Kopf. Er lauschte. Es blieb still. Lange konnte er nicht einschlafen. Mit offenen Augen starrte er zu dem kleinen Fenster, durch das das schwache Mondlicht drang.

Am nächsten Morgen wurde Cody unsanft geweckt. Der Wachmann befahl ihm, mitzukommen. Cody blieb gerade noch Zeit, sein Gesicht und seinen Mund mit kühlem Wasser aus der maroden Leitung zu erfrischen. Wirre Gedanken schossen durch seinen Kopf. Er wusste nicht, weshalb man ihn holte. Der Wachmann sprach kein Wort mit ihm. Ein eigenartiges Gefühl beherrschte seine Magengegend. Cody trat durch die Tür, die man ihm öffnete. Ein fremder Mann stand im Raum. Der schien auf ihn zu warten.

Ein freundliches Lächeln erschien auf dem Gesicht des Fremden, als er »Guten Morgen, Mr. White Crow«, sagte.

»Guten Morgen«, erwiderte Cody einsilbig.

Misstrauisch musterte er den Mann. Der war kleiner als Cody, untersetzt und sehr gepflegt. Sein heller Anzug glänzte leicht und die Knöpfe schienen aus Elfenbein zu sein. Dichtes, dunkelbraunes Haar, glatt gekämmt, duftete nach Moschus. Ein schmaler Schnauzer bewegte sich bei jedem Wort, das er sprach.

»Mein Name ist Mayers. Ich bin seit gestern Ihr Anwalt. Ich habe die Kaution für Sie beglichen, Mr. White Crow. Sie sind frei.«

Cody hob verwundert den Kopf. »Wer hat Sie beauftragt?«, fragte er scharf.

Mayers grinste verwegen. Der Schnauzer bog sich nach oben. »Ihr Vater, White Crow. Ihr Vater.«

Cody verzog das Gesicht.

Er schwieg. Noch immer versuchte er, seine wirren Gedanken zu ordnen. Er war nicht der Mann, der anderen Löcher in den Bauch fragte, um an Informationen zu kommen.

David war nicht bei der nächtlichen Evakuierung dabeigewesen. Also musste er draußen sein. Er hatte es also geschafft nach Hause zu kommen.

»Ich werde Sie jetzt zu Ihrem Vater bringen, White Crow.«

Codys Misstrauen wuchs. »Wer versichert mir, dass Sie die Wahrheit sprechen?«, fragte er.

Mayers grinste.

Cody mochte weder den Mann noch sein Grinsen.

»Keine Angst, White Crow. Ich bin Anwalt und habe nicht vor, sie umzubringen.«

Damit hatte Mayers den Nagel auf den Kopf getroffen. Er wusste also davon? Er musste in der Sache drin stecken.

»Wir ziehen die Anzeige gegen Sie zurück. Sie ist gegenstandslos, sobald Ihr Bruder den Kaufvertrag unterzeichnet hat. Das war die Bedingung, die Ihr Vater gestellt hat. Nichts einfacher als das.«

Cody kochte vor Wut. »Wir? Wer ist wir?«

Mayers lächelte ein wenig verlegen, ohne die Absicht zu haben, Cody zu antworten.

Der presste die Lippen aufeinander und bezwang mühsam seine heftigen Atemzüge. Langsam wurde ihm bewusst, dass David den Vertrag unterzeichnen sollte, nicht er.

Cody nickte.

»In Ordnung. Gehen wir«, sagte Cody schließlich kühl.

Mayers lächelte zufrieden.

»Es freut mich, dass Sie einverstanden sind.«

Mit diesen Worten erhob sich Mayers.

Er ging zur Tür und klopfte. Als der Wachmann öffnete, bat er ihn, die Papiere für Cody White Crow auszuhändigen. Es dauerte tatsächlich nicht lange. Als Cody seine persönlichen Sachen bekommen hatte, bekam Mayers bereits die Mappe. Beide Männer verließen gemeinsam das Gebäude.

Cody sah sich um, blickte zum blauen Himmel empor und sog die frische Morgenluft tief in seine Lunge. Es fühlte sich gut an. Dann stieg er mit Mayers in dessen Wagen.

Es war ein milder Frühlingstag. Gegen Mittag schien die Sonne warm vom fast wolkenlosen Himmel über Chilliwack, über die Missionsreservation, über das Land der Skwahla und den Fluss Stolo, dem die Weißen den Namen Fraser River gegeben hatten. Der Boden war noch feucht vom Gewitter. In einigen Pfützen spiegelte das Sonnenlicht. Es roch stark nach feuchter Erde und frischem Gras. Das schien über Nacht gewachsen zu sein und stand saftig im satten Grün, sodass die Pferde ihre Hälse weit unter dem Drahtzaun hindurchstreckten. Die Menschen zog es hinaus. Viele hatten Campingtische und Stühle vor ihren Häusern stehen, saßen beisammen und redeten angeregt. Viele kamen hinzu. Bekannte, Freunde, Familienangehörige. Sie begrüßten sich herzlich, als wollten sie ein Fest zusammen feiern. Der Platz vor dem Versammlungshaus mit dem halbfertigen Pfahl war erfüllt von den Stimmen und dem Lachen der Leute. Unzählige Autos parkten ringsum, glichen einer bunten Herde Ponys. Fast lautlos bahnten sich zwei schwarze Limousinen den Weg mitten durch das Dorf und blieben schließlich vor dem Pfahl stehen. Es schien gerade so, als würde der ihnen den Weg versperren. Bis hierher und nicht weiter!

Aus der ersten Limousine stieg Mayers. David White Crow hatte ihn sofort erkannt und erhob sich. Auch Cody stieg aus dem Wagen und sah sich suchend um. Als er Kyce, Montaya und Jean Sun Road entdeckt hatte, ging er auf sie zu. Mayers folgte ihm. Aus der anderen Limousine stiegen Philip Barn und Harris Shore. Auch diese beiden Männer folgten Cody und gingen auf Kyce zu.

Die Stimmen verstummten.

Unzählige Augenpaare folgten dem Geschehen. Einige erhoben sich. Montaya spürte Kälte an ihrem Körper heraufkriechen. Sie konnte das Zittern nicht unterdrücken. Dieser Shore besaß tatsächlich die Unverfrorenheit, hier aufzutauchen. Montayas Vater stand direkt neben ihr.

»Das ist der Mann«, flüsterte er.

Sie nickte. »Ich weiß, Dad. Und dieser Barn besitzt tatsächlich die Unverfrorenheit mit seinem Killer hier aufzutauchen«, zischte sie.

Kyce begrüßte die Männer förmlich. Dann bat er sie in das Versammlungshaus hinein, in dem wichtige Besprechungen stattfanden, Entscheidungen getroffen wurden und Verträge unterzeichnet werden konnten. Kyce hoffte, dass die Kraft der Geister genau hier am wirksamsten sei. Nein, er war sich dessen sicher. Barn grüßte ebenso förmlich und redete höfliche Phrasen, bevor er und seine Begleiter Kyce White Crow schließlich folgten. Das große Haus füllte sich rasch mit Menschen. Kyce hatte, mit Einverständnis des Rates, die Presse informiert. Selbst Vertreter des Vancouver Nationalmuseums waren anwesend und das Regionalfernsehen. Die Öffentlichkeit war in den letzten Tagen ohnehin aufmerksam auf die Geschehnisse geworden und sehr interessiert an den Auseinandersetzungen der Indianer mit den weißen Geschäftsleuten. Die Skwahla konnten ihre Stimme erheben, und ganz British Columbia würde ihnen zuhören.

Der Trubel passte Barn nicht. Aber er musste es akzeptieren. Wenn das der Weg zu seinem langersehnten Ziel war, dann musste er ihn als professioneller Geschäftsmann beschreiten, und schließlich konnte es ihm nicht schaden, in der Öffentlichkeit zu stehen. Er hatte seine Rede vorbereitet, seine Worte gut durchdacht. Er würde berühmt werden, und die Werbung für sein Projekt, den Gulcher Club am Silver Lake in Hope County, würde sofort in aller Munde sein. Schließlich lächelte er zufrieden.

Der Siem redete zuerst, begrüßte alle Anwesenden und eröffnete somit diese eigenartige Zeremonie.

Dann redeten David und Kyce vor den Menschen. Danach gab Kyce White Crow das Wort an den Geschäftsmann weiter. Philip Barn stellte sein Projekt vor, sprach von guten Zeiten für die Indianer, dass die Tourismusbranche boomt und viele Indianer auf dem ganzen Kontinent das bereits erkannt hatten und ganz profitable Geschäfte daraus machten. Einige applaudierten sogar. Barn sonnte sich darin. Er war sich sicher, die Menschen ausnahmslos überzeugt zu haben. Dann stellten die Leute von Presse und Nachrichtensender einige Fragen zum Umweltschutz, der gerade in solchen Schutzgebieten eine erhebliche Rolle für die zivilisatorische Flächennutzung spielte. Barn hatte sich auch darauf vorbereitet und redete mit ergreifenden und überzeugenden Worten, um selbst die letzten Zweifel aus dem Weg zu räumen. Barn unterzeichnete schließlich den Vertrag unter den Augen der Öffentlichkeit und schob ihn David White Crow zu. In diesem Augenblick schoss Cody wie ein wütender Hund auf die beiden zu.

»Ich allein bin der rechtmäßige Erbe des Landes des alten Mannes. Ohne meine Unterschrift ist der Vertrag ungültig!«

Ein Raunen ging durch die Reihen der Zuhörer. Gemurmel breitete sich aus. Cody schnappte dem verblüfften Barn das Papier aus den Händen und zerriss es.

»Dieses Land ist etwas Heiliges. Es ist nicht zu verkaufen!«

Wütend, vor den Augen der Welt, warf Cody White Crow Barn die Papierfetzen vor die Füße. Barn beherrschte sich nur mit Mühe. Das Gemurmel der Zuhörer wurde lauter.

»Ist das wahr?«, fragte jemand.

Kyce antwortete. »Ich bin der Erbe des Landes, doch ich bin zu alt, um allein in die Berge zu gehen. Daher habe ich das Erbe und die Entscheidung darüber meinem Sohn übertragen«, bestätigte er.

Alle blickten auf David White Crow. Er wusste, dass es an ihm war, etwas zu sagen.

Langsam erhob er sich, um zu sprechen: »Der alte Mann, Sheloquin, hat das Land gehütet wie seinen Augapfel. Es war ihm heilig. Es ist das Land seiner und unserer Ahnen. Es atmet. Es lebt. Niemals sollte es den langsamen Tod sterben, den die Bebauung mit sich bringen würde.«

David machte eine kurze Pause. Er atmete tief ein und aus. Doch bevor er weiterreden konnte, schnitt Barn ihm das Wort ab.

»Lügner! Betrüger! Ihr verdreht die Tatsachen, wie es euch gefällt. Der Vertrag ist zwischen uns bereits geschlossen worden. Damit ist er rechtskräftig! Mayers!«

»Mehrmals hatten skrupellose Geschäftsleute versucht, dem alten Mann das Land abzukaufen. Doch er gab es nicht her. Um keinen Preis. Deshalb musste er eines Tages mit seinem Leben dafür bezahlen«, sprach Cody in die Runde.

Die ohnehin leisen Stimmen verstummten ganz. Stille erfüllte den Raum.

»Nun stehen die Mörder des alten Mannes vor uns und reden große Worte.«

Plötzlich wurden die Stimmen der Reporter laut. Sie riefen ihre Fragen in den Raum. Die Skwahla und andere Leute, die sich seit den letzten Tagen auf ihre Seite gestellt hatten, waren aufgebracht. Barn lächelte grimmig in die Kamera. David hob die Arme, um die Menge um Gehör zu bitten.

»Mein Bruder, Cody White Crow, besitzt etwas, das diese Männer um jeden Preis haben mussten. Die Besitzurkunde des Landes! Da sie diese nicht finden konnten, jagten sie ihn. Eine Schussverletzung hätte Cody wahrhaftig fast umgebracht. Der Killer war ein schlechter Schütze.«

Die Skwahla triumphierten.

Über Davids Gesicht huschte ein bitteres Lächeln. Cody trat neben seinen Bruder. Mellow folgte ihm und blieb dicht bei ihm stehen. Er trug den Hut im Maul, den er immer für sich beansprucht hatte und dem sich niemand nähern durfte. Cody nahm den Hut in seine Hände und riss das Innenfutter heraus. Darin befanden sich ein Brief und ein Stick.

»Der alte Mann kannte seine Mörder«, begann Cody. Ein Raunen durchflutete den Raum.

Barn blieb still, wurde aber zunehmend nervöser. Shore war verschwunden. Niemand schien es bemerkt zu haben. Mayers hingegen lehnte sich entspannt gegen die Wand in der letzten Reihe und lauschte aufmerksam.

»Es ist nun mein Land«, sagte Cody laut und deutlich.

Die beiden Männer standen sich gegenüber, als wären sie allein auf der Welt. Aber die ganze Welt sah zu. Barn blickte Cody an, noch immer bemüht zu lächeln.

»Wie viel, sagten Sie, wollen Sie dafür bezahlen? Fünfzigtausend? Sie wollen Millionen dort oben investieren, um später jeden Tag ebenso viel zu verdienen. Wie viel geben Sie uns für unsere Arbeit? Und wie viel ist Ihnen ein Menschenleben wert?«

Barn schluckte.

»Vorsicht mit solchen Behauptungen«, zischte Barn Cody zu. Es klang wie eine Drohung.

Cody verzog die Mundwinkel. »Mehr noch. Ich habe Beweise.«

»Du bluffst doch nur«, knurrte Barn.

Cody hielt den Stick hoch. Dann steckte er diesen an Kyces Laptop.

»Kommen Sie bitte näher mit Ihren Mikrofonen heran, damit es alle hören und verstehen können«, rief er.

Barn musste wissen, was nun kam. Er konnte nicht mehr verhindern, dass er rot anlief. Hilfesuchend sah er sich nach Shore und Mayers um. Shore war spurlos verschwunden und Mayers rührte sich nicht.

Dann vernahm Barn seine eigene Stimme: »Sie sind ein sturer Esel, Sheloquin. Sie könnten es so einfach haben. So gut.«

»Ha!«, antwortete Sheloquins Stimme von der Tonaufnahme. »Ihr wollt doch nur ein Hotel nach dem anderen an meinen See pflastern, ihr Profithaie. Das Land ist euch doch völlig egal! Bald wird es hier nur so wimmeln von Trampeltieren, die alles platt walzen«, krächzte der alte Mann. »Ihre Autos brauchen immer größere Straßen und ihre Kamine verschlingen die Bäume im Winter. Lärm und elektrisches Licht wird das Wild vertreiben und von eurem schmutzigen Abwasser werden die Fische sterben. Ganz zu schweigen von den Müllbergen.«

»Tankstellen und gut begehbare Wanderwege, Busrouten und eine Seilbahn. Alles Komfort, der Touristen anlockt«, ergänzte Barns Stimme. »Wann begreift ihr Indianer endlich, dass wir im 21. Jahrhundert angekommen sind?«

»Und wann begreift Ihr endlich, dass man Geld nicht essen, nicht trinken und nicht atmen kann?«

»Das sind doch nur Phrasen. Alter Schnee von gestern, Sheloquin. Aber egal. Ich habe es jetzt endgültig satt, mit dir darüber zu diskutieren. Dein Stamm wird mir das Land verkaufen, und noch dazu zu einem Spottpreis.«

»Es ist mein Land. Ich habe sogar eine Besitzurkunde.«

»Interessant. Das macht die Sache sogar noch einfacher.«

»Und wenn du noch dreimal hier heraufgeflogen kommst und mich bedrängst. Ich werde nicht verkaufen. Niemals!«

»Mir, Sheloquin, mir schon. Ich habe noch immer bekommen, was ich will.«

»Nur über meine Leiche!«, krächzte Sheloquin.

»Gut. Wenn du es nicht anders willst«, zischte Barn mit kalter Stimme, die den Zuhörern einen Schauer über den Rücken laufen lassen musste.

»Morgen schicke ich dir meine Männer. Deine letzte Chance, alter Mann.«

»Du schreckst vor nichts zurück. Nur die Drecksarbeit lässt du von deinen Killern machen. Du denkst, mit deinem dreckigen Geld kannst du alles kaufen.«

»So ist es«, antwortete Barn. Seine Stimme klang überheblich.

Cody White Crow schaltete das Gerät ab. In der folgenden Stille wäre der Fall einer Stecknadel zu hören gewesen wie ein Kanonenschuss. Dann schrien wütende Stimmen auf. Sie beschimpften Barn. Die Kamera lief. Barn konnte sich dem nicht entziehen. Er wollte sich nicht rechtfertigen. Dafür hatte er seine Anwälte.

Wo zum Teufel ist nur Shore? Der sollte mich rausholen, wenn es brenzlig wird. Dafür bezahle ich ihn. Deshalb hat er mich begleiten müssen.

Barn hatte begriffen, dass er im Kreuzfeuer zwischen den Indianern, der Presse und dem TV-Sender stand. Er war wütend. Er redete kein Wort. Ein Eigentor war genug für heute. Barn kämpfte sich allein durch die Menschenmassen ins Freie hinaus. Die Reporter ließen nicht von ihm ab. Sie bombardierten ihn mit Fragen. Eine der Limousinen fehlte. Barn wurde noch wütender als ohnehin schon. Sein hochroter Kopf stand unter Druck, sodass er befürchtete, er könne jeden Augenblick platzen. Schnaufend rettete er sich vor der Meute in seinen Wagen. Der Schlüssel steckte. Der doch nicht so gerissene Geschäftsmann floh. Er entkam nur mühsam dem Mob, der Menschenmenge, die den Weg nicht freigeben wollte.

Cody, David und Kyce White Crow waren an ihren Plätzen stehen geblieben. Nachdem Barn endgültig verschwunden war, beruhigten sich die Leute nur langsam. David sah fragend zu Cody und wies auf den Brief, den dieser in der Hand hielt.

»Die Besitzurkunde?«, fragte er.

»Vielleicht«, schmunzelte Cody.

»Der alte Mann hat mir den Umschlag anvertraut. Ich musste versprechen, ihn gut zu hüten, bis zu dem Tag, an dem ich bereit bin sein Land zu beschützen.«

Kyce lächelte zufrieden. »Und nun ist der Zeitpunkt gekommen, ihn zu öffnen, mein Sohn«, nickte er Cody zu.

Cody tat das.

Mellow beobachtete aufmerksam jede seiner Bewegungen. Tonlos begann Cody zu lesen. Dann schüttelte er ungläubig den Kopf, während er weiter las. David schien währenddessen vor Neugier zu platzen.

»Und?«, fragte David schließlich.

Cody atmete tief durch, bevor er etwas sagen konnte.

»Er war mein Großvater«, antwortete Cody fassungslos.

»Wie?«, rief David so laut, dass einige der Versammelten aufhorchten.

Der Hund knurrte.

»Er war mein Großvater«, wiederholte Cody und blickte fassungslos zu Kyce.

Die murmelnden Stimmen der Leute ringsum verstummten abrupt.

»Du hast seine Tochter geliebt …«, stellte Cody fest.

Kyce nickte. »So ist es. Und sie hat mir einen Sohn geschenkt. Wir nannten ihn Cody.«

Davids Gesicht verfinsterte sich, als er seinen Vater musterte.

»Du hast Mutter und mich betrogen?«, zischte er leise.

Kyce atmete schwer durch und verschränkte die Arme vor seiner Brust. Er antwortete nicht. Dass sein Vater den kleinen Jungen Cody adoptiert hatte, diese Geschichte kannte David. Er fragte nicht weiter in Anbetracht dessen, dass sie alle drei die ungeteilte Aufmerksamkeit der Leute auf sich gezogen hatten.

»Du, Cody, bist damit Sheloquins einziger Blutsverwandter. Du allein bist der Erbe seines Landes. Er wusste, dass er dir vertrauen kann, denn du bist von seinem Blut. Du bist, wie er war. Als seine Tochter und seine Frau zu den Sternen gegangen waren, hatte er nur noch dich«, sprach Kyce so laut und deutlich, dass es alle verstehen konnten.

Aus der Stille flüsterten erneut Stimmen, wuchsen zu Gemurmel und einzelnen Zurufen. Cody hob beide Hände zum Zeichen, dass er etwas sagen wollte. David musterte ihn abwartend. Er hatte Cody nicht zum Bruder gewollt. Er hatte ihn sogar gehasst. In den Bergen waren sie sich näher als jemals zuvor gekommen. Doch hatte David in Cody eher einen Freund gesehen. Die Tatsache, dass er tatsächlich der Sohn seines eigenen Vaters war, machte sie zu Brüdern. Zu Blutsverwandten.

»Ich, Cody White Crow, war von Anfang an gegen den Verkauf des Landes, ohne zu wissen, dass es mir bereits gehörte. Mein Bruder, David White Crow, hat sich für den Verkauf ausgesprochen, um für euch alle Nutzen zu bringen und um euch nicht in Gefahr zu bringen. Ich habe behauptet, dass ich meine Entscheidung nicht allein treffen werde. So ging ich mit David hinauf in die Berge, damit diese selbst zu ihm sprechen.«

Cody sah zu David und nickte ihm zu. David redete weiter.

»Sie schrien um Hilfe. Die Mörder des alten Mannes wollten auch sie vernichten. Und diese Männer hätten uns beide getötet, wenn uns der Geist des Alten, der noch in den Bergen, in seinem Land wohnt, nicht beigestanden hätte. An dem Tag, an dem sein Enkel das Land übernimmt, wird der Geist des alten Mannes seine Ruhe finden.«

Kyce hörte mit Wohlwollen die Worte seines älteren Sohnes. Stolz streckte er seinen Körper und lächelte zufrieden, dass seine Söhne endlich zu wahren Brüdern geworden waren.

Die Skwahla, die Leute vom Fluss, und alle Versammelten ringsum ließen ihren Triumphrufen freien Lauf. Sie hatten die skrupellosen Geschäftsmänner vor der Öffentlichkeit entlarvt, angeklagt und davongejagt. Cody reichte David seine Hand. Der schlug ohne zu zögern ein und schloss seinen Bruder herzlich in die Arme. Eine Geste, die niemandem entging. Auch Mellow nicht. Er blieb stumm und hielt den Kopf schräg. Bald zu der einen Seite. Bald zur anderen.

Die Leute von der Presse und dem Fernsehsender waren Barn gefolgt. Sollten sie ihre Story haben und die Menschen im ganzen Land darüber informieren. Barn war nicht ungeschoren davongekommen. Die Freude der Skwahla und ihrer Freunde über den überraschenden Ausgang der Versammlung war grenzenlos. Da niemand zu beabsichtigen schien, zu gehen, blieben alle zusammen am Fluss mit seinen vielen kleinen Zuflüssen und Seitenarmen. An deren Ufern hatten die Skwahla vor etwa neuntausend Jahren ihre Dörfer gebaut. Mehrere Dörfer bildeten eine Gemeinschaft, Chilukweyuk. Feste zu feiern, dafür war eine Tradition und die Gelegenheit geradezu perfekt. Die Ureinwohner hatten einen Sieg zu feiern. Emsig wie ein Ameisenvolk stellten sie Tische und Stühle zusammen und brachten Essen und Getränke heran. Fröhliche Stimmen begleiteten sie. Stimmen, die viel zu erzählen wussten. Lachen, das bis tief in die Nacht hinein über das Flussdelta Chilukwayuks am Fraser River schallte. Niemand schien müde zu sein.

»Da bist du ja«, säuselte eine weibliche Stimme in Codys Ohr.

Er lächelte und wandte sich ihr zu.

»Es ist hier sehr viel schwieriger, dich zu finden, als in den Bergen«, schmunzelte Montaya.

»Du hast mich gesucht?«, fragte Cody übertrieben erstaunt.

Zur Antwort bekam er einen unsanften Stoß mit dem Ellenbogen. Cody stöhnte schmerzhaft auf. Die Männer in der Runde grinsten. Bevor Cody etwas hätte erwidern können, war Montaya in der Menge der Menschen verschwunden. Von irgendwoher klang leise Gitarrenmusik. Codys Verletzung schmerzte nachhaltig. Er verzog das Gesicht. Dann vernahm er das Kichern seiner Freunde.

»Die ist gefährlich, Cody«, bemerkte Tom Looking Bear.

»Ich weiß«, antwortete Cody und verzog sein Gesicht ebenfalls zu einem Grinsen.

Sheloquins Vermächtnis

Staff Sergeant Ben Clifford stand reglos neben seinem Dienstwagen an der Tanksäule. Entgegen seiner Gewohnheit, den Hut nicht abzusetzen, lag der heute auf dem Beifahrersitz. Clifford hatte die Arme verschränkt und die Lippen krampfhaft aufeinander gepresst. Er schien weit weg von der Tankstelle zu sein. Die Sonne stand fast im Zenit und brannte auf seinem Kopf. Das helle Licht ihrer Strahlen spiegelte sich auf seiner Sonnenbrille. Die milden Temperaturen der letzten zwei Tage hatte die Knospen aufspringen lassen und die Bäume innerhalb kürzester Zeit in frisches, sattes Grün gehüllt. Es roch förmlich danach. Es roch endgültig nach Frühling. Clifford atmete tief ein und aus. Er hatte inzwischen Zeitung gelesen, die Nachrichten im TV gesehen – und die Leute in Hope redeten von nichts anderem. Gerüchte breiteten sich aus. Er befürchtete, dass man auch ihn befragen würde. Die Zapfpistole knackte laut. Nur langsam schien Clifford zurückzukommen in die Realität, zur Tankstelle in Hope. Er hängte die Pistole ein. In die Frühlingsluft mischte sich der Geruch von Sprit. Wie ferngesteuert ging er in die Tankstelle hinein. Sein Sohn Pat arbeitete dort. Auch heute Mittag. Ben Clifford ging geradewegs zu ihm. Er lehnte sich auf den Tresen und schob die Sonnenbrille über die Stirn auf den Kopf.

»Hallo, Pat. Einen Kaffee bitte«, murmelte er und lächelte müde.

Die Spuren schlafloser Nächte zeichneten unverkennbar sein Gesicht. Pat schob ihm eine große Tasse hin und goss ein.

»Der Kaffee bringt es auch nicht mehr. Du brauchst dringend Schlaf«, bemerkte Pat.

»Hm«, brummte der Staff Sergeant leise, während er Zucker hineinrieseln ließ. Dann rührte er mit dem Löffel in der Tasse herum. Pat hatte vollkommen recht. »Was gibt es Neues?«, fragte er unbeirrt.

Wenn es Neuigkeiten gab, dann hier in der Tankstelle und Pat musste davon wissen. Selbst Gerüchte bargen einen Teil Wahrheit und nichts war verlässlicher als das Gerede der Leute.

Pat zuckte mit den Schultern. »Ein junger Kerl war vor etwa einer halben Stunde bei mir und fragte nach dir «, flüsterte er. »Er ist Superintendent. Agassiz hat ihn geschickt. Er war bereits in deinem Büro. Sie suchen noch immer nach dem Mörder des alten Sheloquin.«

Clifford lehnte sich mit dem Hinterteil an den Tresen und ließ seinen Blick durch den Raum schweifen, während er vom Kaffee schlürfte.

»Cody White Crow hat Philip Barn vor laufender Kamera entlarvt«, sagte Ben Clifford leise.

Pat lächelte truimphierend. »Das freut mich. Ich habe es im Morgen-TV gesehen, und die Zeitungen sind voll davon. Jetzt ist der Kerl stinksauer. Das ist für die Presse ein gefundenes Fressen. Nur dieser Shore, sein Killer, hat sich rechtzeitig aus dem Staub gemacht.«

Der Staff Sergeant atmete hörbar tief ein, während ihm ein eisiger Schauer über den Rücken fuhr. Er zitterte kaum merklich.

»Barn beißt um sich. Er ist wütend und verbarrikadiert sich hinter einer Ansammlung der besten Anwälte des Kontinents. Geld spielt keine Rolle. Er wird den Kopf aus der Schlinge ziehen«, meinte Pat.

»Hm«, brummte Clifford.

Abwesend trank er vom Kaffee. Er fühlte sich als Verlierer. Gebrochene Versprechungen und Ärger mit der Polizei erwarteten ihn. Der Superintendent aus Agassiz würde ihm unangenehme Fragen stellen, und wer weiß, ob er seinen eigenen Kopf aus der Schlinge bekam. Cliffords Traum von der sorglosen Pensionierung schien gerade zu zerbröckeln. Die Realität sah immer anders aus. Daran konnte auch der sonnige Frühlingstag nichts ändern. Der Kaffee schmeckte plötzlich bitter. Clifford schob die Sonnenbrille wieder auf seine Nase. Ein Schutzschild, hinter dem er sich verbarg. Zumindest im Augenblick.

»Dad«, sagte Pat besorgt und griff nach dessen Schulter. »Rede mit dem Superintendent. Er wartet auf dich. Ich habe ihm gesagt, dass du gleich zurück bist, in deinem Büro.«

Clifford schwieg. Er blieb reglos, als hätte er Pats Worte nicht verstanden.

»Dad!«

»Das hast du lange nicht mehr zu mir gesagt, mein Junge«, antwortete Ben leise. Dann stieß er sich vom Tresen ab, wandte sich seinem Sohn zu und stellte die Kaffeetasse ab. Sie war noch halb voll.

»Danke, Pat. Danke.«

Pat musterte seinen Vater überrascht. *Danke* hatte der schon lange nicht mehr gesagt.

Irgend etwas muss dem alten Brummbär mächtig zu schaffen machen, dachte Pat.

»Nimm dir den Fall nicht so sehr zu Herzen« Er lächelte.

Pats Vater atmete tief durch und nickte schließlich. »Vielleicht hast du recht, Pat. Ich sollte meinen Nachfolger sofort anfordern und ihn einarbeiten.«

Pat zeigte seinem Vater die flache Hand. Über dessen Gesicht huschte ein Lächeln, während er einschlug.

»Bis dann«, verabschiedete sich Ben von Pat und ging.

Auf dem Weg zu seinem Dienstwagen atmete Ben noch mehrmals tief durch. Er roch weder die Frühlingsluft noch sah er die Leute um sich herum. Er stieg ein und knallte die Tür wütend zu.

Als der Staff Sergeant an seinem Bürogebäude vorfuhr, bemerkte er sofort den fremden Wagen. Ein schwarzer Lexus.

Müssen solche Leute eigentlich immer eine schwarze Limousine fahren?, dachte Clifford.

Er verzog die Mundwinkel und parkte seinen Dienstwagen direkt daneben. Ohne zu zögern, stieg er aus und machte sich auf den Weg zu seinem Büro. *Meine Tage sind gezählt*, beruhigte er sich. *Soll sich dieser Grünschnabel von einem Superintendent damit herumschlagen. Ein Ben Clifford wird allemal mit diesem Grünschnabel fertig werden.*

Alle, die jünger als er selbst waren, hielt Ben für Grünschnäbel, weil er davon überzeugt war, dass es ihnen an Lebenserfahrung fehlte. Der Mann, der ihm schließlich gegenübertrat, war tatsächlich noch sehr jung. Clifford schätzte ihn nicht wesentlich älter als seinen eigenen Sohn. Der Mann stellte sich vor. Er lächelte nicht. Clifford schielte auf den fremden Dienstausweis und bot dem Mann den Platz jenseits seines Schreibtisches an. Er trug zivile Kleidung. Das war üblich. Dass er ein Gerät zur Aufzeichnung des Gespräches auf den Schreibtisch legte, irritierte den Staff Sergeant. Ohne Umschweife begann der Superintendent zu fragen. Dabei beobachtete er den Staff Sergeant sehr aufmerksam. Clifford hingegen spürte tiefes Unbehagen dabei. Er bemühte sich, dem kühlen Blick des Fremden standzuhalten. Blaue Augen, hellbraunes Gesicht und dunkelblondes Haar. Die Stimme klang nicht unfreundlich, aber reserviert. Clifford hätte zu gern hinter die Fassade des Mannes gesehen.

Was wusste der Kerl über die Sache? Verdammt! Weiß er mehr als ich?

Das Gespräch war ein gestandenes Verhör. Clifford schlängelte sich wie ein glitschiger Aal hindurch. Dennoch wurde Ben das Gefühl nicht los, dass der Superintendent hin und wieder an seinen Ausführungen zweifelte. Doch der fremde Mann enthielt sich jeglicher Wertung über Cliffords Aussagen. Schließlich schaltete er das Gerät ab.

»Danke, Staff Sergeant Clifford«, sagte der Superintendent unbeeindruckt, während er das Gerät einsteckte.

Clifford atmete auf.

»Haben Sie eine Spur zu diesem Shore?«, fragte Clifford.

Diese Frage konnte er sich nicht verkneifen. Ein Lächeln huschte über das Gesicht des Superintendent.

»Nein«, antwortete der.

Dann erhob er sich. Er schien diesem *Nein* nichts hinzufügen zu wollen. Staff Sergeant Clifford schluckte schwer und erhob sich langsam. Der Superintendent war bereits an der Tür und griff nach der Klinke. Dann wandte er sich noch mal um.

»Passen Sie gut auf sich auf, Staff Sergeant!«

Es klang wie eine Warnung. Clifford spürte das Pochen seines Pulses am Hals, das das Blut in seinen Kopf presste und einen verräterischen roten Schimmer auf seinem Gesicht erscheinen ließ. Noch bevor er etwas erwidern konnte, klackte die Bürotür ins Schloss.

Clifford blieb allein zurück. Niedergeschlagen ließ er sich auf seinen Stuhl gleiten. Leere füllte seinen Kopf. Er starrte auf einen imaginären Punkt am Fußboden und weiter in die Tiefe. Er spürte den Abgrund. Eine Stimme drängte sich in die Leere. Philip Barns Stimme.

»Wie viel ist Ihnen Ihr Leben wert?«, fragte sie immer und immer wieder.

Schließlich presste Ben Clifford die Hände fest auf die Ohren. Sekunden später sprang er auf und lief im Zimmer auf und ab. Er sah zum Fenster hinaus, sah zur Uhr und blieb dann vor der Karte mit den bunten Pinnadeln stehen. Während er zu überlegen schien, fummelte er ein Taschentuch aus der Hosentasche und wischte sich über die schweißnasse Stirn, über die Augen und über das gesamte Gesicht. Clifford fasste einen Entschluss. Seinen Entschluss. Er setzte sich zurück an den Schreibtisch und griff zum Telefon. Aus dringenden gesundheitlichen Gründen forderte er per sofortiger Wirkung einen Ersatz für sich an.

Nach nunmehr drei Wochen war auch der Monat Mai verstrichen. Mit dem Juni begann der kurze, heiße Sommer und verwandelte das Land in ein Blütenmeer, das unzählige Insekten lockte. Die Sonne schien vom fast wolkenlosen Himmel und wärmte die Luft auf frühsommerliche Temperaturen. Das lockte die Menschen hinaus auf die Straßen, in die Parks und die Natur. Ihre Stimmen und ihr

Lachen erfüllte das Land. In den Städten, Dörfern und Siedlungen erklang Musik.

Es war Freitagmorgen, als ein blauer Silverado auf dem Canadian Highway 1 in östliche Richtung fuhr. Auf der Ladefläche des Trucks lag ein geschnitzter Holzpfahl. Der ragte bis über das Dach des Fahrerhauses und war mit Spanngurten festgezurrt. David hatte sein Werk vollendet, und der Pfahl sollte nun vor dem Eingang des Heritage Inn in Old Hope aufgestellt werden. Cody ließ seine Gedanken schweifen. Er, Kyce, Tessa und David wollten nach der Zeremonie zu Jean Sun Roads Stable. Sie hatten die Einladung ihres alten Freundes gern angenommen. Cody und Montaya wollten heiraten, noch in diesem Jahr. Inzwischen wussten es alle. Cody lächelte bei diesem Gedanken. Er freute sich auf das Wiedersehen, denn in den letzten drei Wochen war Montaya in Vancouver geblieben. Inzwischen hatte sie ihre Abschlussprüfungen absolviert, und heute, etwa um diese Zeit, sollte Montaya das Ergebnis erfahren. Codys Gedanken waren bei ihr, während die Stimmen der anderen Mitfahrer an ihm vorbeigingen. Niemand störte ihn. Schließlich stoppte er den Pickup auf dem Vorplatz des Heritage Inn. Mit dem Öffnen der Türen riss sich Cody aus seinen Gedanken und kehrte zurück in die Realität des Augenblickes. Mellow sprang von der Ladefläche und war im Begriff, Cody zu folgen. Doch der deutete ihm an, im Truck zu warten. Der Hund sprang auf den Fahrersitz und rollte sich zusammen. Einer der Manager kam den Indianern bereits entgegen. Ihm folgten vier Männer. Sie begrüßten sich.

»Heute ist unser großer Tag, Mr. White Crow«, lächelte der Manager, als er David die Hand reichte. »Der Pfahl ist sehr beeindruckend. Vielen Dank. Er wird auf unserem Vorplatz einen würdigen Standort haben. Die Vorbereitungen zum Aufstellen sind bereits getroffen.«

»Das freut mich, Mr. Dalloway«, nickte David.

»Wir können ihn gleich abladen. Die Gäste sind bereits im Foyer des Hotels versammelt. Dort ist es klimatisiert. Meine Männer werden Ihnen helfen, während ich die Gäste zur Zeremonie bitte.«

»Danke«, sagte David.

Der Manager ging.

Cody und David lösten die Gurte, während Kyce das Loch in der Erde betrachtete. Es war eine Bodenhülse aus Metall eingelassen, mit der der Pfahl fixiert werden musste, um das Holz vor dem natürlichen Verrotten zu schützen und um ihm einen sicheren Stand auf dem Betonboden zu geben.

Tessa trat zu ihm.

»Das wird halten«, meinte er.

Tessa nickte.

Die Gäste stellten sich im Halbkreis um den Platz, an dem der Pfahl stehen sollte, auf. Sechs Männer luden den schweren, vier Meter langen Pfahl ab und balancierten das untere Ende zur Bodenhülse. Vorsichtig richteten sie ihn mithilfe der Spanngurte auf. Der Holzstamm glitt perfekt in die Metallhülse. Die Gäste applaudierten. Die Männer schwitzten. Der Schweiß lief ihnen über Stirn und Hals. David blickte zu Cody. Als ihre Blicke sich trafen, lächelte David.

»Da das Aufstellen eines Pfahls vor dem Haus einer Familie …«, begann der Manager seine Rede und räusperte sich, »… üblicherweise mit einem Fest einherging, das die Indianer Potlach nennen, möchte ich mich als Auftraggeber würdig bedanken und das Aufstellen unseres Pfahl vor dem Heritage Inn mit einem kleinen Fest und Geschenken würdigen.«

»Wie wäre es zunächst mit ein paar Schrauben zum Fixieren?«, rief einer der Helfer, die den Pfahl noch immer stützten.

Die Leute lachten.

»Oh, natürlich!«

Der Manager winkte. Ein Sektkorken knallte. Die Leute blickten sich kichernd um. Dann kam ein Mann im Arbeitsoverall heraus. Er trug einen großen Akkuschrauber in der einen Hand und einen Werkzeugkoffer in der anderen. Dann kniete er nieder. Aller Augen waren auf ihn gerichtet. Der Akkuschrauber brummte. Jeder Handgriff wurde beobachtet, bis er seine Arbeit beendet hatte. Der Mann prüfte den Sitz der Schrauben. Dann stand er auf und nickte den Männern zu. Vorsichtig nahmen sie ihre Hände vom Pfahl. Einige der Gäste schienen gerade die Luft anzuhalten. Es war plötzlich ganz still. Erst als die Männer ein paar Schritte zurücktraten und der Pfahl allein stand, applaudierten sie wieder.

»Ehm … ja … den Sekt bitte. Lassen Sie uns gemeinsam auf unseren Pfahl anstoßen, Ladies and Gentlemen.« Dutzende Gläser klirrten leise. »Ich bedanke mich im Namen aller bei David White Crow, der diesen Pfahl für uns geschnitzt hat. Obwohl wir ihn damit beauftragt hatten, haben wir dem Künstler die Gestaltung vollkommen überlassen und sind nun sehr beeindruckt von diesem Werk, das zweifelsohne ein Unikat ist.«

Der Applaus für David unterbrach Dalloway. Der Manager klatschte ebenfalls.

»Der Weißkopfseeadler, der Bär und der Lachs sind unverkennbar die Symbole unseres Landes. Mögen sie jederzeit erhalten bleiben und der Pfahl unserem Haus etwas Besonderes verleihen. Mit Recht sind wir stolz darauf, heute und hier im Frieden miteinander leben zu dürfen, in einem rauen, wilden und wunderschönen Land. Die Ureinwohner gehören seit Anbeginn dazu. Ihre Kultur sollte deshalb auch in unserer Zeit Bestand haben.«

»Er hat die Kleinen Leute nicht erwähnt«, raunte David Cody zu, während die Gäste applaudierten.

»Er kann sie nicht sehen«, entgegnete Cody und grinste.

»Und das ist gut so«, meinte Kyce.

Tessa lachte leise und griff nach der Hand ihres Mannes. Eine Frau mit dunkler Haut trat zu ihnen und begrüßte zunächst Cody. Er war überrascht und freute sich offensichtlich, Chichi hier zu treffen. Ungeniert nahm er sie in die Arme. Schließlich gehörte sie nun zu seiner Familie. Montayas ältere Schwester grinste. Ihre schwarzen Augen funkelten im Sonnenlicht, als auch die anderen sie erkannt hatten. Sie begrüßten sich kurz, denn sie wollten die Rede nicht stören.

»Wir fahren anschließend zum Stable«, flüsterte Cody.

»Ich weiß«, schmunzelte Chichi hintergründig. »Ihr könntet mich mitnehmen.«

»Natürlich, Schwägerin«, entgegnete Cody augenzwinkernd.

Tatsächlich hatte der Manager noch andere indianischer Künstler eingeladen. Sänger und Tänzer eröffneten das Fest. Dann bat Dalloway alle Anwesenden in das klimatisierte Foyer. Dort war ein großes Buffett für das Festessen gerichtet. Als sich die White Crows drei Stunden später von Dalloway verabschiedeten, gab der David einen Briefumschlag in die Hand.

»Ein Geschenk«, sagte er augenzwinkernd.

David lächelte und nickte.

Mellow sprang sofort aus dem Truck, als Cody die Tür öffnete. Er hüpfte umher, schnüffelte und hob mehrmals ein Bein. Die Menschen warteten geduldig. Sie unterhielten sich leise. Dann stiegen sie ein. Cody startete und fuhr direkt zum Stable. Sein Freund Jean konnte Hilfe gut gebrauchen, auch wenn er nicht darum gebeten hatte, als er sie einlud. Der lange Winter und der Überfall hatten Spuren hinterlassen. Und Cody konnte es kaum erwarten, Montaya heute wiederzusehen. Das erste Mal seit langem plagte ihn Ungeduld. Es war erst Viertel vor drei Uhr nachmittags. Etwa vierzig Minuten später hielt der Silverado vor Sun Roads Haus. Mellow sprang sofort von der Ladefläche. Jean erschien an der Tür und winkte. Die Freunde stiegen aus und gingen zu ihm. Chichi schlenderte als Letzte hinter ihnen her. Sie trug einen Kuchen in ihren Händen. Während die Menschen vor dem Haus sich herzlich begrüßten und miteinander redeten, hupte es zweimal kurz. Sie blickten sich erstaunt um. Pat Cliffords alter GMC Pickup holperte langsam heran. Auf Codys Gesicht erschien ein überraschtes Lächeln. Pat kam nicht allein. Er brachte Montaya nach Hause. Als Pat schließlich neben Codys Truck stoppte, öffnete sich sofort die Beifahrertür. Montaya sprang heraus und Cody direkt in die Arme. Er wirbelte sie einmal herum, denn ihr Schwung war so intensiv, dass er Mühe hatte, nicht selbst umzufallen. Er lachte.

Montaya kicherte.

Kyce grinste.

Jean schüttelte den Kopf. »Kommt rein«, sagte er.

Als schließlich alle acht Personen am Tisch saßen, gab es Kaffee und Chichis Kuchen. Und es gab viel zu erzählen. Montaya hatte ihr Examen mit *sehr gut* bestanden. Das war ein Grund zu feiern. David und Tessa erzählten von der Aufstellung des Pfahles und Cody von seinen Plänen.

»Wenn Montaya am nächsten Freitag ihre Urkunde zur Examensfeier bekommt, fahre ich mit ihr zur Universität. Das will ich um keinen Preis der Welt verpassen!«, sagte Cody stolz und griff nach ihrer Hand.

Montay lächelte überglücklich.

»Moment! Ich komme natürlich auch mit«, sagte Jean.

Chichi kicherte. »Ich natürlich auch.«

Cody grinste hintergründig. »Alle werden mitkommen. Ich bestehe darauf.«

Überraschte und neugierige Blicke trafen ihn. Cody genoss das einen Augenblick lang, bevor er weiterredete. »Das Museum of Anthropology hat mich offiziell nach Vancouver zu einer Pressekonferenz eingeladen. David und Kyce ebenfalls. Wir haben die Chance, über uns, unser Volk, unsere Rechte, Probleme und Beweggründe zu sprechen.

Sie werden uns zuhören. Vielleicht können wir damit etwas bewegen. Die Pressekonferenz ist am Tag der Examensfeier und wird auch vom TV-Sender aufgezeichnet.«

»Wow!«, machte Pat und schob seine Mütze vom Kopf.

»Das sind ja gute Neuigkeiten«, sagte Jean begeistert. »Nach diesem ganzen Schlamassel haben wir etwas Gutes verdient.«

»Auf jeden Fall«, nickte Kyce. »Nach jeder Nacht geht die Sonne wieder auf, auch wenn sie noch so lang und kalt war.«

Cody erzählte schließlich von seinen Vorhaben nach der Rückkehr aus Vancouver. Er wollte hinauf in die Berge gehen, um die Vorbereitungen für den Bau eines Hauses zu treffen. Das sollte dort am See stehen, an dem zuvor Sheloquins Blockhaus gestanden hatte. Er musste ungeplante Dinge organisieren, denn Montaya brauchte einen Computer für ihre Arbeiten. Das erste Mal in seinem Leben erwischte sich Cody beim Pläne schmieden. Er musste grinsen.

»Was sagst du denn dazu, Montaya?«, fragte David spitzfindig.

»Ja, ich will«, grinste sie.

Alle lachten herzlich.

»Hast du denn gar kein Mitspracherecht in den Plänen meines Bruders?«

»Ich war es, die sie ihm in den Kopf gesetzt hat. Er weiß das nur nicht.«

Cody stieß sie in die Seite. »Das weiß ich sehr wohl, Frau.«

Wieder lachten die Anwesenden amüsiert.

»Sie verwirrt meine Sinne«, meinte Cody schließlich.

»Du hast wirklich keine Ahnung, Bruder, worauf du dich einlässt«, unkte David und erntete einen scharfen Blick Tessas.

Er hob schuldbewusst die Hände. »Als Erstes verlierst du deine Freiheit, denn du musst dir eine Uhr anschaffen, damit du immer pünktlich zum Essen nach Hause kommst.«

»Essen?«, fragte Montaya irritiert.

Cody blickte zu Montaya, grinste und nickte. »Dosensuppe.«

Mellow hob den Kopf und gab gelangweilt ein gurgelndes Geräusch von sich.

Die Menschen lachten.

Sie lachten und scherzten sehr viel an diesem Nachmittag. Sie waren unbeschwert und albern. Sie waren glücklich und genossen es in vollen Zügen. Selbst Pat Clifford schien alle Sorgen vergessen zu haben. Die Welt außerhalb von Jeans Stable schien nicht mehr zu existieren.

><><><><

Clifford räumte in aller Ruhe sein Büro für den neuen Staff Sergeant. Es war Freitagabend. Feierabend. Der letzte für Staff Sergeant Ben Clifford. Es war später geworden als gedacht, doch er hatte es nicht eilig. Noch schien die Sonne zum Fenster herein. Auf den Straßen herrschte reges Treiben. Lachen drang von draußen an sein Ohr. Clifford war allein im Büro. Im Augenblick genoss er die Ruhe, in der er hier alles erledigen konnte. Es war ihm recht. Mit Beginn der neuen Woche würde der alte Staff Sergeant seinem Nachfolger endgültig den Platz überlassen. Zwei Wochen Einarbeitungszeit in seinem County sollten genügen. Schließlich war der junge Mann nur fünf Jahre älter als sein eigener Sohn und nicht auf Kopf und Mund gefallen. Clifford war guter Dinge, obwohl der schwarze Schatten der letzten vier Wochen noch erbarmungslos über ihm schwebte. Aus der Ferne hatte er das Geschehen um Philip Barn verfolgt. Der war immer wieder in die Schlagzeilen geraten und würde sich vor Gericht verantworten müssen. Von Shore allerdings fehlte jede Spur. Der schien sich geradezu in Luft aufgelöst zu haben. Das beunruhigte Clifford jedes Mal, wenn er daran dachte. Gedankenversunken ließ er sich auf seinen Bürostuhl gleiten. Er blickte zu der Karte an der Wand, in der noch immer die Nadeln steckten. Einen Augenblick überlegte er, sie herauszuziehen. Dann verwarf er diesen Gedanken mit einem Kopfschütteln. Mochte der Grünschnabel damit machen, was er wollte. Ein schwaches Lächeln erschien in seinem Gesicht. Dann atmete er tief durch. Sein Blick glitt durch das Büro, über seine gepackten Kartons und zur Wanduhr. Es war acht Uhr abends geworden. Ben Clifford war fast fertig. Nach einigen Minuten erhob er sich wieder und legte seine restlichen Utensilien auf die Kartons. Etwas Wehmut schien in jeder seiner Bewegungen zu liegen. Schweren Herzens nahm er den ersten Karton und trug ihn hinaus zu seinem Dienstwagen. Nicht mal ein eigenes Auto hatte er. Er hatte nie eines gebraucht. Clifford war immer irgendwie im Dienst gewesen. Er öffnete die Kofferklappe des Chevys. Einige Leute gingen vorbei und grüßten. Ein Mann blieb kurz stehen und schlug dem alten Ben freundschaftlich auf die Schulter.

»Grüß dich, Ben. Kann ich dir helfen?«

»Oh, Josh, hallo. Wie geht's?«

»Gut. Und dir? Hast es endlich geschafft.«

»Ab Montag bin ich Angler«, lachte Ben.

Der Mann lachte ebenfalls.

»Also?«, fragte er dann.

»Schon gut. Lass mich meinen Abschied noch ein wenig genießen, Josh.«

»Na dann. Man sieht sich«, schmunzelte der und ging weiter.

Clifford ging zurück in sein Büro.

Vier Kartons musste er noch verladen. Es war allerhand zusammengekommen in den vielen Jahren. Kaum zu glauben, dass er erst um neun Uhr an diesem Abend seine Bürotür endgültig schloss. Zumindest in seiner Funktion als amtierender Staff Sergeant. Nun war die Zeit abgelaufen. Natürlich würde Ben dem jungen Grünschnabel hin und wieder auf die Finger schauen. Gelegentlich. Das Büro war schließlich sein zweites Zuhause gewesen. Ein Teil seines Lebens.

Langsam fuhr Ben nach Hause. Er hatte es nicht eilig. Niemand wartete an diesem Abend auf ihn. Schließlich war Ben Clifford allein in seinem Haus, in der Kawkawa Lake Road. Pat arbeitete in der Tankstelle, und Bens Frau war seit zwei Tagen bei ihrer Schwester in Yale. Die hatte sich den Arm gebrochen und brauchte Hilfe. Ben lud die Kartons aus und verteilte sie im Wohnzimmer. So konnte er wenigstens alles in Ruhe sortieren. Er schwelgte in Erinnerungen, als er die Dinge in die Hand nahm und betrachtete. Einige waren persönlich, einige dienstlich. Viele Papiere, die er aufheben musste, befanden sich darunter. Einiges war für den Kamin bestimmt.

Es fanden sich Urkunden, Zeitungsausschnitte und alte Fotos. Ben hatte alles rings um sich verteilt, mehr oder weniger sortiert und betrachtete jedes einzelne, und vergaß dabei die Zeit. Die leise Melodie der Pendeluhr im Wohnzimmer holte ihn aus seinen Gedanken zurück. Er war ein wenig erschrocken, als das Uhrwerk zwölf Mal schlug. Ein langer Tag war zu Ende gegangen. Ben verspürte keine Müdigkeit. Wieder vertiefte er sich in sein Tun. Es war der richtige Zeitpunkt dazu. Niemand störte ihn. Irgendwann hielt er inne und sprang auf. Er hatte etwas Wichtiges vergessen. Etwas sehr Wichtiges!

Der Kalender! Seine Notizen!

Auf dem Schreibtisch! Wie konnte er nur! Der Kalender mit seinem Krikelkrakel, den Namen, den Nummern. Der Beweis dafür, dass er Barn und Shore gekannt hatte. Ben begann zu schwitzen, wie immer, wenn ihm das Adrenalin in die Blutbahn schoss. Er ließ alles liegen und fallen, schnappte sich den Autoschlüssel und schlug die Tür von außen zu.

Suchend glitten Bens Blicke durch seinen eigenen Vorgarten. Die Schatten der Bäume und Sträucher wirkten gespenstisch. Er glaubte, beobachtet zu werden. Seine Schritte wurden schneller. Sein Atem hastiger. Deutlich vernahm er ein Klappern. Dann war es wieder still. Der Dienstwagen stand rückwärts in der Einfahrt. Ben ging eilig drumherum. Er vernahm seinen eigenen Schrei, als ihm ein Waschbär gegen die Beine stieß. Der floh in die Finsternis. Clifford schnappte nach Luft. Schnell stieg er in den Wagen und knallte die Tür zu. Nur langsam beruhigte er sich wieder.

Bevor er startete, blickte er aufmerksam die Straße entlang. Es war alles ruhig. Niemand war zu sehen. Nur wenige Autos parkten am Straßenrand. Sekunden später brummte der Motor.

Nur ein paar Minuten. Nur ein paar Querstraßen weiter, versuchte Ben sich zu beruhigen.

Die Straßen waren um diese Zeit menschenleer. Die hinter ihm auftauchenden Scheinwerfer eines anderen Wagens beunruhigten Ben erneut. Er bog spontan zur Tankstelle ab. Die Tankstelle war hell erleuchtet. Einige Wagen standen dort. Einige Männer redeten dort. Der fremde Wagen, der hinter ihm gefahren war, fuhr vorbei. Clifford schüttelte den Kopf und fuhr sich mit den Händen über beide Augen.

»Ich leide schon an Verfolgungswahn«, brummte er zu sich selbst.

Noch zweimal abbiegen. Dann parkte Clifford den Wagen und stieg aus. Die Nachtluft war kühl. Ihm fröstelte. Seit achtzehn Stunden war der Staff Sergeant auf den Beinen. Der lange Tag forderte plötzlich seinen Tribut. Angstvoll sah er sich um, atmete schnell und rettete sich zur Tür des Büros. Schließlich war Ben allein. Er atmete tief durch und schaltete das Licht an. Die Neonröhre flackerte auf, als er ein deutliches Knacken vernahm. Ben erstarrte. Jemand war nach ihm zur Tür hereingekommen.

Zweifel?

Halluzinationen?

Rasch sperrte er die Bürotür von innen ab und schaltete das Licht wieder aus. Angespannt lauschte er. Jemand drückte von außen auf die Türklinke. Unscheinbar und lautlos bewegte die sich. Erfolglos. Keine Schritte, keine Geräusche, keine Stimme. Nichts als Stille umgab Ben. Die Schweißtropfen perlten langsam von seiner Stirn herab und begannen auf der Haut zu kitzeln. Vorsichtig tastete sich Ben Schritt für Schritt zu seinem Schreibtisch vor, auf dem sein Kalenderbuch lag. Erleichtert schnappte er es und ließ es sofort unter seiner Jacke verschwinden. Ein Schatten tauchte am Fenster auf, versuchte es von außen zu öffnen. Clifford bewegte sich vorsichtig rückwärts zur Tür, ohne das Fenster auch nur eine Sekunde aus seinem Blick zu lassen.

Als Clifford schließlich zur Tür hinaus floh, musste er unbedingt nachsehen, wer sich an dem Fenster zu schaffen machte. Er presste seinen Rücken gegen die Wand. Vorsorglich zog er seine Dienstwaffe. Die Schweißperlen standen noch immer auf seiner Stirn. Hitze durchströmte seinen Körper. Unerträglich. Clifford atmete hastig durch seinen Mund ein und aus. Kaum merklich zitterten seine Hände. Die Angst griff eiskalt nach seinem Nacken. Todesangst! Es war still. Nur ein Hund bellte heiser in die Nacht. Vorsichtig schob sich Ben an der Hauswand entlang bis zur Hausecke. Mit seinem Körper blieb er in Deckung, streckte nur seinen Kopf so weit herum, dass er erkennen konnte, wer sich an dem Fenster zu schaffen machte. Dort war niemand!

Verflucht, zischte er in Gedanken, ohne dass ein Laut seine Lippen verließ.

Es war jemand da!

Clifford spürte es. Keine Halluzinationen. Ein fremder Abzugshahn klackte deutlich in die Stille. Im selben Augenblick spürte Clifford das kalte Metall an seiner Schläfe. Eisige Kälte schoss wie ein Blitz über seinen Rücken und ließ die Kopfhaut kribbeln. Sein Herz pochte schlagartig so schnell, dass es schmerzte. Ben schnappte nach Luft, während der Boden unter seinen Füßen zu schwanken begann. Er glaubte, sein letztes Stündlein hätte nun geschlagen. Die harte Stimme, die ihn barsch ansprach, jagte ihm Todesangst ein.

»Hände hoch!«

Clifford wagte nicht, sich umzudrehen.

Langsam hob er die Hände. Das Kalenderbuch polterte auf den Boden. Der Fremde, der direkt hinter ihm stand, nahm ihm die Dienstwaffe ab. Dann vernahm Clifford ein Lachen. Irritiert wandte er sich nun doch um. Dunkle Augen funkelten ihm entgegen. Der junge Mann schien sichtlich amüsiert. Clifford starrte ihn ungläubig an und schnappte mehrmals nach Luft.

»Sie brechen also nachts in das Büro des Staff Sergeants ein«, grinste der Mann und bückte sich nach dem Buch.

Clifford atmete erleichtert auf, als er endlich den neuen Staff Sergeant, seinen Nachfolger, Steve Morris, erkannte. Er trug die blaue Uniform mit dem gelben Streifen an der Hose.

»Und was haben Sie mitten in der Nacht hier zu suchen?«, fragte Clifford unwirsch und schnappte Morris den Kalender aus der Hand.

Wieder vernahm Clifford das amüsierte Lachen des Grünschnabels. Der hatte ihn auf frischer Tat erwischt.

»Ich habe Bereitschaftsdienst«, antwortete Morris. »Schon vergessen?«

Morris grinste und gab dem überraschten Clifford die Pistole zurück. Clifford verzog das Gesicht.

»Ich hatte etwas vergessen, als ich vorhin mein Büro räumte«, murmelte er, während er seine Pistole einsteckte. »Und da ich sowieso nicht schlafen konnte …«

»Das da?«, fragte Morris und wies mit dem Kopf auf den Kalender in Cliffords Händen.

»Hm«, brummte Clifford unwillig in der Hoffnung, dass Morris nicht zu neugierig werden würde.

»Ich hatte Sie tatsächlich für einen Einbrecher gehalten, Clifford«, amüsierte sich Morris. »Gehen wir hinein? Trinken einen Kaffee?«

Clifford überlegte kurz und willigte ein.

Er war zu aufgedreht, um jetzt schlafen zu können. Und er hatte Angst, allein durch die Nacht nach Hause zu gehen. Ben fürchtete sich vor der Dunkelheit und vor der Einsamkeit. All das würde er niemals zugeben und versuchte, diese Gedanken vor dem jungen Morris zu verbergen. Doch sich selbst konnte er nichts vormachen.

Clifford betrat, gemeinsam mit dem jungen Staff Sergeant, sein altes, vertrautes Büro. Das Licht flackerte auf. Hier fühlte sich Ben Clifford sicher. Der Kaffee tat gut. Clifford und Morris redeten miteinander. Ungezwungen und lange. Auch das tat gut. Die Nacht verging, ohne dass die beiden es bemerkten. Die Dämmerung drang zum Fenster herein, als Clifford schließlich seine müden Glieder auf der Bereitschaftscouch ausstreckte, während Morris mit der Liege in einer der zwei Ausnüchterungszellen vorlieb nahm. Clifford schlief unruhig. Böse Träume quälten ihn. Eisgraue Augen beobachteten ihn, und sie verfolgten ihn. Sie folgten ihm auch nach Hause. Die Sonne schien in den stillen Samstagmorgen, als er in den Dienstwagen stieg, mit dem ihn der junge Staff Sergeant Morris nach Hause brachte. Ohne Dienstwaffe und ohne Dienstwagen fühlte sich Ben nackt. Wehmütig sah er dem davonfahrenden Wagen nach. Ein Teil von ihm fuhr mit davon. Der andere Teil umgriff fest das Kalenderbuch und ging in das Haus hinein.

Am darauf folgenden Freitag gab es im Museum für Anthropologie in Vancouver eine Pressekonferenz. Die Öffentlichkeit dürstete nach der Wahrheit. Hunderte waren gekommen. Der Vortragssaal im MOA, der den Namen *Michael M. Ames Theatre* trug, war überfüllt. Jeder Platz war besetzt. Hinter den Stuhlreihen und in den Gängen standen die Menschen. Das Besondere an diesem Tag war, dass die Ureinwohner verschiedener Stämme zu Wort kommen sollten. Cody White Crow vertrat das Volk der Skwahla von Chilukwayuk, der Gemeinschaft der Menschen vom Stolo. Er sollte vor Vertretern der Regierung British Columbias, den Behörden der Land- und Fischereirechte und vor Vertretern der Menschenrechtsorganisation reden. Neben einigen Abgeordneten verschiedener Stämme waren ebenso Presse und mehrere TV-Sender gekommen. Cody hatte die Gelegenheit, den Menschen die Wahrheit zu sagen. Er wollte ihnen von der Bedeutung des Landes, ihres Landes, für die Aborigines erzählen. Montaya Sun Road stand am Rand des Podiums und beobachtete Cody aufmerksam. Sie schien als Einzige seine Aufregung bemerkt zu haben und lächelte ihm aufmunternd zu. Mellow saß neben ihr und lehnte mit seinem Gewicht an ihren Beinen. Der Hund schien sehr ruhig zu sein und genoss Montayas Anwesenheit, die ihn hin und wieder mit Streicheleinheiten verwöhnte. Als Cody zu reden begann, wurde es still.

»Mehr als neuntausend Jahre leben wir hier in unserem Tal, das wir Chilukwayuk nennen, am Fraser River, den wir Stolo nennen. Das Land und der Fluss waren immer großzügig zu uns, und unser Bruder Lachs nährte uns. Wir brauchten keine Wissenschaftler, die uns über gesunde Ernährung aufklärten, und keine Fachbücher über Lagerung und Konservierung unserer Lebensmittel. Wir brauchten keine Wild- und Fischereibehörden, die die Natur beschützten. Wir brauchten auch keine Sozialarbeiter, um unsere Kinder ordentlich zu erziehen, keine Ärzte und keine Pharmakonzerne, um Verletzungen und Krankheiten zu heilen. Und wir brauchten nie Experten, die uns beibrachten, wie unser Land optimal genutzt werden könnte.«

Als Cody eine Pause einlegte, klatschten die Leute. Einige riefen ihm beipflichtend zu.

»Wir Skwahla sind Teil der Natur, die uns heilig ist. Wir wussten seit Anbeginn, wie wir uns gesund ernähren, und kamen auch ohne Gefrierschrank ganz gut klar. Nicht mal im langen, harten Winter brachte es jemand fertig zu verhungern. Die Kinder wuchsen natürlich, wie junge Wölfe in der Sicherheit des Rudels, auf und lernten schnell und völlig selbstverständlich die wichtigen Dinge, die man zum Leben in der Wildnis braucht. Die Sicherheit unserer Gemeinschaft war und ist oberste Priorität. Und unsere Medizinmänner und Frauen wussten seit jeher Dinge, von denen die weißen Professoren bis heute nicht die geringste Ahnung haben.«

Lachen mischte sich zwischen Codys Worte.

»Und wir kannten Pflanzen, für deren Entdeckung manche Experten Jahrhunderte brauchten. Aber diese Leute kamen zu uns, in unser Land, waren wie hilflose Kinder in der Wildnis und wollten uns belehren. Warum, frage ich mich, gab es dann ungefähr achtzigtausend Skwahla, die nicht nur sehr lebendig, sondern erstaunlicherweise auch gesund waren? Und das, bevor diese Leute kamen, die alles besser wussten.«

Die Zuhörer amüsierten sich offensichtlich über Codys Ausführungen.

»Ich erzähle euch nichts Neues, dass die Fremden kamen, um sich zu nehmen, was ihnen nicht gehörte: Flüsse, Fische und das Land. Sie schickten uns Landvermesser, die Reservationsland bestimmen sollten. Die McKenna-McBride-Kommission, zuständig für indianische Angelegenheiten, hatte die Aufgabe, mit dem *Indianerproblem* fertig zu werden. Das Nishga-Land-Kommitee, die vereinigten Völker von British Columbia, Bruderschaft der Ureinwohner, und die Vereinigung der Westküstenfischer bemühten sich redlich, mit dem *Regierungsproblem* fertig zu werden. Man nannte das wohl Zivilisation.«

Wieder mischten sich Gelächter und Beifall zwischen Codys Worte.

»1927 verbot man uns Ureinwohnern daraufhin, uns zu organisieren. Seitdem die Weißen in unser Land gekommen waren, nehmen sie es sich Stück für Stück. Daran hat sich bis zum heutigen Tag nichts geändert. Einige von ihnen schrecken nicht einmal davor zurück, dafür zu töten!«

Aufmerksame Stille herrschte, als Cody tief durchatmete. Er räusperte sich, bevor er fortfuhr.

»Aber ich sehe auch viele von euch vor mir, deren Haut weiß ist. Freunde, Brüder und Schwestern, die im Herzen mit uns gehen. Gewissenlose Geschäftsleute meinen, mit Geld alles kaufen zu können. Kein Ureinwohner hat jemals begriffen, wie man Land verkaufen kann, das niemandem gehört. Denn wir wissen: Wir sind etwas, das zu dem Land gehört, in das wir geboren wurden. Wir sind Teil des Ganzen. Alles verdient Respekt und ist uns heilig. Jede Piniennadel, jedes Sandkorn, der Nebel über dem Fluss. Jeder Berg und jede Lichtung, jedes summende Insekt, jede Wildblume. Die Erde ist nicht unser Feind, sondern unser Verwandter. Die Natur ist nur Feind derer, die sie nicht respektieren. Die maßlose Gier mancher Geschäftsmänner und Konzerne verschlingt die Erde und uns Menschen. Immer wieder kommen Männer in feinen Anzügen, umgeben von einer Wolke After Shave, die unsere Sinne beleidigt. Sie bieten Geld für ein Stück Land, für das wir mittlerweile eine behördliche Besitzurkunde haben. Sie reden mit süßen Worten auf uns ein, die so gefährlich sind, wie ein Schlangenbiss, und sähen Zwietracht in unserem Volk. Sie haben Gesetze, die nicht unsere Gesetze sind. Aber sie zwingen sie uns auf. Sie machen noch heute Versprechungen, die sie niemals einhalten wollen. Sie behandeln uns noch heute wie unwissende Kinder.«

Raunen und Rufe drangen dumpf durch den Saal.

»Die wahren Verbrecher tragen keine Jeans und Turnschuhe. Sie tragen teure Anzüge. Philip Barn ließ den alten Sheloquin töten, um an das Land zu kommen. Der alte Mann hatte sich permanent geweigert, es ihm zu verkaufen. Der geplante Gulcher Club hätte der Hotelkette Gewinne eingebracht, deren Zahlen für uns alle unvorstellbar sind. Einzig für die Olympischen Winterspiele wurde vor einigen Jahren erneut Land abgeholzt, um neue Hotels, Sportanlagen und Asphaltstraßen nordöstlich von Vancouver, am Whistler Mountain, zu bauen, obwohl ganz in der Nähe alles vorhanden war und nur modernisiert zu werden brauchte. Unzählige Bäume und Tiere mussten für immer gehen. Teile der Ureinwohner leben noch heute deshalb in Feindschaft. Die Papier- und Holzindustrie fraß sich wie ein Krebsgeschwür durch unser Land und hinterließ Schäden, die nicht in zwei Menschenleben regeneriert werden können. Ein Waldbrand ist dagegen harmlos. Die Fischindustrie überfischte maßlos unsere Flüsse, Seen und Küsten. Aber das Amt für Fischereirechte verweigerte uns unsere eigenen Fischereirechte, um die Gewässer vor unseren Angeln zu schützen.«

Einige Zuhörer lachten.

Cody trank einen Schluck Wasser aus dem Glas, das man ihm auf das Rednerpult gestellt hatte.

»Und nun das Fracking. Zuerst begann das Sterben der Fische. In nur drei Jahren verdoppelten sich die Krebserkrankungen und Missbildungen Neugeborener. An den bisher verseuchten Flüssen wohnen 83 Prozent der Ureinwohner. Aber es bringt Millionengewinne für die Konzerne, die nicht wissen, wie viel genug ist. Ist das Wohlstand? Wir kannten ihn und wissen, dass wir ihn verloren haben. Für uns zählen andere Werte im Leben. Und was immer auch der Erde geschieht, das geschieht auch uns. Das, was diese Leute unter Wohlstand verstehen, werden wir alle teuer bezahlen müssen. Mit Krankheiten, missgebildeten Kindern, verseuchtem Wasser, mit toten Wäldern, Tieren, die nur noch ausgestopft in Museen zu finden sind, Ölteppichen auf den Meeren und stinkenden Müllbergen – und Abgasen, die uns die Luft zum Atmen nehmen und die das Licht der Sonne verdunkeln.«

Plötzlich war es still.

Cody ließ seinen Blick über die Menschen im Saal wandern und atmete tief durch. Beifall und Zurufe brachen schließlich die Stille. Alle schienen einer Meinung zu sein.

»Das Land zu schützen und weise Entscheidungen für die Zukunft der Ureinwohner und für die Existenz aller Lebewesen auf unserer Erde zu treffen und um gemeinsam in eine Richtung zu gehen, das ist Sheloquins Vermächtnis. Das ist alles, was ich zu sagen habe«, schloss Cody seine Rede.

Der Beifall über Cody White Crows Worte wollte nicht abreißen. Er hob den Arm zum Gruß, bevor er sich umwandte, um den Platz am Pult für den nächsten Redner zu räumen. Mellow war nicht mehr zu halten. Er hatte sich von Montaya losgerissen und sprang seinem zweibeinigen Freund freudig entgegen. Während die beiden zu Montaya gingen, vernahm Cody die Stimme der Pressesprecherin der Polizeibehörde Vancouvers.

Am Sonntagmorgen saß Ben Clifford in seinem Boot auf dem Silver Lake und warf seine Angelschnur aus. Der See war sehr reich an Fischen und bei den Anglern sehr beliebt. Hier lebten Karpfenbrassen, Hechte, Saiblinge, auch Lachse, und es gab hier die größten Forellen in ganz British Columbia. In aller Frühe war Ben hinausgefahren. Er wollte allein und ungestört sein. Er war der einzige Mensch, der bei Sonnenaufgang sein Boot zu Wasser gelassen hatte und auf den See hinausgefahren war. Nebelschleier lagen über dem Silver Lake.

Ben genoss die Einsamkeit. Endlich! Nur seine Angelausrüstung und ein Rucksack mit Proviant waren bei ihm. Wie lange hatte er sich das herbeigesehnt. Es fühlte sich gut an, ohne Stress, ohne Verpflichtungen und ohne Angst. Das erste Mal seit langer Zeit dachte Ben an nichts. Nichts außer an den Fisch, der gerade angebissen hatte. Über sein rundes Gesicht huschte ein Lächeln. Seine Augen leuchteten auf, als er seine Angel einzog. Dann befreite er mit geschickten Händen den Fisch vom Haken. Noch durfte die Forelle in Bens Wassereimer schwimmen, bevor sie am Abend zum Dinner auf dem Tisch landen würde. Dann warf er die Angelschnur mit einem neuen Köder aus. Auf den richtigen Köder kam es an, um einen guten Fang zu machen. Das wusste jeder Angler, und jeder hatte seine ganz besondere Methode. Manche prahlten damit. Manche hüteten strengstens ihr Geheimnis. Wie hatte doch der junge Grünschnabel von Staff Sergeant erst letzten Dienstag, als Ben ihn im Büro besucht hatte, zu ihm gesagt: »Auf den richtigen Köder kommt es an.«

Ben Clifford hatte es nicht lassen können. Ganz automatisch führten ihn seine Füße hin und wieder genau dorthin. Ob er es wollte oder nicht. Er grinste und nickte selbstbeflissen. Die Morgenluft war feucht und kühl. Das Licht der aufgehenden Sonne kam zaghaft über die Bergkette. Ben hörte etwas im Wasser plantschen und sah sich erschrocken um. Zwei Elche wateten am Ufer entlang durch das seichte Wasser. Es schien ein Pärchen zu sein. Ben atmete tief durch und beobachtete die Tiere. Seine Schreckhaftigkeit war geblieben, doch er beruhigte sich schnell. Die Elche schienen das morgendliche Bad zu genießen. Schließlich war auch das Gras, das stellenweise gerade über die Wasseroberfläche ragte, eine Delikatesse für sie. Sie waren weit genug von seinem Boot entfernt, sodass sie nicht gefährlich werden konnten. Niemand würde ihm die Fische verjagen. Das Wasser war klar, und Ben konnte sie sehen. Er konnte nicht ahnen, dass der Blick aus zwei eisgrauen Augen starr auf ihn gerichtet war.

>◇<◇<◇<

Harris Shore verzog keine Miene. Er zuckte nicht einmal mit der Wimper, als er das Fernglas ablegte. Er hatte den Auftrag angenommen, weil es einfach war. Zu einfach. Für ihn leicht verdientes Geld. Verführerisch viel Geld. Er fragte sich, weshalb Barn diesen Clifford bisher verschont hatte. Clifford war ein Mitwisser und ein Schwätzer. Vielleicht hatte der längst ausgepackt. Aber das war Shore völlig egal. In aller Ruhe öffnete er einen Koffer, der direkt neben ihm lag. Die Gelegenheit war perfekt. Clifford war allein. Im Umkreis von mehr als zwanzig Kilometern war nichts als der See, umgeben von endloser Wildnis.

Die Sonne war gerade aufgegangen. Clifford würde fast geräuschlos in den See fallen. Noch bevor ihn jemand vermissen würde, war Shore mit Sicherheit über alle Berge. Mit geschickten Händen baute er sein Gewehr zusammen und legte es auf der Haltevorrichtung auf. Er legte sich auf den Boden und blickte durch das Zielfernrohr. Es musste eingestellt werden. Sein Ziel lag direkt vor ihm – in genau 312 Metern Entfernung – bewegte sich nicht, und es war fast windstill.

>◇<◇<◇<

Ben freute sich offensichtlich, als er seinen zweiten Fisch an diesem Morgen in sein Boot zog. Er spürte tiefe Selbstzufriedenheit und auch ein wenig Stolz, als er seinen Fang betrachtete. Nichts konnte ihn aus seiner Ruhe bringen. Wenn der alte Ben angelte, dann war er in einer anderen Welt. In seiner Welt. Ein paar Wildenten flatterten am Ufer auf und flogen über den See. In einiger Entfernung vom Boot ließen sie sich nieder. Ben sah tatsächlich kurz auf. Die Enten gehörten zu den Bewohnern des Sees. Manchmal stritten sie sich. Manchmal ließen sie sich in der Nähe der Anglerboote nieder. Vielleicht hofften sie auf ein gutes Frühstück. Die Köder der Angler mochten sie auch. Ben lächelte. Der zweite Fisch landete im Wassereimer.

»Okay«, meinte er dann und griff zu seiner Büchse, in der er seine ganz besonderen Köder aufbewahrte. »Der alte Ben ist heute spendabel«, sagte er zu den Enten und warf ihnen eine handvoll Bröckchen hinüber. Die schwammen nur kurze Zeit auf der Wasseroberfläche. Die Wildenten stürzten sich gierig auf das erhoffte Frühstück. In wenigen Sekunden war nichts mehr übrig. Ben grinste.

»Nein, das ist genug«, sagte er, während er den nächsten Köder an seinem Haken befestigte.

Die Nebelschleier hatten sich inzwischen aufgelöst. Die Sonne war über den Hügelkamm gewandert. Ihr goldgelbes Licht spiegelte sich auf der Wasseroberfläche. Langsam legte Ben seinen Haken mit dem Köder neben sich ab. Er griff nach seinem Rucksack und kramte in seinen Sachen. Er hatte Sandwiches dabei, die seine Frau für ihn gemacht hatte. Plötzlich verspürte Ben Hunger. Schließlich war er schon seit gut drei Stunden unterwegs. Die Luft hier draußen machte hungrig. Er hatte Zeit. Es gab keine Termine und keine Verpflichtungen. Niemand störte ihn. Fische gab es jederzeit im See. Ben hatte gefunden, was er gesucht hatte. Er setzte sich seine neue Ray Ban Sonnenbrille auf die Nase. Entspiegelt und polarisiert. Den ersten Luxus, den er sich, neben dem neuen Auto, nach seiner Pensionierung geleistet hatte. Ben sah sich um und atmete tief durch. Er liebte den Duft des Waldes und die frische, klare Luft über dem See. Er liebte den Duft des Sees und des Wassers. Ben liebte die Stille, den Gesang der Vögel und das leise Plätschern des Wassers am Bug seines Bootes. Gedankenversunken packte er eines der Sandwiches aus. Eine Schar Vögel flog aus dem Schilf auf. Sie zwitscherten laut durcheinander, als würden sie streiten. Auch die Wildenten, die sich in der Nähe des Bootes aufgehalten hatten, flatterten aufgeregt davon. Ben blickte sich erneut um. Irgendetwas musste die Tiere aufgeschreckt haben. Vielleicht die Elche, die sich noch irgendwo am Ufer herumtrieben? Vielleicht auch ein durstiger Bär? Von denen gab es hier mehr als genug.

»Vielleicht sollte ich einen Elch oder einen Bären jagen«, murmelte Ben zu sich selbst.

»Das macht den Speiseplan meiner Frau wesentlich interessanter.«

Ben lachte bei der Vorstellung, wie seine Frau ihn ansehen würde, wenn er mit einem Bären anstatt einem Eimer voller Fische vor ihr stand. Dann biss er genüsslich in sein Sandwich. In dem Augenblick knallte etwas dumpf gegen den Bug seines Bootes. Ben zuckte zusammen.

Für einen Augenblick war er nicht fähig, sich zu bewegen. Er vergaß sogar zu kauen.

Was war das?

Vorsichtig bewegte sich Ben schließlich und blickte suchend nach der Ursache des eigenartigen Geräusches. Erst als er bemerkte, dass Wasser zu seinen Füßen eindrang, begannen seine Gedanken auf Hochtouren zu arbeiten. Auch wenn er das Durcheinander in seinem Kopf nicht sofort ordnen konnte, so begriff er doch blitzartig, dass er in Gefahr war. Das Adrenalin, das durch seinen Körper schoss, verbreitete sofort Hitze. Ben atmete schneller und schwitzte. Instinktiv streckte er sich zum Außenbordmotor, um diesen zu starten. Ein furchtbarer Schmerz schoss in seinen Arm, der ihn daran hinderte, das zu tun. Es brannte wie Feuer. Der Arm versagte sofort seinen Dienst. Ben war speiübel und schwarz vor Augen. Pure Angst schoss heiß durch seinen ganzen Körper. Todesangst. Eisige Kälte umgab ihn plötzlich. Er zitterte unkontrolliert. Das Wasser des Sees gab nach, als Bens Körper hineinglitt. Ben japste nach Luft. Genau das schien ihn im Augenblick vor der Bewusstlosigkeit bewahrt zu haben. Er fuchtelte mit dem unverletzen Arm und suchte verzweifelt nach Halt. Schließlich fand er ihn am Rumpf des Bootes, das langsam voll Wasser lief. Allmählich konnte Ben wieder etwas sehen. Verschwommen erschien das Ufer vor seinem Blickfeld. Es war weit weg von ihm.
Zu weit!
Der Schmerz im Arm breitete sich schnell über die Schulter aus und ergriff Besitz von seinem ganzen Körper. Er stöhnte und ächzte. Niemand würde ihn hören, nicht mal wenn er um Hilfe schrie. Ein Blick neben sich bestätigte seine Befürchtungen. Das Wasser des Sees hatte sich um ihn herum rot verfärbt. Jemand hatte auf ihn geschossen.
Verdammt!
Der Killer?
Shore?
Ben rang nach Luft. Seine Gedanken vernebelten zu unklaren Bildern. Die Situation war aussichtslos. Ben Clifford hatte keine Kraft mehr. Er würde sterben. Hier und jetzt. Niemand konnte ihm helfen. Er war allein. Das Boot sank stetig. Er dachte an seine Frau und an seinen Sohn Pat. In seinen Augen sammelten sich Tränen. Seine Sinne schwanden langsam und verschmolzen mit Träumen der Vergangenheit. Noch hörte er aus weiter Ferne das leise Rauschen des Wassers. Dann spürte er, wie jemand an seinem willenlosen Körper zerrte. Bens Hand löste sich wie von selbst vom Boot.

><><><><

Irgendwann spürte Ben einen Schlag in sein Gesicht. Es schmerzte. Er stöhnte. Dann kam der nächste Schlag. Ben blinzelte. Das Bild vor seinen Auge war verschwommen. Ein Mann beugte sich über ihn und starrte ihn an. Ben fragte sich, weshalb der ihn nicht gleich getötet hatte.

Weshalb musst du mich so quälen?

»Hey!«, vernahm er eine scharfe Stimme.

Ben glaubte diese Stimme zu kennen. Er schüttelte den Kopf und öffnete die Augen. Nach und nach wurde das Gesicht des Mannes klarer. Dann erkannte er Cody White Crow. Bens Gedanken wollten ihm nicht gehorchen.

»Okay, Staff Sergeant. Ich habe deinen Job getan«, sagte Cody.

Der Indianer war tropfnass. Neben ihm tauchte der Hund auf, der aussah wie ein Wolf. Er schüttelte sich. Aus seinem Fell sprühten unzählige Wassertropfen. Ben bewegte die Lippen. Anstatt seine Fragen auszusprechen, stöhnte er schmerzvoll. Auf Codys Gesicht erschien ein Lächeln.

»Die Schmerzen sagen dir, Ben Clifford, dass du noch lebst. Der neue Staff Sergeant, den du einen Grünschnabel nennst, hat den Mann, den du kennst, festgenommen. Er steht dort drüben in Handschellen. Morris hat den Mörder des alten Sheloquin hierher gelockt.«

Ben riss erschrocken die Augen auf und bemühte sich, den Kopf ein wenig anzuheben. Er blickte in zwei eisgraue Augen, die ihn anstarrten. Shore stand nur wenige Meter von ihm entfernt. Staff Sergeant Steve Morris hielt sich seitlich hinter ihm und nickte Clifford zum Gruß zu. Mellow knurrte leise. Shore wehrte sich nicht und verzog keine Miene. Sein Blick allerdings wirkte überlegen. Ben fürchtete sich vor diesem Mann und vor dessen Blick. Eisige Kälte kribbelte über Bens Haut. Erschöpft sank sein Kopf zurück auf den Boden.

»Wie …?«, flüsterte er mühsam.

Cody lachte. »Auf den richtigen Köder kommt es an. Nicht wahr?«, antwortete er.

Diese Tatsache lähmte Ben erneut. Die eisige Nässe seiner Kleidung und seines durchgefrorenen Körpers ließ ihn unwillkürlich zittern.

Dieser Grünschnabel hatte ihn, den alten Ben, als Köder benutzt!?

Ben schnaubte. Tief in ihm keimte Wut.

Ich hätte dabei sterben können! Das hatte Morris einfach in Kauf genommen?

Ben spürte das Hämmern in seinem Kopf. Damit baute sich ein schmerzhafter Druck auf, der ihm das Gefühl gab, dass sein Kopf jeden Augenblick zu platzen drohte. Ben spürte, dass er womöglich rot anlief. Er stieß seine aufgestaute Luft durch die Nase heraus. Cody schien das zu amüsieren. Wieder hörte Ben sein dunkles Lachen.

»Ich habe dir den Arm abgebunden. Der Notarzt wird bald hier sein. Du wirst es überleben, Clifford, und die Konsequenzen ertragen müssen, ob du willst oder nicht. Morris hat mich eingeweiht, damit ich ein Auge auf dich habe, während er sich Shore schnappt. Mellow und ich haben dich aus dem See gefischt. Ein merkwürdiger Fang.«

»Ihr verfluchten …«, stöhnte Clifford, »… Bastarde. Ihr seid doch nicht bei Trost!«

»Jammere nicht!«, fuhr Cody den Dicken an. »Als ich schwer verletzt im Fluss trieb, hatte niemand ein Auge auf mich. Und du, Clifford, hattest mich als Köder benutzt«, sprach Cody ernst.

Die letzte Spur seines Lächelns war aus seinen Gesichtszügen gewichen. »Betrachte es als Abrechnung mit dir selbst.« Mit diesen Worten erhob sich Cody und wandte sich von Clifford ab.

Der Rettungswagen kam über die Holzfällerstraße und bog zum Seeufer ein. Dort gab es einen kleinen Schotterplatz, auf dem die Angler ihre Wagen parkten und Boote zu Wasser lassen konnten. Morris hatte der Einsatzleitung den Weg genau beschrieben. Nur etwa einhundert Meter weiter am Ufer entlang lag der Verletzte. Ein Arzt und ein Rettungsassistent kümmerten sich sofort um Ben Clifford.

Cody und Staff Sergeant Morris führten den Gefangenen schließlich über den Trampelpfad am Ufer durch das Dickicht zum Parkplatz. Mellow wich den Männern nicht von der Seite. Der junge Staff Sergeant öffnete die Tür seines schwarzen Jeeps und befahl Shore, auf dem Beifahrersitz Platz zu nehmen. Dieser gehorchte sofort. Vorsichtshalber kettete Morris die Handschellen zusätzlich an der Türverstärkung, einem Metallbügel, fest.

Shore hüllte sich in Schweigen.

Niemand der Männer hatte ihn angesprochen, und Shore war ohnehin kein redseliger Mensch. Nur der Hund knurrte ihn leise an.

Clifford wurde in den Rettungswagen bugsiert. Der setzte sich sofort in Bewegung. Der Schotter knirschte deutlich unter den schweren Reifen. Morris blickte ihm nach, während er sich einen Kaugummi in den Mund schob. Cody schlug sich in eine Wolldecke ein, lehnte sich neben Morris an den Kotflügel des Jeeps und verschränkte die Arme. Der Hund streunte am Parkplatz herum, blieb aber immer in der Nähe des Jeeps. Morris wandte sich zu Cody und bot ihm einen Kaugummi an.

»Danke«, sagte Cody, als er ihn nahm.

»Ich danke dir, mein Freund«, grinste Morris.

Cody nickte. »Der Kerl ist schlau. Er will überleben«, meinte er leise.

»Hmhm«, brummte Morris. »Das, was ich denke, darf ich nicht aussprechen.«

Cody verzog das Gesicht.

»Der alte Clifford hatte ganz schön die Hosen voll«, sagte Morris schließlich und lachte leise.

»Wer mit dem Feuer spielt, wird sich früher oder später daran die Finger verbrennen«, entgegnete Cody.

»Es musste so kommen«, sagte Morris.

»Es war ein hartes Stück Arbeit, Cody, und ohne dich und Mellow hätte ich das nicht gewagt. Der alte Staff Sergeant hatte den Hund nicht bemerkt, der unter seine Regenplane ins Boot gekrochen war. Es war schon irgendwie verrückt und vielleicht auch nicht ganz legal.«

»Dann erkläre mir, was legal ist. Wenn der Fisch nicht anbeißt, dann musst du ein Netz nehmen oder eine Harpune. Shore ist uns ins Netz gegangen. Die Harpune ist illegal, mein Freund. Beide Männer ahnten nicht, dass sie von uns beobachtet wurden. Und Clifford hatte auch nicht das Sicherungsseil an seinem Boot bemerkt«, schmunzelte Cody.

»Hmhm«, machte Morris.

»Ich lade euch zwei zum Essen ein, dich und Mellow. Das ist nur eine kleine Anerkennung, alles, was ich tun kann, als Dank und Hungerlohn für deinen Mut und deine Hilfe.«

»Cliffords Angst zu sehen war mir eine Genugtuung, Steve. Aber behalte das bitte für dich.«

Steve Morris musste grinsen.

Er stieg in den Jeep. Cody pfiff nach Mellow. Das Zeichen des Aufbruchs. Cody hatte die hintere Tür des Jeeps geöffnet und wartete. Der Hund sprang mit ausgreifenden Sätzen heran, direkt auf die Rückbank. Cody setzte sich neben Mellow und schlug die Tür zu. Morris gab Cody die Dienstwaffe nach hinten, sodass es Shore mitbekommen musste. Der rührte sich nicht. Er wusste genau, dass er keine Chance hatte. Sobald er einen Fluchtversuch wagen würde, war er ein toter Mann. Morris startete den Jeep.

><><><><

Zwei Wochen später standen Cody White Crow und Montaya Sun Road auf der Lichtung am See. Sie waren allein. Das Sonnenlicht flirrte auf dem Wasser. Der kurze Sommer hatte Einzug in den Rocky Mountains gehalten. Die Sonne schien vom wolkenlosen Himmel und brannte auf der Haut. Die Luft stand still. Alles schien in diesem Augenblick still zu stehen. Seit mehr als zwei Wochen hatte es keinen Tropfen mehr geregnet. Das dürre Gras auf der Lichtung vor dem neuen Haus knisterte leise bei jedem Schritt. Die Blumen auf den Hochebenen dufteten in ihrer Blüte. Unzählige Insekten schwirrten umher. Mellow lag gelangweilt im Schatten der Bäume. Die Menschen schwiegen, sogen die zeitlose Schönheit in sich auf. Das Holzhaus am See konnte bezogen werden. Hier wollten Montaya und Cody gemeinsam leben und Sheloquins Vermächtnis behüten für ihre Kinder und Kindeskinder.

Ein Rabe flog krächzend über ihre Köpfe hinweg, zog einen Kreis über der Lichtung, flog weiter über den See und verschwand schließlich zwischen den Baumwipfeln.

»Der alte Mann wohnt noch immer hier«, lächelte Montaya Cody an. »Dein Großvater ist als Rabe zu uns gekommen, um zu sehen, was aus seinem Land am See geworden ist … und aus uns.«

Cody grinste. »Ja, ich habe seine krächzende Stimme erkannt. Wir werden nicht allein hier sein.«

Dann legte er den Arm um seine junge Frau und zog sie ganz dicht zu sich heran. Das Leben war voller Wunder und voller Energie. Sie ging nicht verloren, sie verwandelte sich nur. In diesem Land würden sie niemals allein sein. Das wussten sie beide.

Auch die Kleinen Leute waren da. Sie hatten sich überall versteckt: hinter den Bäumen, den Steinen und am Ufer des Sees. Sie beobachteten die beiden Menschen aufmerksam, trieben ihre Späßchen mit ihnen und waren überall um sie herum. Die Kleinen Leute waren gekommen, um die, die von ihrer Existenz wussten und sie respektierten, zu beschützen.

Der Wind trug ihr leises Lachen davon.

www.traumfaenger-verlag.de

Die Autorin

Brita Rose-Billert wurde 1966 in Erfurt geboren und ist Fachschwester für Intensivmedizin und Beatmung, ein Umstand, der auch in ihren Romanen fachkundig zur Geltung kommt. Ihre knappe Freizeit verbringt sie mit ihrem Pferd beim Westernreiten durch das Kyffhäuserland in Thüringen. Sie hat durch ihre Reisen in die USA viele Freundschaften mit Native Americans in Arizona, Utah, South Dakota und British Columbia geschlossen. Diese Tatsache, die Liebe zu den Pferden und ihrem Job inspirieren sie zum Schreiben. Acht Romane sind bereits publiziert.

Ihre Autorenhomepage „Seitenweise Voraus“:
www.brita-rose-billert.de

Aktionsgruppe Indianer & Menschenrechte e.V.

Die Aktionsgruppe Indianer & Menschenrechte e.V. (AGIM) ist eine Organisation, die sich im Rahmen der Menschenrechtsarbeit der politischen und kulturellen Unterstützung indianischer Völker in Nordamerika widmet. Von indianischen Organisationen ausdrücklich beauftragt, unterstützt AGIM diese Völker in ihrem Kampf um Selbstbestimmung und Anerkennung als souveräne Nationen. Die Aktivitäten der AGIM erfolgen in enger Zusammenarbeit und gegenseitigem Austausch mit den indianischen Völkern selbst.

Seit Jahrhunderten wurden die indigenen Völker ihrer Lebensgrundlagen und ihrer Rechte beraubt – bis heute. Wir müssen uns daher unserer Verantwortung gegenüber diesen Völkern stellen. Die Tätigkeitsfelder der AGIM umfassen politisches Engagement, kulturelle Unterstützung sowie Öffentlichkeitsarbeit. Wichtiges Instrument ist dabei die 2007 verabschiedete UN-Deklaration der Rechte der indigenen Völker, die diesen erstmals auf höchster Ebene Anerkennung gewährt.

Das von AGIM herausgegebene Magazin „Coyote", das vierteljährlich erscheint, ist die einzige Periodika, die sich im deutschsprachigen Raum ausschließlich nordamerikanischen Indianern widmet. Die Aktionsgruppe Indianer & Menschenrechte e.V. (1986 gegr.) ist ein anerkannt gemeinnütziger Verein.

Aktionsgruppe Indianer & Menschenrechte e.V.
Frohschammerstr. 14, 80807 München
Tel. 089 / 35 65 18 36
E-Mail: post@aktionsgruppe.de
www.aktionsgruppe.de

WINTERPROJEKT Pine Ridge Reservat, Süd-Dakota USA

Jedes Jahr kehrt der bitterkalte Winter wieder nach Süd-Dakota zurück und jeder sollte ein warmes Zuhause haben!

 Der Wintereinbruch in Süd-Dakota bedeutet für viele Familien im Pine Ridge Reservat einen neuen Kampf ums Überleben. Die letzten Winter mit Temperaturen von unter minus 20 Grad waren extrem. Die meisten Familien auf dem Pine Ridge Reservat leben weit unter der Armutsgrenze, deshalb wird es auch in diesem Winter vielen Familien nicht möglich sein, Heizmaterial zu kaufen, wie z. B. Holz oder das am meisten verwendete Propangas. Leider kommt die Gasfirma erst zu einer Familie, wenn diese für mindestens 120 Dollar Gas bestellt. Und das haben viele Familien nicht zur Verfügung. Deshalb sterben jedes Jahr im Winter viele Menschen – unter ihnen sehr oft alte Menschen – an Unterkühlung.

Über die Gesellschaft für bedrohte Völker (GfbV) werden Spenden entgegengenommen. Jede noch so kleine Spende kann sehr hilfreich sein. Die weltweit anerkannte Organisation GfbV leitet die Spenden zu 100 Prozent weiter und das Geld wird nur für Heizmaterial wie Propangas oder Holz verwendet.

Repräsentantin des Winterprojekts in Deutschland:
Andrea Zwack
E-Mail: andrejka2@gmx.de
Weitere Infos unter:
https://www.lakota-indianer.com/projekte/winterprojekt

Spendenkonto in Deutschland:
Förderverein für bedrohte Völker (GfbV)
IBAN: DE89 2001 0020 0007 4002 01
BIC: PBNKDEFFXXX
Postbank Hamburg
Verwendungszweck: „Winterprojekt" (bitte immer mit angeben!)

Lila Pilámaya – Vielen Dank

WEITERE BÜCHER DER AUTORIN

Maggie Yellow Cloud

Das verkaufte Herz
Eine Lakota-Ärztin
bei den Navajo

Ethno-Krimi von Brita Rose-Billert

9,90 € ISBN 978-3-941485-29-7

Maggie Yellow Cloud

Mord auf Pine Ridge
Eine Lakota-Ärztin in Gefahr

Ethno-Krimi von Brita Rose-Billert

9,90 € ISBN 978-3-941485-09-9

Die Farben der Sonne

Die Geschichte der Steinpferde
auf der Pine Ridge
Indianerreservation

Roman von Brita Rose-Billert

5,90 € ISBN 978-3-941485-19-8

UNSERE NEUERSCHEINUNGEN

Als der Mond
zu sprechen begann
Rückkehr zu den Ojibwe

Historischer Roman
von Tanka Mikschi

16,90 € ISBN 978-3-941485-78-5

Comanchen Mond
In den Plains

Historischer Roman
von G.D. Brademann

16,90 € ISBN 978-3-941485-77-8

NEUE SACHBÜCHER

Die Sioux und der Kampf um Neu-Ulm

Sachbuch von Armin M. Brandt

26,50 € ISBN 978-3-941485-76-1

Es musste getan werden

Die Navajo Code Sprecher erinnern sich an den Zweiten Weltkrieg

Stephen Mack

19,80 € ISBN 978-3-941485-80-8

Besuchen Sie unsere Homepage:
www.traumfaenger-verlag.de